DANÇANDO NO ESCURO

Da autora:

Beco sem saída

Esconda-se

Dançando no escuro

MARY JANE CLARK

DANÇANDO NO ESCURO

Tradução
Carolina Caires Coelho

BERTRAND BRASIL

Título original: *Dancing in the Dark*

Capa: Leonardo Carvalho

Editoração: DFL

2007
Impresso no Brasil
Printed in Brazil

CIP-Brasil. Catalogação na fonte
Sindicato Nacional dos Editores de Livros – RJ

C544d Clark, Mary Jane Behrends
Dançando no escuro/Mary Jane Clark; tradução Carolina Caires Coelho. — Rio de Janeiro: Bertrand Brasil, 2007.
308p.

Tradução de: Dancing in the dark
ISBN 978-85-286-1271-4

1. Romance americano. I. Coelho, Carolina Caires. II. Título.

CDD – 813
07-2445 CDU – 821.111 (73)-3

EDITORA BERTRAND BRASIL LTDA.
Rua Argentina, 171 — 1º andar — São Cristóvão
20921-380 — Rio de Janeiro — RJ
Tel.: (0xx21) 2585-2070 — Fax: (0xx21) 2585-2087

Mais uma vez, para Elizabeth e David.

E para todos aqueles que sofrem com a deficiência mental enquanto continua a busca por um tratamento ou cura para a síndrome do X Frágil.

PRÓLOGO

Noite de quinta-feira, 18 de agosto

Agora que não conseguia enxergar nada, os outros sentidos estavam apurados. Ela ficou em pé na escuridão, não vendo nada, mas ouvindo o persistente quebrar das ondas no oceano Atlântico a distância e o suave bater de asas acima. As narinas se abriam na respiração e ela sentia o cheiro de mosto e lixo. Sentia o chão úmido e frio com os pés descalços, remexendo a sujeira com os dedos. Sentiu algo se esfregar contra seu tornozelo e rezou, pedindo que fosse apenas um rato e não uma ratazana.

Três dias naquela câmara úmida já era demais. Se tivesse de ficar mais tempo, certamente acabaria enlouquecendo. Mas, quando a encontrassem, como ela acreditava que aconteceria, a polícia desejaria saber tudo. Para sobreviver a isso, teria de ser capaz de contar todos os detalhes do que havia acontecido.

Contaria aos policiais que era deixada sozinha pelo que pareciam horas a fio, que ele a amordaçava ao sair para que ninguém ouvisse seus gritos e que retirava a mordaça apenas para pressionar os lábios dele contra os dela ao retornar.

A polícia perguntaria o que ele dissera, mas ela contaria que deixara de fazer perguntas no segundo dia de cativeiro, pois ele não respondia a nada. Mostrava o que queria por meio de toques. Certamente contaria que ele a acariciava e a pegava no colo, que esfregava o corpo dele contra o dela, e que ela sabia que deveria obedecer a suas ordens.

Enquanto organizava mentalmente a informação que os policiais sem dúvida pediriam, sentiu seu estômago roncar, algo com que já estava familiarizada. Comera muito pouco da escassa quantidade de alimentos oferecidos, mas não se importava. A fome era uma companheira conhecida. Sabia que a capacidade de sobreviver com pouquíssima comida era uma de suas maiores forças, apesar de seus pais não pensarem da mesma forma. Tampouco os antigos amigos, professores e médicos que lutaram tanto para tirá-la do caminho que ela trilhava. Eles não entendiam o que, para ela, era óbvio. Ficar sem comer era o controle máximo que poderia ter.

Enquanto escutava uma pomba arrulhar nas calhas acima, pensou mais nos pais. Os dois deviam estar malucos de preocupação. Ela imaginou a mãe chorando e o pai andando de um lado a outro estalando os dedos, sem parar, um hábito irritante que ele tinha quando ficava nervoso. Todos na cidade estariam à procura dela? Torcia para que estivessem. Esperava que todos que a tivessem ofendido, desprezado e magoado no passado estivessem preocupados com ela agora.

O suave quebrar das ondas continuava e ela começou a balançar-se para a frente e para trás, tentando acalmar-se. Tudo terminaria bem. Tinha de terminar. Ela contaria tudo à polícia, a maneira com que ele a colocava em pé, em silêncio. Sem dizer uma só palavra, ele mostrava o que queria que ela fizesse, simplesmente movendo o corpo contra o dela. Ela dançara na escuridão para ele. Dançava sem parar, tentando desesperadamente agradá-lo. Dançava tentando continuar viva.

Quatro horas depois, Ocean Grove, Nova Jersey

O segurança levantou o braço e apontou a lanterna para seu pulso. Ainda restava uma hora para o fim do turno. Estava na hora de fazer a última ronda.

Ao passar pelos caminhos vazios, George Croft tirou o lenço do bolso do uniforme, secou a testa e o pescoço. Tirando o calor excessivo, aquela era uma noite como tantas outras na calma cidade litorânea. Às vezes ouvia roncos que vinham das habitações pelas quais passava. As regras da associação não permitiam barulho depois das dez da noite e a maioria das luzes era apagada até as onze. A mistura de sol, calor e ar salgado deixava os veranistas prontos para uma bela noite de sono.

Chegando ao fim do Mt. Carmel Way, o guarda atravessou pela grama e parou para checar as portas do Tabernáculo da Bispa Jane e do Grande Auditório mais uma vez. As enormes estruturas de madeira de estilo vitoriano estavam muito bem trancadas. A cruz iluminada que brilhava na parte de cima do auditório, servindo de ponto de referência aos navios, irradiava na noite, mostrando que tudo estava bem.

Ele ficou satisfeito por tudo estar em ordem, mas ainda faltavam quinze minutos para seu turno terminar oficialmente. Que Deus o livrasse de não estar a postos se algo acontecesse antes das duas da manhã. Perderia o emprego por isso. E, apesar de aquela moça não viver na região que ele patrulhava, seu paradeiro continuava desconhecido. Se algum maluco tentasse raptar outra garota de Ocean Grove, o guarda não permitiria que isso acontecesse em seu horário de trabalho.

Deus do céu, estava muito quente. Desejando beber um pouco d'água, George virou sua lanterna na direção do belvedere de madeira que abrigava o poço Berseba. Ele sabia que o primeiro poço em Ocean Grove recebera o nome de um poço do Antigo Testamento. As águas do Berseba tinham matado a sede dos israelitas no passado, e dos patronos da cidade, mas ele preferia a água engarrafada. Mas o belvedere era um bom lugar para esperar o fim de seu turno.

Sem a brisa soprando do mar, a noite estava quente. Ele mirou a luz amarela no gramado à sua frente e caminhou devagar, tentando matar o tempo. Ao perceber que um de seus cadarços estava desamarrado, colocou a lanterna no chão e parou para amarrá-lo. Foi então que ouviu um arranhar.

Os pêlos de sua nuca se arrepiaram e George virou o feixe de luz na direção do barulho. Com os olhos semicerrados, tentou identificar o que via. Um volume escuro, imóvel, pelo menos até onde ele conseguia perceber, encontrava-se na base do belvedere.

George se aproximou um pouco mais. Assim que ouviu o arranhar mais uma vez, percebeu um leve movimento do volume. Vagarosamente, pouco a pouco, ele foi chegando perto, até que, por fim, a luz da lanterna refletiu o rosto pálido de uma mulher, amordaçada e de olhos vendados.

SEXTA-FEIRA

19 de AGOSTO

CAPÍTULO

1

Diane conseguia sentir o calor da calçada pelo solado de seus sapatos enquanto descia correndo a Columbus Avenue. O suor escorria pelos lados de seu rosto e ela secou a umidade nas sobrancelhas com um único gesto, destruindo todo o trabalho que tivera na frente do espelho, durante vinte minutos, com o secador de cabelo, a escova e a mousse. A blusa de algodão recém-lavada estava grudada em suas costas e a gola engomada perdendo a forma. O dia mal começara e ela já estava um horror.

Estava, como sempre, com medo de se atrasar e gostaria de não ter prometido a si mesma ir caminhando até o trabalho. A caminhada de vinte quarteirões era o único exercício físico que ela conseguia fazer ultimamente, e precisava dele. Cancelou seu plano na academia desde que percebera que não a freqüentava rotineiramente. Não havia mais tempo livre — não se ela quisesse passar todo o tempo que podia com os filhos.

Sentindo o fedor do lixo cozinhando sob o sol da manhã enquanto esperava ser recolhido das calçadas, Diane sentiu um certo alívio ao lembrar que suas férias de duas semanas logo começariam. Seria ótimo sair da cidade, longe do calor infernal, longe do barulho, da agitação e da pressão. Os últimos meses tinham sido difíceis para todos eles, muito cruéis. Mas a realidade se fazia presente quando ela via Michelle roendo as unhas ou percebia a tristeza de Anthony ao vê-lo olhando para o porta-retrato com a foto do pai sobre o piano

— ou quando ela esticava o braço e encontrava o espaço vazio ao seu lado na cama queen size.

Ela atravessou o pátio no Lincoln Center, parando por um momento na enorme fonte, esperando um borrifo d'água. Mas não havia vento para levar as gotículas de água em sua direção.

Arrumando a bolsa no ombro, Diane continuou andando. *Tudo bem*. Em breve, ela e as crianças estariam em um lugar onde o ar não fedesse e a água fosse fresca e cristalina. Talvez não tivessem tudo que queriam, mas as coisas eram assim mesmo. Estavam saindo de férias. E eram merecidas. Precisavam de um tempo depois de tudo pelo que tinham passado.

A vida, mesmo sem Philip, tinha de continuar.

Empurrando a pesada porta giratória da entrada, Diane ficou contente ao sentir o ar gelado. Sorriu aos guardas uniformizados enquanto procurava dentro da bolsa a corrente de metal na qual prendia seu crachá de identificação. Ao encontrá-la, passou o cartão pela catraca, que emitiu um sinal avisando que ela podia entrar no Centro de Transmissão da KEY News. Ela sabia que muitos dos outros produtores não gostavam de mostrar suas identificações. Acreditavam que seus rostos conhecidos deveriam bastar para que pudessem entrar, mas Diane não se importava. O trabalho dos seguranças era duro, e era fácil para ela mostrar o crachá. Entretanto, não o usava pendurado ao pescoço o dia todo. Não era uma tendência de moda que ela seguia.

Ela pegou uma xícara de chá e uma banana no carrinho de café e subiu a ampla e longa rampa de acesso aos elevadores, passando pelos grandes e iluminados quadros com fotos dos âncoras e correspondentes da KEY News, separados de acordo com os programas que apresentavam. Eliza Blake sorria no pôster do *KEY Evening Headlines*. Constance Young e Harry Granger mostravam seus sorrisos abaixo do logotipo do programa matinal *KEY to America*. A foto do *Hourglass*, tirada há mais de um ano, mostrava Cassie Sheridan cercada pelos jornalistas colaboradores do periódico. Diane não parou para olhar seu rosto, com olhos azul-acinzentados e nariz que ela gostaria que fosse um pouco mais reto, sorrindo no quadro da parede com seus colegas. Não precisava de lembretes. A preocupação e o aborrecimento dos últimos meses estavam claros. As leves marcas ao redor dos olhos estavam mais fundas e novas se formaram ao redor da boca, vestígios de uma expressão séria que ela não sabia que tinha. Nos últimos tempos, Diane percebeu que precisava aplicar maquiagem para esconder as olheiras que se formaram sob seus olhos.

Mais um bom motivo para tirar umas férias, ela pensou ao apertar o botão do elevador. Se pudesse se afastar um pouco e descansar, a aparência ficaria melhor. Todas as jornalistas sabiam que a aparência era fator essencial para o sucesso. Era uma questão de sobrevivência no meio televisivo. Os rapazes também se importavam com a aparência, é claro. Mas eles podiam deixar o cabelo ficar grisalho, ganhar umas rugas, alguns quilinhos a mais e, mesmo assim, continuar a trabalhar. As mulheres, não. Elas reclamavam dessa diferença entre amigas, mas sabiam que não podiam fazer nada para mudar esse fato. Para os jornalistas apresentadores, a experiência era importante, mas a jovialidade e a beleza eram idolatradas.

O elevador sinalizou sua chegada e as portas se abriram. Atravessando o hall do sexto andar, Diane entrou no banheiro feminino. Ela puxou toalhas de papel do compartimento na parede e bateu com elas levemente sobre o rosto, tentando não tirar a maquiagem enquanto limpava o rímel que escorrera dos cantos dos olhos. Enquanto tentava recriar algo que lembrasse um penteado, ouviu a porta de um dos reservados atrás dela ser aberta.

— Olá, Susannah — Diane disse enquanto a jovem mancava em direção à pia ao lado dela e apertava o recipiente de sabonete líquido.

— Oi, Diane. Está quente, não é? — Diante do espelho, Susannah lançou seu sorriso torto, que foi refletido a Diane.

Diane estava prestes a reclamar de seu cabelo bagunçado e da caminhada cansativa até ali, mas mudou de idéia, pensando em como seria grosseira. Susannah provavelmente daria qualquer coisa para conseguir fazer aquela caminhada que incomodara Diane.

— Graças a Deus existe o ar-condicionado — respondeu ela, puxando fios de cabelo louro-acinzentado de sua escova antes de guardá-la na bolsa. Procurou e tirou de dentro dela uma pequena lata de spray de cabelo. — E amanhã viajo de férias com meus filhos. Pode ser que esteja quente no Grand Canyon, mas nem tanto quanto aqui.

— Que maravilha! — Susannah respondeu com entusiasmo. — Você tem toda a informação de que precisa para ir? Eu posso fazer uma pesquisa para você.

Aquela era uma das coisas mais legais em Susannah, Diane pensou, chacoalhando a lata e tirando a tampa. Estava sempre muito animada e pronta para ajudar. Só Deus sabia quantos motivos tinha para ser deprimida. Mas não fazia o papel de vítima. Talvez soubesse que uma atitude de "eu sou uma coitada" cansasse as pessoas depois de um tempo.

— Puxa! Você é um amor, Susannah, mas não preciso de nada. Vou relaxar e deixar o trabalho por conta dos guias turísticos. Estou ansiosa para fazer uma viagem na qual não tenha de olhar mapas, tomar decisões nem me responsabilizar por qualquer coisa além de escolher a roupa que vou vestir de manhã. Simplesmente quero relaxar com meus filhos por duas semanas e deixar que outra pessoa se preocupe com o que faremos todos os dias.

Diane esperou que a pesquisadora caminhasse em direção à saída do banheiro antes de apertar o botão para liberar o spray. Começava a sentir o cheiro do aerossol quando Susannah disse:

— Acho que é melhor eu te avisar antes, Diane. Joel está à sua procura.

— Você sabe por quê? — Diane perguntou ao tampar a lata de spray. Mas Susannah não estava mais lá.

CAPÍTULO

2

O detetive ficou em pé diante da maca na pequena sala de exames, com a expressão séria enquanto fazia anotações detalhadas sobre as respostas de Leslie Patterson.

— Quantas vezes vou ter de repetir? — a jovem ergueu a voz, frustrada. — Não vi o rosto dele nenhuma vez. Estou dizendo a verdade. Nenhuma vez.

Ela observou o detetive, esperando uma reação, mas ele continuou impassível. A maneira com que repetia as mesmas perguntas de formas diferentes a irritava: ele não acreditava no que ela estava dizendo.

— Vamos repassar tudo, srta. Patterson. Você estava no calçadão à meia-noite caminhando? — Ele deu ênfase às duas últimas palavras da pergunta, mostrando sua desconfiança. — Sempre sai sozinha tão tarde? — perguntou.

— Eu já disse. Briguei com meu namorado e quis ficar sozinha para pensar nas coisas. Achei que caminhando me acalmaria e conseguiria ficar cansada para dormir com facilidade.

— Seu namorado é Shawn Ostrander, certo?

— Sim, foi o que eu lhe disse. — Ela pegou uma colher da bandeja de café da manhã e a soltou. Alguma enfermeira pensara que estaria fazendo um favor a Leslie levando aquela bandeja enquanto ela esperava ser liberada. *Como se eu fosse comer isto,* Leslie pensou. Ela suspirou ao empurrar a mesa de rodinhas onde estava a comida que sequer tocou.

— E Shawn disse que não queria mais vê-la, certo, Leslie? — O detetive fez a pergunta com gentileza.

— Sim. E que tinha conhecido outra garota. — Leslie analisou as marcas vermelhas que as algemas de plástico haviam deixado em seus pulsos e em seguida puxou o cobertor mais para cima.

Por baixo do cobertor do hospital, onde o detetive não conseguia ver, ela beliscou a parte de cima da coxa. Sem um alfinete ou lâmina de barbear, um machucado feito à mão serviria. Um beliscão forte para que ela se sentisse melhor. Ao sentir a dor, não mudou a expressão.

— Deve ter sido doloroso — o detetive disse.

Leslie ficou surpresa, acreditando, por um instante, que o homem percebera que ela tinha se beliscado, mas logo viu que ele estava falando sobre a dor de saber que Shawn estava apaixonado por outra pessoa.

— Sim, foi doloroso. Eu amo Shawn. — Leslie voltou a beliscar com força sua perna. Dessa vez, lágrimas encheram seus olhos. Não pela dor, mas, sim, por não aceitar a idéia de perder Shawn. Será que ele não percebia que ninguém o amaria tanto quanto ela o amava?

— Você queria que Shawn se preocupasse com você, Leslie? Esperava que ele voltaria atrás na decisão de terminar o namoro se percebesse como sentiria sua falta? Acreditou que desaparecendo por alguns dias conseguiria fazê-lo voltar?

Leslie pensou no que responderia. Sim, queria que ele se preocupasse com ela, e sim, deitada naquele lugar úmido e escuro por três dias e três noites, segurou-se na esperança de que ele sentiria a falta dela. Esperava que todo aquele horror pelo qual passava valesse a pena, pois, diante da possibilidade de perdê-la para sempre, Shawn perceberia que a amava tanto quanto ela.

Mas, se dissesse tudo aquilo ao detetive, confirmaria o que já sabia que ele suspeitava: que ela tinha forjado um desaparecimento de três dias para chamar atenção. Ela não queria que ele pensasse assim.

— Veja, detetive, alguém me seqüestrou, vendou meus olhos, colocou uma mordaça em minha boca, me amarrou e me deixou em um lugar durante três dias. Parece que o senhor está me acusando quando, na verdade, deveria estar procurando pelo verdadeiro culpado.

— É o que estamos fazendo, Leslie, pode confiar. Não sou a única pessoa trabalhando nesse caso. Os melhores membros do Departamento de Polícia de

Neptune estão envolvidos. Vamos resolver esse caso. Pode ter certeza. — Algo na maneira de falar do detetive fez suas palavras parecerem mais uma ameaça do que um consolo.

A porta da sala de exames foi aberta, e o médico que a examinara na sala de emergência entrou e posicionou-se ao lado da maca. Ele olhou para a prancheta antes de falar. Olhou para o policial também. Como parte da investigação criminal, tanto a polícia quanto o paciente tinham o direito de saber os resultados dos exames.

— O resultado do exame não acusou estupro. Por isso, temos uma razão para ficar felizes, Leslie. Apesar de você ter dito que não foi estuprada, foi bom termos feito o exame. Não há como ter certeza de nada em uma situação dessas. Você poderia ter sido drogada ou ter desmaiado e não se lembrar de nada. — O médico sorriu de modo consolador e pousou a mão sobre o ombro dela. — Portanto, fisicamente, está tudo bem. Essas marcas em seus pulsos e em suas pernas sumirão em alguns dias, assim como os cortes nos cantos da boca. Pode ir para casa, Leslie. Vai precisar conversar com alguém, para desabafar. Quer que eu lhe indique um terapeuta? Temos profissionais excelentes em nosso quadro de funcionários.

— Obrigada, mas já tenho um terapeuta. — Leslie afirmou, sabendo que não fazia sentido protestar. É claro que ela voltaria para a terapia e enganaria o dr. Messinger da mesma maneira que estava enganando o médico da emergência naquele momento. Ele não imaginava que ela se beliscava, sem parar, sob o cobertor do hospital.

CAPÍTULO

3

Em agosto, outros produtores executivos dos telejornais podiam estar jogando golfe nos Hamptons ou relaxando no sul da França, mas Joel Malcolm estava em sua mesa, apertando os botões do controle remoto em direção às dezenas de monitores espalhados pela parede do escritório, quando Diane bateu à porta aberta.

— Ah, ótimo que você chegou — ele disse, gesticulando para que ela entrasse. Joel fez um movimento de cabeça em direção a um dos televisores. A tarja de identificação na parte inferior trazia as palavras OCEAN GROVE, NOVA JERSEY. Um repórter apresentava uma notícia na praia, com o mar ao fundo. O rosto dele estava vermelho, o colarinho da camisa aberto e seus cabelos não se mexiam. Diane pensou que, se não havia brisa para esvoaçar o cabelo do rapaz, era porque deveria estar extremamente quente, mesmo à beira-mar.

— Você ficou sabendo dessa garota que sumiu na costa de Jersey? — Joel apontou para a televisão.

— Não tenho prestado muita atenção à história — Diane disse, sentando-se no sofá de couro —, mas aposto que você vai me contar tudo.

Mesmo que Joel tenha percebido o sarcasmo da resposta, resolveu ignorá-lo. — Bem, ela esteve desaparecida por três dias, mas reapareceu ontem à noite. Matthew ficou sabendo, extra-oficialmente, com a polícia local, que eles acreditam ser tudo invenção, que a moça forjou o próprio seqüestro. Pelo que parece, ela é meio doida.

Diane sentiu o coração acelerar. *Lá vem*, ela pensou. Com os correspondentes do *Hourglass* trabalhando em duas histórias parecidas com essa, Joel andara procurando mais uma. Em Michigan, uma universitária havia desaparecido por seis dias e, mais tarde, revelou à polícia que tinha sido levada sob a ameaça de uma faca. Em Oregon, houve a denúncia do desaparecimento de duas irmãs adolescentes, quando a mãe delas encontrou lençóis cheios de sangue e o vidro quebrado no quarto das meninas. Buscas incansáveis foram feitas para localizar todas as vítimas. Mas a polícia estava convencida de que as jovens não haviam sido seqüestradas de forma alguma — todas estavam mentindo.

Era bastante perverso, mas Diane tinha certeza de que Joel desejava encontrar outra pessoa desorientada, com sua história maluca. Alguém novo e algo oportuno para abrir a temporada do programa em setembro.

— Isso é perfeito para nós, Diane. É a terceira garota que dá o mesmo alarme falso. Quero que você cubra essa história.

— Estou saindo de férias amanhã, Joel — ela disse, cruzando as pernas, e tentou manter a calma, com a esperança de que ele tivesse esquecido que ela estaria de férias nas duas semanas seguintes. Mas sabia que não era nada disso. Joel não esquecia nada.

— É importante, Diane. Suas férias podem esperar, não é?

— Não podem esperar, Joel. Essas férias têm sido planejadas há meses.

— Você tem seguro de viagem?

Diane sentiu vontade de mentir, mas pensou melhor. Uma mentira sempre levava a outra, e geralmente a verdade aparecia, mais cedo ou mais tarde. Os problemas de Philip tinham sido causados pelas mentiras.

— Para ser sincera, sim — ela disse. — Mas eu o adquiri para o caso de as crianças ficarem doentes ou algo do tipo, e não para cancelar a viagem para poder trabalhar mais.

Joel franziu o cenho da maneira que intimidara diversos jornalistas e produtores antes de Diane. O criador e produtor executivo do telejornal consagrado era uma lenda da televisão. Com quarenta anos de experiência em jornalismo nas costas, chegara ao lugar que ocupava graças à sua mente esperta, senso crítico apurado, insistência e persistência infinitas. Desde o começo da carreira, quando o filme, e não a fita, era o meio de produção de matérias, mesmo quando as notícias demoravam horas e, às vezes, dias para chegar ao público porque os horários de vôos das companhias aéreas ditavam a chegada dos rolos de filmes em Nova York antes que pudessem ser divulgados no país todo, daqueles dias mais simples, antes de haver satélites, telefones celulares e computadores em todas as mesas no Centro de Transmissão — mesmo quando havia bem menos coisas para controlar, Joel já controlava tudo. Ao longo de sua carreira, sempre quis tudo a seu modo e estava acostumado a conseguir o que queria.

— Mudando um pouco de assunto, Diane... — Ele pegou uma caneta e começou a fazer rabiscos no bloco amarelo sobre sua mesa. — Seu contrato conosco termina em alguns meses, certo?

— Em janeiro — ela respondeu, tensa. *O cachorro sem-vergonha*. Não era justo. Joel tinha conhecimento da situação dela e estava se aproveitando. Todos na KEY News sabiam o que tinha acontecido a Philip. Todos os jornais de Nova York noticiaram o ocorrido, além dos sites de notícias da Internet e, até mesmo, os programas de TV e rádio da emissora. O fato de Joel estar usando o problema de Diane para conseguir seus objetivos não deveria surpreendê-la, mas mesmo assim ela ficou lívida diante da audácia.

Joel sabia que ela era a responsável pelo sustento da família agora. Sabia que era com o salário dela que a família comia, se vestia e tinha um teto. Com Philip longe, ela não tinha mais nenhuma renda com a qual contar. Apesar de Joel não estar dizendo com todas as letras, estava claro que ele tentava ligar a garantia de renovação de contrato e, conseqüentemente, a segurança financeira da família dela, à aceitação do trabalho que ele propunha. Ela se ressentia profundamente dele por causa disso.

— Bem, você sabe como as coisas são, Diane. O pessoal de cima vai me consultar. Vão querer saber minha opinião antes de falarem com seu agente, que sem dúvida tentará conseguir um belo aumento para sua famosa cliente.

Ele jogou a caneta sobre o bloco de anotações.

— É óbvio que vou querer dizer a eles que você é muito importante para a KEY News, que é essencial para a audiência do *Hourglass* ter seu belo rosto na tela, divulgando as notícias. Vou querer que eles saibam que uma das razões pelas quais temos de mantê-la conosco é seu comprometimento com a equipe.

Diane inclinou-se para a frente.

— Veja, Joel. Você pode entender, por favor? Você sabe que meus filhos e eu temos passado por maus bocados nos últimos meses. Precisamos espairecer.

Por um instante, ela acreditou que o produtor executivo pudesse estar, realmente, levando em consideração seu pedido, ao vê-lo recostar-se em sua cadeira e olhar para o teto do escritório.

— Vou lhe dizer uma coisa — ele começou. — Se quiser levar seus filhos com você, por mim, tudo bem. Na verdade, vou dar um jeito de a empresa arcar com esse custo.

— Você só pode estar brincando, Joel. Michelle e Anthony estão ansiosos à espera dessas férias. É a primeira vez que os vejo entusiasmados com alguma coisa desde tudo que ocorreu. E ir a Ocean Grove não será férias, pelo menos não para mim. Estarei trabalhando preocupada o tempo inteiro, pensando nas crianças.

Joel abaixou a cabeça e fixou o olhar em Diane.

— Não estou brincando, Diane. É minha oferta final. Posso fazê-la apenas porque o *Hourglass* foi muito bem na temporada passada e o departamento financeiro não vai se recusar a pagar acomodações extras. Quanto a você, tenho certeza de que a qualidade de seu trabalho será a mesma. Você é uma profissional. Pode muito bem equilibrar esses dois mundos. Isto é, se quiser.

Diane sabia que Joel percebera que ela não queria, mas não estava preocupado. Ele queria aquilo e ponto... um vencedor de audiência. Mais uma edição do *Hourglass* que atraísse audiência que determinasse os preços que a emissora poderia cobrar dos anunciantes. Era só o que interessava a ele. O ego dele exigia que o seu programa fosse o mais assistido. Para satisfazer seu ego, não se intimidava em fazer ameaças, se as julgasse necessárias.

Diane levantou-se do sofá, sabendo que havia perdido. Tentou não pensar no fato de ter de dar a notícia aos filhos. Eles teriam de aceitar o inevitável. Ela gostaria que eles não tivessem de conhecer a dura realidade da vida tão cedo, mas era inevitável, assim como as outras lições que a vida já tinha ensinado a eles. O cancelamento das férias era mais um baque, mas, em comparação com todo o resto, não era nada.

Ela lera em algum lugar que crianças que têm a infância problemática podem muito bem se transformar em adultos saudáveis, mais fortes pelo que passaram, ou em pessoas perturbadas. Diane rezava todas as noites, pedindo que aquilo fosse realmente verdade. Rezava para que Michelle e Anthony se beneficiassem do fato de perceberem cedo que a vida continua, apesar das decepções. Rezava para que eles fossem resilientes e aprendessem a ver o lado bom das coisas. Esperava que eles aprendessem com o exemplo dado por ela, de uma mãe que estava tentando manter tudo sob controle e a família nos eixos.

Ela não tinha outra escolha. Com o pai na cadeia, ela era tudo que seus filhos tinham.

CAPÍTULO

4

Helen Richey estava na varanda, varrendo a areia do assoalho. Para ela, o barulho feito pela vassoura era agradável. Fazia com que ela se lembrasse dos verões de sua infância, quando seus pais a levavam, com suas três irmãs, para passar as férias ali, em Ocean Grove. Desde o final de semana depois das aulas até o Dia do Trabalho, Helen e a família viviam em uma das barracas na Associação de Camping de Ocean Grove.

Todas as estruturas tinham uma varanda de madeira, uma barraca de três metros e meio por quatro metros e meio e uma casinha coberta atrás. Todas as barracas tinham iluminação, água encanada, uma cozinha minúscula, porém completa, um banheiro e um chuveiro. Os freqüentadores tinham de levar todo o resto: móveis, tapetes, toalhas, talheres, cabides, até mesmo ar-condicionado. Alguns moradores compravam rádios e televisores. Mas os pais de Helen não os tinham. Eles insistiam para que as meninas se afastassem da caixa de porcarias, como o pai se referia à televisão, durante o verão.

Após a aula de estudo da Bíblia que as crianças tinham de manhã e do almoço na barraca, os dias continuavam com elas percorrendo a pé os dois quarteirões que levavam ao oceano Atlântico com suas toalhas e brinquedos de plástico em mãos. A mãe montava a cadeira de praia, prendia um guarda-sol portátil no braço de alumínio e sentava-se para ler revistas e romances, parando apenas para gritar avisos às filhas que brincavam na água. Alguns dias, havia muitas ondas; em outros, o mar ficava relativamente calmo. Mas sempre havia a diversão de cavar a areia, construir castelos e caminhos e escolher um picolé no carrinho do sorveteiro.

Era aquele tipo de verão que Helen desejava que Sarah e Hannah tivessem. Semanas simples e desocupadas de diversão ao ar livre, sob o sol, aproveitando o glorioso oceano Atlântico, aprendendo algumas lições a respeito de Deus e sobre como ser um bom membro de uma comunidade. Helen acreditava que os verões de sua infância na Associação de Camping de Ocean Grove tinham sido momentos bem vividos. Eles ajudavam a formar uma boa base para a vida adulta. Gostaria que Jonathan fosse capaz de entender isso.

O marido dela não suportava Ocean Grove — ou "Ocean Terror", como ele dizia —, pois, se alguém estivesse à procura de diversão, deveria ir a outro lugar. Mas Helen sabia que Jonathan não detestava a cidade em si, mas, sim, ficar dentro de uma barraca. Ele dizia que as condições primitivas e claustrofóbicas o deixavam incomodado. Ele sonhava com uma casa ou um apartamento em outra parte da cidade, um lugar que não estivesse associado com a "comunidade religiosa das barracas".

Durante todo o verão, ele só saía da casa deles em Paramus para ir a Ocean Grove aos finais de semana. Mas, naquele dia, Jonathan sairia mais cedo do trabalho e enfrentaria o trânsito de sexta-feira da Alameda Garden State para passar uma semana inteira com a mulher e as duas filhas na barraca deles na Bath Avenue. Ao mesmo tempo que Helen estava ansiosa para vê-los todos juntos, sentiu-se apreensiva também.

As barracas eram tão próximas umas das outras que, às vezes, quando um dos moradores espirrava, um vizinho respondia: "Saúde!" As barracas tinham ouvidos. Se Jonathan perdesse a paciência e dissesse suas opiniões, no mais baixo tom de voz que fosse, os outros freqüentadores tomariam conhecimento de seu descontentamento. Algumas vezes, Helen e o marido tiveram de ir para o carro para discutir algum assunto sobre o qual não dividiam a mesma opinião.

Ao terminar de varrer o chão, Helen saiu da varanda para inspecionar as flores que ela e as meninas tinham plantado com tanto carinho quando chegaram, em junho. Gerânios vermelhos, marias-sem-vergonha brancas e mentrastos lilases formavam uma barreira patriótica na base da plataforma da barraca.

Elas combinavam com a bandeira norte-americana que ficava pendurada no poste de madeira que dava sustentação às amarras da lona cobrindo a varanda. O calor estava dando trabalho às marias-sem-vergonha e as pequenas flores brancas estavam murchas e fechadas. Quando Helen estava prestes a encher seu regador na pia da cozinha, ouviu a porta de tela da vizinha sendo aberta.

— Olá, querida — disse a senhora de aparência frágil, a poucos metros de distância.

— Bom-dia, sra. Wilcox. Como vai?

— Oh, estou bem — respondeu, aumentando o tom da voz. — Com o corpo um pouco dolorido, mas, tirando isso, estou bem.

— A senhora dormiu bem? — Helen perguntou, juntando seu cabelo louro e prendendo-o.

— Não muito. Estava muito quente.

— Quando a senhora vai comprar um ar-condicionado, sra. Wilcox? — Helen não esperou pela resposta: — Jonathan chegará hoje, mais tarde. Ele poderia escolher um e instalá-lo para a senhora no final de semana. — Assim que ofereceu, ficou preocupada, pensando em como o marido reagiria.

— Não sei, querida. Sempre fui contra a idéia de ter ar-condicionado aqui. A brisa do mar sempre foi suficiente para mim e para Herbert. Mas este ano está diferente. Nos trinta e nove anos que viemos para cá, este verão tem sido o mais quente de todos. — Ela apontou para a barraca. — Na verdade, Herbert está lá dentro agora, tentando dormir um pouco. Ele também não conseguiu dormir essa noite, por isso levantou cedo e foi caminhando até a Main Avenue para comprar o jornal. Ele disse que todo mundo no Nagle's estava falando sobre a garota desaparecida.

Ao ouvir aquilo, Helen sentiu um aperto no peito. Temendo o pior, perguntou:

— Ela apareceu? Está bem?

A sra. Wilcox afirmou, balançando a cabeça de fios grisalhos.

— Ela apareceu e está bem. Mas a polícia acha que não foi seqüestrada. Todos acreditam que ela inventou a história para chamar atenção.

— Puxa, isso é terrível, sra. Wilcox. Terrível e muito triste.

Todos na cidade estavam acompanhando a história da jovem desaparecida, uma moradora de Ocean Grove que tinha residência fixa na comunidade.

Leslie Patterson vivia com os pais na Webb Avenue, e na noite passada Helen e as meninas foram acender uma vela diante da bela residência em estilo vitoriano da família. Após fazerem suas preces para que tudo se resolvesse, junto com outras pessoas na calçada, Helen aproveitou a oportunidade para lembrar às meninas os perigos de conversar com estranhos.

Apesar do calor sufocante, por um momento Helen sentiu um arrepio nos braços. Apesar de Leslie Patterson ter tido a oportunidade de crescer em uma cidade que Helen considerava o paraíso sobre a Terra, a jovem era problemática. Esse pensamento a assustou e ela pensou em suas filhas de cinco e seis anos de idade, que provavelmente estavam cantando "Jesus quer que eu seja um arco-íris" na aula de estudo da Bíblia naquele momento. Por mais cuidado com que criamos nossos filhos, por mais que tentemos preservá-los e protegê-los do perigo, às vezes eles não crescem bem.

CAPÍTULO

5

Tentando não demonstrar seus sentimentos, Diane manteve a cabeça erguida ao sair da sala do produtor executivo, mas, por dentro, estava fervendo. Ressentia-se do fato de não ter outra escolha, a não ser aceitar o trabalho em Ocean Grove, de Joel ter o poder de decidir seu destino. Outro correspondente poderia tê-lo mandado ao inferno, mas ela não tinha essa coragem e não era tão tola.

Precisava ter seu contrato renovado. Em uma situação econômica apertada e em um mercado que se tornava cada vez mais tecnologicamente avançado, estava difícil conseguir qualquer tipo de emprego. Menos pessoas eram contratadas para apresentar telejornais. Era passado a época em que jornalistas experientes conseguiam trabalho em qualquer emissora.

Seria muito bom voltar a ter a segurança econômica que ela tinha antes. Com o marido levando para casa um bom salário, a renda um pouco inferior de Diane servia como um bônus. A família Mayfield vivia confortavelmente. A espaçosa casa em Manhattan, a casa menor, porém bem localizada, em Amagansett, as escolas particulares das crianças. Mas tudo isso era antes de Philip ser indiciado. Antes de o mundo deles ruir.

Às vezes ainda era difícil acreditar que as coisas tivessem mudado com tamanha rapidez. Fazia apenas quatro anos que Philip conseguira o emprego dos sonhos como diretor financeiro da BeamStar, ciente dos planos da nova empresa de telecomunicações de abrir o capital. Diane ainda sentia raiva da estupidez de Philip, mas ficara arrasada com a desonestidade dele. Ele havia exagerado a rentabilidade da BeamStar nos documentos preenchidos em conexão com a oferta pública. O fato de o marido ter feito isso a mando de seus chefes a deixava ainda mais furiosa.

Quando a BeamStar sofreu um declínio, seus investidores enlouqueceram. O governo investigou e Philip caiu com seus chefes gananciosos. Apesar de ter cooperado com as investigações, recebeu a pena de um ano e um dia de detenção. Mas, se tivesse bom comportamento, poderia ser solto em outubro.

Nos meses desde que Philip foi mandado para cumprir sua pena na prisão federal em Fort Dix, Diane assinou os papéis cancelando o financiamento da casa de praia e usou o saldo para pagar alguns custos que ocorreram com a prisão do marido. Poderia continuar pagando o financiamento da residência e as mensalidades escolares dos filhos, mas sobraria muito pouco. Ela sempre se surpreendia com a rapidez com que a vida em Manhattan consumia um salário considerado muito alto pelo resto do país.

Enquanto Diane caminhava até seu escritório, pensou que deveria tentar ver o lado bom da situação. Talvez fosse melhor ela ter sido obrigada a cancelar a viagem. Seria um gasto maior do que eles podiam ter no momento, mas Philip insistira para que eles fossem sem ele. Sua sincera opinião era que a esposa e os filhos tinham de realizar a viagem para comemorar os dez anos de Anthony, sobre a qual conversavam há anos. Diane recusou a idéia por um tempo, mas acabou concordando quando sua irmã mais nova, Emily, afirmou que gostaria de passar o verão com eles depois que se formasse na Providence College. Ter a irmã ao seu lado na viagem seria menos triste. Apesar de Emily ser mais próxima de Michelle e Anthony em idade, ela era uma ótima companhia e outro adulto para preencher o lugar que deveria ser de Philip.

Diane pegou o telefone sobre a mesa. Teria a irmã como aliada antes de contar a notícia aos filhos. Poderia até pedir para que Emily contasse a eles. Diane não queria dar a notícia aos filhos por telefone e ainda demoraria horas para chegar em casa. Em vez de colocar botas e mochilas na mala de viagem, eles precisariam empacotar roupas de banho e toalhas de praia, e rápido. Joel queria que ela chegasse a Ocean Grove na manhã seguinte.

— Toc, toc.

Matthew Voigt apareceu na porta.

— Não estou acreditando — Diane resmungou. — Entre e feche a porta, por favor.

Matthew entrou na sala e fechou a porta.

— Pelo visto você já conversou com Joel, certo? — Seus olhos castanhos traziam um brilho divertido sob as sobrancelhas escuras.

— Pois é. Ele me disse.

— Sinto muito por suas férias, Diane — ele disse ao sentar-se em uma cadeira diante da mesa dela.

— Não é culpa sua. Nosso chefe destemido é um tirano insensível.

— Mesmo assim, é difícil de engolir, né?

— Já passei por coisas piores.

Matthew deu um sorriso amarelo. — É, concordo.

Diane suspirou, aceitando o inevitável e voltando sua atenção à tarefa apresentada.

— Pelo menos tenho você como produtor. Isso é bom.

— Obrigado, senhora. — Matthew fez uma reverência e elevou a mão à testa, como se tirasse um chapéu.

Diane pegou uma caneta de um porta-treco sobre sua mesa.

— O que você sabe até agora? — ela perguntou, posicionando a caneta sobre o bloco de anotações.

Matthew esticou o braço, entregando-lhe uma folha de papel.

— Este resumo tem a maioria dos detalhes até agora. Conversei com a polícia de Neptune. Parece que essa garota já teve problemas psiquiátricos e simulou um sumiço quando estava no ensino médio. Descobriram que ela estava se escondendo em uma sala-depósito no ginásio da escola. Com essa onda de seqüestros falsos acontecendo pelo país, a polícia acha que ela só está imitando.

Matthew esperou enquanto Diane recostava-se na cadeira e lia as informações. Leslie Patterson tinha vinte e dois anos. Seus pais avisaram sobre seu desaparecimento ao perceberem, na manhã de terça-feira, que ela não tinha dormido em casa. A polícia e os moradores de Ocean Grove vasculharam a cidade por três dias. Finalmente, três noites depois de seu desaparecimento, um segurança a encontrou, com os olhos vendados, amordaçada e presa na fundação da Associação de Camping de Ocean Grove.

— O que é a Associação de Camping de Ocean Grove? — Diane perguntou, sem deixar de ler o papel que segurava.

— É um tipo de retiro religioso. Fiz uma pesquisa na Internet e parece que os metodistas o fundaram depois da Guerra Civil como um local à beira-mar para rezar. Hoje em dia, não é preciso ser metodista para se associar, mas é preciso obedecer às regras da associação. E, escuta só: as pessoas vivem em barracas.

Diane olhou para ele. — De lona?

— Isso mesmo. E há cento e catorze barracas. Tem uma lista de espera de mais de uma década para conseguir o aluguel de uma, e os direitos de aluguel podem ser passados de geração a geração.

— Leslie vive em uma barraca? — Diane perguntou, mordendo a ponta da caneta.

— Não. Ela mora em uma casa. Ela é residente fixa. As pessoas das barracas só ficam lá durante o verão.

Diane terminou de ler o relatório. Um policial que não teve seu nome identificado disse ao jornalista da emissora que a investigação descobriu que Leslie tinha passado por um problemático tratamento de anorexia, "cortes" e outros comportamentos impulsivos. Segundo o relato, a polícia tinha certeza de que ela havia forjado o próprio seqüestro para chamar atenção.

— A menina é uma coitada, não é? — Matthew comentou ao ver Diane soltar a folha.

— Coitados são os pais também. — Diane sentiu um arrepio. — Anorexia *e* automutilação. Dois dos piores pesadelos dos pais.

— Pois é — Matthew concordou. — Mas, horrível ou não, é perfeito para o *Hourglass*.

CAPÍTULO

6

Assim que Matthew saiu da sala, Diane pegou o telefone e teclou o número de sua casa.

Sua irmã atendeu ao quarto toque:

— Alô? — Emily estava ofegante.

— Olá, sou eu. O que está fazendo?

— Abdominais.

— É isso aí, menina. — Diane imaginou a irmã em pé, descalça, vestindo um short e uma camiseta cortada enquanto falava ao telefone da cozinha. O cabelo castanho e curto devia estar despenteado. E devia estar segurando a garrafa d'água, sua companhia constante.

— O que foi?

— Tenho más notícias, Em.

— Quais?

— Não vamos viajar. Preciso trabalhar.

— Você *só pode* estar de brincadeira. As crianças vão pirar.

— Gostaria de estar brincando, Em. — Diane contou toda a conversa que tivera com Joel Malcolm e a sugestão que ele deu para que Michelle e Anthony fossem com ela a Ocean Grove enquanto se dedicava à história para o *Hourglass*. — Mas não foi exatamente uma sugestão, Em. Foi uma ordem.

— Que coisa, Diane! As crianças vão ficar muito decepcionadas.

— Diga uma coisa que eu ainda não saiba. Estou morrendo de medo de falar com elas.

— Quer que eu conte? — Emily perguntou.

— Estava esperando que você se oferecesse.

— Tudo bem. Vou contar quando elas acordarem.

Diane olhou para o relógio. Já passava das onze da manhã. Ela invejava a capacidade que os filhos tinham de dormir tanto. Seria um grande alívio não despertar no meio da noite e ficar na escuridão do quarto, conseguir dormir horas a fio sem acordar. Talvez a natureza tivesse planejado as coisas para serem assim mesmo; como a puberdade e a adolescência eram épocas conturbadas, as crianças precisavam de mais descanso para se recompor. Era uma pena os adultos não terem a mesma vantagem.

— Obrigada, Em. Você nem imagina como fico grata.

— Dá pra ter uma idéia.

Diane imaginou a irmã esboçar um sorriso. Emily tinha nascido com alma de velho, como a mãe delas costumava dizer. Mesmo quando era pequena, Emily sempre se mostrou madura para a idade. Diane achava que havia alguma coisa de estranho com a irmã, dezessete anos mais nova. Desde que aprendeu a falar, Emily conseguia entender as pessoas e as situações de maneira impressionante. Talvez tenha sido o fato de ela ter crescido cercada por muitos adultos.

As irmãs conversaram mais alguns minutos sobre o que precisava ser feito, a ligação que seria feita ao agente de viagens para cancelar o vôo e as reservas e as decisões sobre o que colocar na mala para o novo destino. Ao desligar, Diane consolou-se ao lembrar que Emily iria com eles a Ocean Grove. Conseguiria trabalhar com um pouco mais de conforto, sabendo que os filhos não estariam sozinhos. Para dizer a verdade, sabia que Michelle e Anthony se divertiam mais com a tia que com a mãe nos últimos tempos.

CAPÍTULO

7

No Nagle's Apothecary Café, Shawn Ostrander estava sentado no banco giratório diante do balcão de fórmica e pediu à simpática garçonete dois cafés para viagem. Os ventiladores de teto funcionavam em silêncio, dando ao local, que já tinha sido uma farmácia e que atualmente abrigava uma sorveteria e cafeteria, uma atmosfera de passado. Apesar de o ar-condicionado estar ligado no máximo, o calor sufocante que fazia lá fora era sentido todas as vezes que a porta de entrada era aberta.

Enquanto esperava seu pedido, Shawn ficou olhando para as rosetas negras no piso de cerâmica do chão, tentando concentrar-se no que tinha de fazer. Fosse lá o que Leslie estivesse passando, ele tinha de trabalhar. Precisava concentrar-se na pesquisa. Mas, antes disso, Shawn queria saber se Carly Neath gostaria de encontrá-lo naquela noite em Asbury Park, onde ele estaria trabalhando como bartender.

Enquanto a garota colocava as tampas de plástico nos copos de papel, Shawn disse:

— Hoje à noite terá um show de violão e churrasco no Stone Pony, Carly. Quer ir?

Carly colocou as embalagens com o café dentro de um saco de papel e entregou a Shawn.

— Parece divertido, mas vou trabalhar como babá hoje à noite.

— Para quem? — Shawn quis saber.

— Para os Richey. Das barracas.

— A que horas eles estarão de volta?

— Não será muito tarde. — Carly deu de ombros. — Perto de onze da noite.

— Você poderia ir depois desse horário.

Carly baixou os olhos para o balcão.

— Fico surpresa de você não se importar de ser visto com outra pessoa hoje à noite, Shawn — ela disse em tom baixo.

— Você está dizendo isso por causa de Leslie?

O rabo-de-cavalo de Carly balançou quando ela afirmou.

— Olha, Carly — ele começou, devagar. — Sinto muito pela Leslie. De verdade. Mas não posso mais me preocupar com ela. Minha vida tem de continuar. E também não posso me preocupar com o que as pessoas podem pensar.

Carly sentiu pena de Shawn ao perceber sua expressão desolada. Ele já havia contado um pouco sobre sua ex-namorada, e a garota não parecia ser muito controlada. Mas se ela tivesse fingido seu próprio seqüestro para chamar a atenção dele, conforme os boatos que estavam sendo espalhados, Carly se sentiria um pouco responsável. Ela sabia que Shawn dissera a Leslie que ele estava gostando de outra garota antes de ela desaparecer.

— Tudo bem — ela disse. — Acho que dá para eu encontrá-lo lá. — Ela se sentiu melhor ao ver Shawn se alegrar.

— Ótimo, Carly. — Shawn sorriu. — Vejo você hoje à noite, então, no Stone Pony. Agora vou caminhar com Arthur.

Carly olhou para o relógio.

— É uma pena, gostaria de ir com você, mas ainda tenho algumas horas de trabalho.

— Tudo bem. Direi a Arthur que você perguntou sobre ele.

Carly sorriu.

— Gostei muito de conhecer Arthur, Shawn. E admiro sua disposição em ajudá-lo.

Shawn tratou de esquivar-se do elogio:

— Não é nada e, às vezes, acho que ganho mais com isso que ele.

Ele pagou os cafés e saiu, virando à esquerda na Main Avenue. Semicerrando os olhos por causa do sol forte, foi olhando para o oceano Atlântico enquanto percorria os dois longos quarteirões que levavam ao calçadão.

Sob o sol quente, não conseguiu deixar de pensar em Leslie. Ele se sentia mal por ter terminado o namoro em um momento em que ela estava tão carente. Sentia-se constrangido por não ter se unido ao grupo que saiu à procura dela pela cidade. Condenava-se por não se importar com o que acontecera a ela e sentia um grande alívio por, finalmente, ter terminado tudo.

Se alguém tivesse dito a ele, no dia em que entrou na imobiliária Surfside à procura de um novo apartamento, que a jovem magra da recepção lhe traria tantos problemas, provavelmente não teria dado ouvidos. Sentiu atração por Leslie Patterson no momento em que a viu. Ela não era exatamente bela, como Carly, mas seus olhos castanho-escuros o atraíam como ímãs. Ela demonstrava uma grande melancolia, como se estivesse esperando que alguém chegasse para salvá-la.

Assim que chegou à Ocean Avenue, Shawn parou para deixar que os carros passassem antes de atravessar para o calçadão, dizendo a si mesmo que Leslie não era mais problema dele. Por pena e por sentir-se responsável, ele mantivera o relacionamento por muito tempo. Acreditara que poderia ajudá-la, curá-la, consertá-la. Acreditara que poderia *motivá-la* a melhorar, que paciência, atenção e afeto serviriam para devolver-lhe a saúde.

Tentando satisfazer o próprio ego, ele errara.

Por fim, Shawn compreendeu que Leslie Patterson não poderia ser curada por ele nem por ninguém. Os problemas dela eram profundos. Bem mais profundos que os cortes que ela fazia em si mesma com alfinetes e pedaços de vidro atrás dos joelhos e na parte interna das coxas.

CAPÍTULO

8

A conversa que ele tivera com a polícia tinha sido muito ruim. Owen Messinger suspirou ao colocar o telefone no gancho.

Todas as horas de terapia nos últimos anos não tinham ajudado Leslie Patterson. A polícia acreditava que ela tinha forjado seu próprio seqüestro, uma tentativa óbvia de chamar atenção. Ela ainda era muito jovem.

Owen levantou-se e foi em direção à estante, de onde tirou uma pasta amarela. Amarelo era a cor de Leslie. As pastas verde, vermelha, azul, laranja e roxa continham as folhas de outras jovens que ele estava tratando que tinham distúrbios alimentares, problemas com automutilação e outros comportamentos impulsivos. Cada uma trazia os registros de progressos feitos pelo terapeuta, tanto da doença quanto do tratamento para cada paciente.

Sentando-se no divã onde Leslie estivera tantas vezes, Owen abriu a pasta amarela e começou a folhear os papéis. Os registros começaram oito anos antes. Leslie estava no segundo ano do ensino médio quando sua mãe percebeu as marcas de lâmina de barbear nas pernas da filha. Não os cortezinhos feitos por uma adolescente inexperiente na hora de depilar as pernas, mas, sim, cortes agressivos feitos com lâmina afiada.

À mão, Owen anotara suas observações:

— DISTÚRBIO ALIMENTAR DE L.P. = PERDA DE PESO EXTREMA.

— L.P. DIZ SE ALIMENTAR 3X AO DIA. UMA ANÁLISE MAIS DETALHADA INDICA QUE A QUANTIDADE DE COMIDA CONSUMIDA REALMENTE É MUITO PEQUENA.

— L.P. COMEÇOU A FAZER EXERCÍCIOS FÍSICOS À EXAUSTÃO, COMO MEDIDA PARA CONTROLAR O PESO.

— L.P. DEMONSTRA CONSTANTE PREOCUPAÇÃO COM SEU CORPO. VÊ A SI MESMA COMO ACIMA DO PESO.

— L.P. NÃO SE ACHA MAGRA, APESAR DE ESTAR MUITO ABAIXO DO PESO RECOMENDADO.

— L.P. TENTA ALIVIAR O ESTRESSE FAZENDO CORTES EM SEU CORPO. RAIVA NÃO EXPRESSADA OU NÃO RESOLVIDA.

Owen percebeu que as anotações feitas no passado não eram diferentes do que escreveria a respeito de sua paciente naquele momento. A diferença era que, agora, ele tinha certeza de que Leslie diversificara seu arsenal de instrumentos de corte, de lâminas de barbear a alfinetes e cacos de vidro. E também que ela não estava reagindo à nova terapia.

O interfone tocou e ele ouviu a voz de sua assistente:

— Anna Caprie chegou, dr. Messinger.

— Tudo bem, Christine. Só um minuto.

Ele fechou a pasta amarela e a recolocou na estante. Assim que pegou a pasta verde de Anna Caprie, hesitou por um instante, perguntando a si mesmo se deveria dar prosseguimento à sua nova terapia. Mas logo deixou de lado a dúvida e voltou para sua mesa, de onde tirou uma embalagem de lâminas de barbear da gaveta.

CAPÍTULO

9

— Não estou com fome. — Leslie balançou a cabeça quando sua mãe colocou a bandeja sobre a mesa. — Por que você sempre me força a comer quando eu não quero?

— Não estou lhe forçando, Leslie. Só estou lhe oferecendo um almoço. Você tem de comer alguma coisa, querida.

Audrey Patterson esforçou-se para não demonstrar a frustração que sentia. Nos últimos três dias, tinha feito pactos com Deus. Se a filha voltasse para eles, se Leslie voltasse para casa, sã e salva, seria mais paciente com ela. Não desanimaria: tentaria com mais vontade ser uma mãe melhor e uma amiga de sua única filha. Mas o alívio inicial de ter Leslie de volta estava começando a se desfazer quando Audrey percebeu que o comportamento familiar voltava a surgir. Três dias longe, só Deus sabia onde, não tinham mudado nada. Leslie novamente adotava o comportamento de antes.

— Olha, querida. — Audrey abriu o sanduíche de pão integral. — É peito de peru. Carne branca. Magra e gostosa.

— Por favor, mamãe. Deixe aí, está bem? Vou comer mais tarde. — Leslie apontou o controle remoto para a televisão. Nervosa, Audrey sentou-se no sofá ao lado da filha quando o telejornal do meio-dia da rede CBS começou. A repórter Cindy Hsu saudou os telespectadores e começou a dar a notícia principal. Uma onda de calor estava assolando o nordeste. Os hospitais registravam um número cada vez maior de problemas de saúde relacionados ao calor. As pessoas estavam desmaiando nos metrôs de Nova York. O macadame derretia nas ruas da cidade. Os oficiais alertavam para o risco de queda de energia, se as pessoas mantivessem o ar-condicionado no máximo, e o corpo de bombeiros avisou que haveria uma catástrofe em caso de incêndio, se os hidrantes continuassem sendo abertos por pessoas tentando espantar o calor sufocante.

Audrey observou, do canto dos olhos, a filha ajeitando o cobertor sobre as pernas magras. Apesar de estar muito quente lá fora, a temperatura se mantinha agradável dentro da casa. Certamente não havia necessidade de usar um cobertor. Mas Leslie sempre sentia frio. *Não era para menos,* a mãe pensava. Não havia carne sobre aqueles ossos.

Como Audrey temera, a história depois do primeiro comercial foi a de sua filha, a garota que as autoridades afirmavam ter forjado o próprio seqüestro e que forçara todos da cidade a sair atrás dela como loucos, durante três dias.

Leslie disse, olhando para a tela:

— Não foi a cidade toda. Shawn Ostrander não quis nem saber de me procurar.

Audrey tentou segurar a mão da filha, mas Leslie a afastou.

— Não se preocupe, mãe. Você não pode mudar nada. Deixe-me em paz.

Juntas, elas assistiram ao restante do noticiário em silêncio. Quando os repórteres estavam agradecendo aos telespectadores e se despedindo, o telefone tocou. Audrey franziu o cenho ao olhar para a filha, preocupada.

— Provavelmente é outro jornalista — Audrey disse, com um suspiro. — Por que eles não nos deixam em paz?

— Vou atender — Leslie disse e começou a levantar-se do sofá. *Um tanto animada,* Audrey pensou.

— Não — ela disse rapidamente, empurrando a filha com delicadeza. — É melhor que eu resolva isso. — Ao atender, Audrey ouviu uma voz de mulher.

— Alô? Aqui quem fala é Diane Mayfield, da KEY News. É a sra. Patterson?

— Sim. — Audrey esperou antes de colocar em ação seu plano de recusar imediatamente qualquer pedido para comentários. Não se tratava de um telejornal qualquer. Era uma emissora de abrangência nacional que estava telefonando. Audrey assistia ao *Hourglass* e admirava Diane Mayfield. Diane parecia simpática, conseguindo a informação de que precisava dando confiança aos entrevistados para que se abrissem, sem forçar nada. Diferente de outros repórteres. Aqueles que mais pareciam urubus sobre a carniça.

CAPÍTULO

10

Matthew Voigt ficou sentado na sala de Diane, ouvindo-a falar ao telefone e, de vez em quando, sussurrando sugestões. Quando ela desligou, ele inclinou-se para a frente.

— E aí? O que ela disse?

Diane deu de ombros.

— Pelo menos não disse não. Disse que vai pensar a respeito.

— O que mais?

— Que me assiste no *Hourglass* e que admira meu trabalho.

— Ótimo. Isso já deve ajudar — Matthew disse, recostando-se. — Pode apostar que não somos os únicos querendo entrevistar Leslie Patterson. Se a mãe dela gosta de você, nossas chances de entrevistar a garota aumentam muito.

— Certo — Diane disse ao levantar-se e caminhar para a frente da mesa. — É só isso que podemos fazer daqui. Quando você vai para Ocean Grove?

— Vou passar em casa para pegar minha mala e sigo direto para lá — ele respondeu. — Chego hoje à tarde e vou tentar levantar alguns dados. Nós nos vemos amanhã cedo.

Diane concordou.

— Quem está em nossa equipe? — ela quis saber.

— Gates e Bing.

Diane rolou os olhos.

— Ótimo. Não poderia ser melhor.

— Pode ter certeza de que eu também não gostei, Diane. Tentei que fossem Cohen e Doyle, mas eles estão de férias. Estamos presos com o Sammy.

— Deus do céu, Matthew. Da última vez que Sammy Gates filmou minha reportagem, eu parecia um trapo. Ele sequer se importou em me dizer que meu cabelo estava levantado atrás, e até parecia que estava tentando aumentar minhas olheiras. O cara sequer se dá ao trabalho de acertar a luz corretamente.

Matthew concordou. — Eu sei. Mas prometo que ficarei em cima dele, Diane. Eu mesmo vou cuidar para que Sammy faça com que você apareça bem na gravação.

Ela sabia que Matthew cumpriria sua promessa. Entre todos os talentosos produtores do *Hourglass*, Matthew era seu preferido. Era meticuloso nas pesquisas e nos planejamentos, e também conseguia assumir o controle quando preciso. Não havia gravações previsíveis e Matthew Voigt tinha a capacidade de entender o que precisava ser feito em uma situação de mudança. Todos os correspondentes do *Hourglass* tinham seus produtores favoritos. Matthew era o número um na lista de todos.

— Tudo bem, se está dizendo, vou contar com você. — Diane olhou para o relógio. — Vou descer, pegar alguma coisa para comer em minha mesa e terminar de organizar uma papelada que pretendia arrumar antes de sair para as férias que não vou mais tirar. Depois, vou para casa para fazer a mala e enfrentar o esquadrão de fogo.

CAPÍTULO

11

Shawn começou a tirar os óculos escuros, mas mudou de idéia. Sabia, por experiência, que Arthur não confiava em ninguém que escondesse os olhos.

Seu emprego como garçom no Stone Pony pagava suas contas, mas a liberdade dos doentes mentais na comunidade fora o objetivo de Shawn durante todo o verão. Ele estava fazendo sua tese de mestrado e Ocean Grove era um ótimo local para pesquisa, uma vez que a cidade tinha se tornado um lugar com grande número de pessoas que haviam sido transferidas devido à sobrecarga do hospital psiquiátrico de Nova Jersey. As velhas pousadas de madeira e as casas à beira-mar da cidade eram lugares convenientes para colocar as pessoas com problemas mentais. Ocean Grove se tornou conhecida não apenas pela grande concentração de casas em estilo vitoriano, mas, também, pela grande população de pacientes psiquiátricos.

Shawn crescera observando os pobres coitados andando pelo calçadão, fumando cigarros e bebendo café. Todos reclamavam do fato de o Estado ter tomado poucas providências para abrigá-los corretamente, uma vez que estavam vivendo livremente. Nenhuma clínica fora aberta, nenhum centro de atividades ou programa de treinamento vocacional fora oferecido. Pouco esforço era feito para garantir que os pacientes tomassem seus medicamentos.

O Estado dera pouca atenção às pessoas abandonadas e nenhuma qualidade de vida aos cidadãos que viviam perto delas. Apesar de Ocean Grove ter uma vasta tradição de tolerância e cuidados com os menos afortunados, os moradores reclamavam, pois muitas vezes eram vítimas de roubos e posturas indecentes infestavam seu adorável recanto litorâneo. Os donos de hotéis e de pousadas viam os negócios irem mal das pernas e os valores das propriedades em Ocean Grove caírem vertiginosamente.

Por fim, os moradores da cidade se organizaram e conseguiram uma lei que limitava o número de casas para os pacientes psiquiátricos. Os moradores foram realocados em outras comunidades espalhadas por Nova Jersey com a promessa de que, dessa vez, mais serviços de apoio e reabilitação seriam oferecidos.

Enquanto procurava por Arthur, Shawn se lembrou do dia que influenciara sua vida para sempre, o dia em que ele viu um ex-paciente psiquiátrico cometer suicídio pulando do telhado de um hotel no centro da cidade. Para um garoto de dez anos de idade, a cena tinha sido terrível, fascinante e conclusiva para sua decisão. Levara uma criança a pensar em coisas nunca antes analisadas. Por que algumas pessoas eram perturbadas e outras não? Não havia nada que pudesse ser feito para ajudar aqueles que sofriam tão injustamente? Não seria responsabilidade dele tentar?

O pai de Shawn não ficou muito animado quando o filho anunciou que queria se tornar um assistente social, mas a mãe disse que sentia orgulho por ter criado um filho que desejava ajudar os outros e contribuir para tornar o mundo um lugar melhor. Na Monmouth University, Shawn formou-se em serviço social. No mês seguinte, foi para o campus New Brunswick da Rutgers University para continuar realizando sua tese de mestrado. Naquele dia estava procurando por Arthur Tomkins, liberado do hospital de veteranos, atormentado pelas lembranças da Guerra do Golfo e morando em Ocean Grove.

Shawn procurou no calçadão começando da esquerda, conseguindo ver a onda de calor subindo das tábuas. O caminho à beira da praia ia de ponta a ponta nas fronteiras da cidade, onde o antigo e misteriosamente belo Casino, em Asbury Park, um edifício cavernoso em estilo art déco, continuava em pé, apesar de estar em ruínas. O Casino, que já tinha sido o local que abrigava uma pista de patinação no gelo e um carrossel com cavalos feitos e pintados à mão, era agora apenas a lembrança do esplendor de um vizinho de Ocean Grove.

Arthur não estava em lugar nenhum. Shawn começou a caminhar em direção ao Casino, sem desviar o olhar do mar. A água azul o provocava, deixando-o tentado a esquecer a pesquisa e correr para se refrescar nas ondas. Mas sua consciência o fez seguir firme no propósito.

Shawn sabia que Arthur gostava do tempo que os dois passavam juntos. Mas, quando Shawn levou Leslie consigo, outro dia, e também quando apresentou Carly a Arthur, o pobre rapaz parecia alternar alegria e tristeza. Shawn percebera que Arthur tinha gostado de conhecer as duas jovens, mas, em alguns momentos durante a conversa, ele se calava e olhava para o mar. Shawn conhecia a história de Arthur o bastante para suspeitar que ele estava pensando em sua antiga namorada, que o abandonara quando ele estava na guerra.

Quando estava prestes a desistir, Shawn avistou Arthur, vestindo seus trajes militares, caminhando pela lateral do Casino, em direção ao banco mais próximo no calçadão, dando três voltas ao redor dele antes de sentar-se.

Shawn apressou o passo, foi direto ao banco e sentou-se ao lado de Arthur. Percebeu que o rapaz precisava se barbear e cortar o cabelo.

— E aí, cara. Por onde você andou? — Shawn perguntou.

— Ah, sabe como é, Shawn. Por aí.

— Está tomando seus remédios, Arthur? — Shawn pôs a mão do ombro de Arthur.

— Claro, Shawn — Arthur respondeu, balançando a cabeça três vezes. — Você sabe que eu sempre faço o que me pede.

CAPÍTULO 12

Ao levar o casal e o bebê deles de volta ao carro, Larry Belcaro não pôde deixar de sentir pena daquelas pessoas. Como um casal jovem conseguiria comprar uma casa na praia? Os preços tinham subido muito. Apesar de ser bom para a imobiliária Surfside e, conseqüentemente, para ele, Larry não achava que era bom para a região, de modo geral. A costa de Jersey tinha de ser um lugar para onde as famílias pudessem ir para aproveitar o mar e para se divertir. Na sua opinião, esses prazeres simples da vida deveriam estar à disposição de todos, e não apenas dos mais abastados.

Ao virar seu sedã bege na Webb Avenue, uma lembrança lhe ocorreu sem querer. Uma garotinha de cabelos negros e enrolados, cavando a areia sob um lindo céu azul. Nariz pequeno e delicado, os ombros branquinhos ficando corados com o sol de verão. Um sorriso de felicidade no rosto daquele anjo, que chamava o pai para ver seu castelo.

Larry parou em frente à casa salmão em estilo vitoriano e balançou a cabeça, tentando afastar as lembranças. Ele não se conformava. Às vezes as memórias voltavam aos montes, pegando-o desprevenido, como naquele momento, depois de passar um tempo com uma jovem família feliz, uma família como a dele já tinha sido. Algumas vezes as lembranças surgiam de modo esperado. Surgiam quando ele ouvia alguém falar sobre a formatura de um filho. Em um casamento, quando o pai dançava a valsa com sua filha. Na cerimônia de crisma de uma sobrinha ou de um sobrinho. Sempre que a vida mostrava algo que Larry não teve a chance de experimentar com Jenna, as lembranças chegavam para assombrá-lo.

Como as coisas puderam dar tão errado?

Enquanto se esforçava para sair do carro, Larry se perguntava por que ainda fazia a mesma pergunta de sempre. Dois anos já tinham se passado desde a morte de Jenna, e um ano desde que a mãe a seguira. Na cabeça de Larry, os acontecimentos eram passados e repassados, dia após dia, dolorosamente, noite após noite em claro. E sempre chegava à mesma conclusão: tinha sido culpa dele.

Deveria ter feito mais por Jenna, ter conseguido mais ajuda. Não podia ter confiado tanto naquele charlatão sem-vergonha que se dizia terapeuta. Larry deveria ter impedido Jenna de continuar indo às consultas quando viu que ela não apenas continuava na mesma situação, mas piorava. Porém, Jenna implorava para que pudesse continuar sendo tratada com Owen Messinger. Tinha certeza de que precisava dele para melhorar. Por fim, seus pais desistiram, sem saberem mais o que fazer.

Não havia desculpa, Larry percebia. Sim, eles estavam desesperados à procura de alguém que ajudasse Jenna, mas deveriam ter agido de acordo com a intuição. No fundo eles sabiam que Owen Messinger estava ferindo e não ajudando a filha deles. Deveriam ter ido até o fim do mundo para detê-lo. Poderiam ter deixado de pagar pelas consultas, mudado de casa ou mesmo internado Jenna para seu próprio bem. Qualquer coisa que a protegesse daquele homem malvado.

Mas, em vez disso, tinham sido cúmplices da morte dela. Duas vezes por semana, Larry e a esposa levavam a filha às consultas. Ele nunca se perdoaria por isso. A mãe de Jenna foi consumida pela culpa também, e isso, junto com a dor pela perda, fez com que ela tirasse a própria vida — literalmente. Marie já vinha bebendo muitos meses depois do suicídio da filha, que cortou os pulsos. Por fim, uma noite, quando estava embriagada, ela bateu o carro contra um poste.

Agora, só restava ele.

Percebendo os gerânios rosa e brancos que surgiam das floreiras da varanda, Larry pensou que não havia nada que ele pudesse fazer para mudar tudo que tinha acontecido. Mas estava determinado a ajudar outras pessoas que estavam na mesma situação torturante na qual sua família já estivera. Na época da Páscoa, ele tomou o primeiro passo, seguindo uma jovem magra quando ela saiu do consultório de Owen Messinger, e a seguiu até a casa na qual ele se encontrava agora.

Durante semanas ele passou diversas vezes diante da residência, vendo Leslie de vez em quando, ao sair ou entrar. Ele a seguira e, no momento certo, a viu entrando na Lavender & Lace. Entrou na loja também e agiu como se fosse um cliente. Puxou conversa com Leslie e sua mãe e mencionou que estava precisando de ajuda em seu escritório. Agora, Leslie trabalhava para ele, que podia cuidar dela.

Audrey Patterson abriu a porta.

— Que bom que você veio, Larry. Você tem sido um chefe maravilhoso para Leslie, e um ótimo amigo também.

Após levar Larry até a sala de estar para encontrar sua filha, Audrey foi para a cozinha fazer uma limonada. Larry passou a conversar gentilmente com a jovem:

— Fico feliz por você estar bem, Leslie — ele disse, mostrando sinceridade no olhar e no modo de falar.

— Mas ninguém acredita em mim, Larry — Leslie disse. — Uma pessoa me pegou e me prendeu contra a minha vontade. Por que ninguém acredita em mim?

— Não interessa o que eles pensam, Leslie. Só interessa que você se cuide e fique bem. Nada tem mais importância que isso.

Ao ver os olhos de Leslie cheios de lágrimas, Larry lembrou-se novamente da filha. Estava disposto a reparar alguns erros.

— Você acredita em mim, Larry? — Leslie perguntou, soluçando. — Por favor, diga que sim.

— Acredito que você tem passado por momentos terríveis, Leslie. Também acredito que talvez a melhor coisa que você pode fazer por si mesma é voltar ao trabalho. Tirar tudo isso da cabeça. Descanse no final de semana. Mas quero que saiba que seu emprego está a sua espera. Volte ao escritório na segunda-feira pela manhã, Leslie. Eu sei, por experiência própria, que o trabalho é o melhor remédio.

CAPÍTULO

13

O que deveria ter demorado um pouco mais de uma hora acabou levando duas horas e meia no tráfego de final de tarde de sexta-feira na alameda Garden State. Quando finalmente chegou a Ocean Grove, Jonathan precisou de mais meia hora até encontrar uma vaga de estacionamento. Quando encontrou uma, tirou a bagagem do carro e caminhou os seis quarteirões até a barraca; estava esgotado, física e mentalmente.

Ao abrir a porta de tela, não encontrou ninguém na tenda. Não sabia se deveria se sentir aliviado ou irritado. Era pedir demais que, depois de esperar tanto tempo naquele trânsito miserável, sua família estivesse presente para recebê-lo? Desanimado, ele andou os poucos metros para dentro da minúscula casa de veraneio e jogou sua mochila sobre a cama de casal meticulosamente arrumada.

Por outro lado, era bom ficar um pouco sozinho porque sabia que na próxima semana não teria nenhum momento de privacidade. Ele, Helen e as meninas estariam amontoados. E ele podia esquecer se pretendia passar alguns momentos de intimidade com a esposa. Helen ficaria com medo de que as crianças ou os vizinhos escutassem qualquer som que eles fizessem. Ali estava mais um motivo para Jonathan detestar ficar naquela barraca.

Mas Helen adorava aquele lugar, e as meninas pareciam tão felizes e saudáveis ali. Que tipo de marido e de pai ele seria se privasse sua família de verões de livros de histórias como aqueles?

Mais alguns passos e ele estava dentro da pequena cozinha. Abriu a geladeira pequena, pegou uma lata de Coca-Cola e tomou todo o líquido. Não era a bela cerveja gelada que ele tanto queria, mas dava pro gasto. Não eram vendidas bebidas alcoólicas em Ocean Grove. Jonathan sabia muito bem que não podia levar nenhuma lata de cerveja para lá. Helen não admitiria. As coisas eram daquele jeito e ponto.

Pelo menos ele a convencera a contratar uma babá para que pudessem sair à noite. No ano passado eles tinham encontrado um salão de baile que vendia bebidas alcoólicas em Bradley Beach. O décimo aniversário de casamento se aproximava e seria ótimo que os dois pudessem sair à noite. Eles precisavam se aproximar e ele tinha de aliviar um pouco a tensão. Havia muitas mulheres bonitas, com corpos magros e jovens no escritório, e ele se pegara admirando-as um pouco demais ultimamente.

CAPÍTULO

14

A conversa à mesa da casa dos Mayfield era uma mistura de Diane e Emily tentando mostrar entusiasmo com a mudança de planos para as férias, Anthony expressando seu descontentamento e Michelle fazendo beicinho enquanto remexia o macarrão em seu prato.

— Veja. Vocês não estão sendo mandados para a guerra ou qualquer coisa parecida — Diane disse. — Vocês têm idéia de quantas crianças fariam qualquer coisa por umas férias na praia?

— Ah, mãe, pára com isso, tá legal? — Anthony disse, balançando a cabeça. — Ir para a praia é legal, mas nós já fomos para Amagansett vários outros verões. Já estamos cansados. Eu disse para meus amigos que eu ia para o Grand Canyon, e agora eu vou parecer um bobão. Se quer saber, a costa de Nova Jersey não chega aos pés do Grand Canyon.

A paciência de Diane estava chegando ao fim.

— Sabe de uma coisa, Anthony? Sinto muito que não vamos fazer a viagem que estávamos planejando, pode ter certeza, querido. Mas se eu quiser continuar com meu emprego na KEY News, preciso pegar esse trabalho. É isso. Você tem que entender. — Ela parou, pensando se o que estava prestes a dizer magoaria seu filho. Mas decidiu ir adiante. Com o pai na cadeia ou não, o filho precisava entender a situação. — E para ser bem sincera, Anthony, você está parecendo um menininho mimado.

Anthony ficou como a irmã, olhando para o prato em silêncio.

— Alguém mais quer pão de alho? — Emily perguntou, tentando animar o ambiente. Quando a cesta de pão passou por todos, Diane percebeu que a filha recusou, enquanto os outros três pegaram mais uma fatia cada.

— Michelle, o pão de alho de Emily está uma delícia. — Diane segurou o cesto em direção à garota. — Por que não pega mais um pedaço, querida?

— Porque eu já comi duas fatias, mãe. — Michelle não se preocupou em esconder a irritação.

Diane estava pronta para repreender a filha pela resposta, mas sabia que, se pegasse muito pesado, Michelle acabaria correndo para seu quarto e não terminaria de jantar. Ultimamente, parecia que a garota de catorze anos estava praticamente à procura de algum motivo para ficar brava. Diane explicava esse comportamento como uma reação ao estresse e à vergonha de saber que o pai estava preso, adicionado a um período normal de rebeldia adolescente. Mas, apesar das várias conversas que tivera com a filha, as coisas não estavam melhorando.

Preferindo ignorar o comentário de Michelle, Diane mudou de assunto, citando o lado bom da viagem:

— Vejam. Vai ter praia todo dia. Podemos ir ao cinema ou jogar minigolfe à noite. Deve ter algum parque de diversões perto do calçadão, então poderemos ir até lá também. Talvez tenha algum show a que vocês queiram assistir. Anthony, depois do jantar, por que não tenta descobrir alguma coisa na Internet?

Naquele momento, Anthony levantou sua câmera digital, segurou-a firme com as duas mãos, enquadrou a mãe na luz e apertou o acionador. O flash da câmera cegou Diane momentaneamente.

— Anthony! — Diane gritou, nervosa. — Já te disse milhões de vezes pra não trazer essa câmera para as refeições. O papai e eu quisemos te dar essa máquina fotográfica como uma influência positiva, mas você está ficando muito irritante com ela. Se a trouxer para a mesa de novo quando estivermos comendo, vai poder me fotografar esganando você!

O restante da refeição transcorreu com Diane e Emily conversando sobre o que precisava ser feito antes de eles partirem para Ocean Grove, na manhã seguinte.

— Posso me retirar, por favor? — Michelle perguntou, e Diane sentiu um certo alívio. Nem todos os sinais de educação tinham sumido. Ainda havia esperança.

— Sim. Pode ir.

— Eu também?

— Sim, Anthony. Você também.

Os dois irmãos levaram os pratos para a cozinha. Michelle jogou as sobras na lata de lixo, e Anthony deixou o dele no balcão ao lado da pia.

— Você cozinhou, Em. Eu lavo a louça — Diane disse.

— Não vou reclamar — Emily disse, sorrindo. — Vou até a farmácia comprar protetor solar e labial. Quer alguma coisa?

— Um frasco grande de Advil seria uma boa idéia.

— Tudo bem.

Diane ouviu a porta do apartamento sendo trancada enquanto pegava o prato e o guardanapo de Anthony de cima do balcão e pisava no pedal do cesto de lixo. Estava prestes a jogar o macarrão que tinha sobrado no saco de lixo quando olhou o que já havia ali dentro. Duas fatias de pão de alho intocadas estavam sobre o guardanapo de papel usado por Michelle.

CAPÍTULO 15

— Diane Mayfield da KEY News telefonou hoje, Lou. Ela quer entrevistar Leslie.

Leslie estava perto da porta, encostada na parede da sala de jantar, tentando escutar a conversa de seus pais, que estavam do outro lado. Audrey e Lou Patterson estavam sentados à mesa da cozinha, tomando chá descafeinado e tentando decidir o que fazer para resolver o problema da filha.

— Acho que não devemos nos envolver com nada, Audrey, não enquanto não tivermos um advogado que possa nos dizer o que Leslie terá de enfrentar, se a polícia disser que eles têm como provar que ela mentiu e que armou tudo — o pai de Leslie disse, com sua voz grave. — Peguei alguns nomes. Um deles é da região, e os outros dois são muito conhecidos em Hudson County. Quem você acha que devemos escolher, Aud? O que conhece a região e a polícia de Neptune ou o melhor defensor que pudermos pagar?

— Quero os dois — a mãe respondeu. — Podemos contratar os dois?

— Você está dizendo que devemos contratar o advogado da região e o outro do norte? — Leslie concluiu que a mãe deve ter assentido com um movimento de cabeça, pois seu pai voltou a falar: — Não dá, a menos que ganhemos na Loto de repente, Aud. Não temos tanto dinheiro. Você sabe disso, querida.

Ao ouvir a mãe começar a chorar, Leslie pôde imaginar o pai segurando o braço da esposa, tentando confortá-la.

— Vai dar tudo certo, Aud. Eu prometo.

— Não, Lou, não vai ficar tudo bem. — O tom de voz da mãe ficou mais alto. — Há anos as coisas não estão nada bem, e nada vai melhorar de repente. Só sei que não vou permitir que minha única filha seja punida porque ela não está bem. É isso. Leslie é mentalmente instável, e é por isso que pregou essa peça. Qualquer advogado de defesa que se preze consegue provar isso. Podemos provar que ela tem feito terapia há anos.

— Acho que a polícia não vai encarar essa mentira como uma simples "peça", Audrey. Nem as pessoas da cidade. Algumas podem até sentir pena de Leslie, mas não querem que a situação se repita passando a mão na cabeça dela. Foi muito caro organizar toda aquela procura por ela e ninguém gosta de perder tempo e dinheiro. Não querem se ver obrigados a pagar a conta por mais uma garota que decida fingir um sumiço para chamar atenção. Elas vão querer usar nossa filha como exemplo.

Leslie sentiu o coração acelerar e as bochechas ficarem quentes. Percebeu que a polícia não tinha acreditado em sua história, mas não pensava que seus pais também não acreditavam nela ou que ela poderia acabar sendo presa. Já tinha escutado várias histórias sobre o que acontece na prisão, e só de pensar já morria de medo. Leslie não conseguiu controlar o choro convulsivo que a acometeu.

— Leslie? É você, querida? — Audrey levantou-se da mesa e foi em direção à porta, encontrando a filha agachada e abraçando a si mesma na sala de jantar escura.

— Oh, querida. Venha aqui. — Audrey abraçou a jovem e fez com que ela ficasse em pé. — Vai ficar tudo bem, Leslie, você vai ver. Venha aqui comigo e com o papai e vamos conversar.

— Não quero conversar — Leslie choramingou. — Não quero ir para a cadeia. Não fiz nada de errado, mãe. Eu juro que não fiz.

— Shh, Leslie. Está tudo bem. Você não vai para a cadeia, querida. — Audrey abraçava a filha em prantos quando Lou foi até a sala de jantar e acendeu a luz. — Diga a Leslie que tudo vai ficar bem, Lou.

— Vamos contratar o melhor advogado, Leslie. Não se preocupe — o pai dela disse, incapaz de afirmar algo sem ter certeza. — Saberemos como agir. Vamos conseguir resolver tudo.

Leslie não conseguiu se convencer. Continuou soluçando, não apenas pensando na punição que poderia receber, mas também para deixar que toda a tensão acumulada o dia todo tivesse vazão. Shawn não a procurara quando ela estava desaparecida; sequer se importara em visitá-la hoje para dizer que ficara feliz por ela estar viva.

CAPÍTULO

16

Graças a Deus, Helen tinha concordado em sair de Ocean Grove e eles foram em direção ao sul, para Bradley Beach, onde poderiam relaxar um pouco. Uma bela lagosta para o jantar e algumas cervejas fizeram Jonathan se sentir melhor. Depois, ele e Helen dançaram ao som da Motown, e ele estava se divertindo. Era assim que as coisas tinham de ser. Vida normal para adultos na praia. Umas bebidas, música e diversão. Não um silêncio absoluto e enlouquecedor depois das dez da noite, nem passagens da Bíblia lidas antes do escurecer, sem nada a esperar, além de mais do mesmo no dia seguinte.

Mas o prazer de Jonathan terminou quando ele viu a esposa olhando para o relógio.

— Deixe disso, Helen. Ainda é cedo — ele reclamou.

— São quase dez e meia. Quando chegarmos em casa, serão onze.

— Você só pode estar brincando.

— As meninas estarão de pé bem cedo amanhã, Jonathan.

— E daí? Elas podem assistir a alguns desenhos na TV enquanto dormimos um pouco mais.

— Não temos televisão lá, esqueceu?

Jonathan sorriu.

— Eu trouxe uma TV portátil. Está no carro.

Ela sabia que não deveria discutir. Helen aprendera a escolher as batalhas e sair vencedora da guerra. Concordou em dançar mais um pouco, sabendo muito bem que uma televisão só entraria na barraca por cima de seu cadáver.

CAPÍTULO

17

Ao atravessar o corredor para se preparar para dormir, Diane ouviu o barulho do chuveiro. Michelle deixara a porta para o quarto entreaberta e Diane entrou. Uma mochila estava no chão, com uma quantidade de roupas suficiente para um verão inteiro. Um mini DVD-player que Michelle implorara para ganhar de presente de Natal e uma pilha de filmes estavam ao lado da bolsa. Outra bolsa de lona guardava um radiogravador, um walkman e uns CDs.

Exigir que a filha adolescente levasse menos coisas na viagem não valia a pena. Diane sabia disso. As outras mães com as quais ela conversava diziam exatamente a mesma coisa. Um dia Michelle preferiria simplificar e levar o menos possível em uma viagem, mas esse dia ainda demoraria a chegar. Sua filha, no momento, achava que tinha de levar tudo de que pudesse precisar ou mesmo querer ter por perto.

Pegando a revista para adolescentes que estava aberta sobre a cama de Michelle, Diane começou a folheá-la. Entre os artigos a respeito de meninos e espinhas, havia páginas de anúncios de jeans, tênis, bolsas e maquiagem. Não havia como não perceber uma coisa nas propagandas em geral. Todas as modelos que as empresas usavam para vender seus produtos eram magras. Em alguns casos, magérrimas.

Diane olhou para cima e viu a filha parada na porta do banheiro. Estava com uma toalha branca enrolada na cabeça e outra, maior e mais comprida, envolvendo seu corpo. Seria apenas imaginação ou os ombros de Michelle estavam mais magros que da última vez que Diane os vira? Ela tentou se lembrar. Eles não iam à praia ou à piscina juntos há bastante tempo. Quando Diane voltava do trabalho à noite, Michelle geralmente estava vestida com uma camiseta de algodão. Pensando melhor, ela vinha usando as de mangas compridas, sempre reclamando que o ar-condicionado do apartamento estava muito frio. Diane não tinha pensado nisso até aquele momento.

CAPÍTULO

18

Era uma grande droga os Richey não terem uma televisão. Mas, como não era a primeira vez que Carly cuidava das filhas deles, lembrou-se de levar seu walkman e algumas revistas. Hannah e Sarah tinham ficado muito cansadas devido ao calor e ao dia cheio de atividades na praia e caíram no sono uma hora depois que seus pais saíram. Agora estavam dormindo profundamente no beliche encostado na parede de lona.

Carly levantou-se da cadeira de palha e caminhou pela cozinha, parando para ajustar o ar-condicionado. De jeito nenhum teria aceitado o trabalho se os Richey não tivessem ar-condicionado. Conseguia sobreviver sem uma televisão durante algumas horas, mas não gostava de transpirar. Mas, mesmo no máximo, o ar-condicionado estava perdendo a briga contra a onda de calor que não dava trégua.

Carly abriu a geladeira e olhou o que havia lá dentro. Viu alguns sorvetes sobre a bandeja de cubos de gelo no minúsculo freezer e pegou um de laranja. *Poucas calorias*, ela pensou ao abri-lo. E era só água, nada que a deixaria estufada. Carly passou a mão sobre a barriga para certificar-se de que continuava tão lisa como da última vez que ela tinha checado — há uma hora.

Ela queria estar linda para quando encontrasse Shawn mais tarde, no Stone Pony. Ele não era o cara mais bonito que ela já tinha namorado, mas alguma coisa nele a atraía. Shawn era muito sensível. Ele realmente prestava atenção ao que ela dizia — bem diferente dos outros caras, que se preocupavam mais com o que *eles* tinham a dizer do que com o que ela pensava. Carly gostava mesmo de Shawn, e sabia que ele sentia o mesmo por ela.

Outra coisa que ela gostava era o fato de ele não deixá-la em uma situação desconfortável. Ele não a olhava de modo a deixá-la sem graça. Não como o sr. Richey a olhara quando ela chegou ali.

A única coisa em Shawn que a incomodava era o fato de ele não ter procurado Leslie Patterson. Só porque eles tinham terminado não era motivo para ele não se preocupar com a ex-namorada.

Voltando para a parte da frente da barraca, Carly ajeitou-se na cadeira de palha e abriu a nova edição da revista *InStyle*. Estava olhando para as pernas em forma de Cameron Diaz quando ouviu a porta de tela sendo aberta.

— Sou eu, Carly — Helen Richey disse em voz baixa, entrando na barraca na ponta dos pés. — Chegamos.

A mãe entrou direto para ver as filhas que dormiam.

— Como elas se comportaram? — ela perguntou enquanto afastava o polegar que a filha menor tinha levado à boca.

— Bem. Elas se comportaram muito bem, sra. Richey. Jogamos algumas partidas de Candy Land e elas pediram para dormir. — Carly olhou para a porta de entrada de novo. — Onde está o sr. Richey?

— Está procurando uma vaga para estacionar. Ele me deixou aqui na frente. — Helen continuou ajeitando os lençóis de algodão no beliche.

Carly começou a juntar suas coisas. — Tudo bem, sra. Richey. Então já vou. Ligue para mim quando precisar.

— Não, Carly. — Helen endireitou-se e pegou a bolsa. — Espere por Jonathan. Quero que ele vá andando com você até sua casa. — Ela entregou o dinheiro a Carly. — Muito obrigada — ela disse.

Pensar em caminhar até sua casa ao lado do sr. Richey deixou Carly assustada.

— Não precisa, sra. Richey. Mesmo. É um trajeto bem curto. Posso ir sozinha.

Antes que Helen Richey pudesse contra-argumentar, Carly saiu da barraca como um raio.

Jonathan encontrou uma vaga para estacionar virando a esquina da barraca, mas demorou para sair do carro. Não estava com pressa. Só de pensar em voltar para a barraca já o deixava com claustrofobia.

Ele olhou através do retrovisor tentando concentrar-se em sua decisão. Contaria a novidade a Helen no dia seguinte. Aquele era o último verão que passaria na barraca. Se a esposa quisesse que a família toda estivesse junta no ano que vem, eles teriam de passar a semana procurando por uma casa de verdade na região.

Ele abriu a porta do carro e saiu, mas resolveu não pegar a televisão no porta-malas. Eles teriam tempo de sobra para brigar amanhã. Não precisavam brigar naquela noite — e não conseguiriam mesmo que quisessem, levando em conta a maneira com que as casas eram próximas umas das outras.

Quando estava virando a esquina para entrar na Bath Avenue, viu uma pessoa descer a rua correndo à luz da lua. Carly, com seu cabelo louro ao vento. Ele tinha esquecido que deveria acompanhá-la até sua casa. Seria bom fantasiar um pouco, inofensivamente, conseguindo passar alguns minutos em sua companhia.

Jonathan pensou em chamá-la, mas mudou de idéia. Decidiu segui-la.

CAPÍTULO

19

O banho não ajudou. Nem a xícara de chá verde. Diane não conseguiu dormir. Ficou deitada com as luzes apagadas e desejou mais do que em qualquer outra noite que Philip estivesse ali com ela.

Virou-se e pegou o travesseiro do lado dele, abraçando-o com força.

Imagens passavam pela mente de Diane, coisas que ela não tinha dado atenção quando as viu. A preocupação de Michelle com exercícios físicos, sua insistência em correr todos os dias, além de fazer os exercícios daquele vídeo de ginástica a que ela sempre assistia. Diane ignorara tudo aquilo preferindo achar que sua filha adolescente estava apenas ficando mais consciente em relação a seu corpo.

O pote de sorvete que ficou fechado por meses dentro do congelador. Sabor banana com pedaços de chocolate e castanha, o favorito de Michelle. Durante anos a garota pedia que a mãe trouxesse esse sorvete para casa, sempre que ia ao supermercado. Mais uma vez ela não se preocupou, pois sabia que os gostos mudavam da infância para a adolescência.

Diane apertou o travesseiro ainda mais contra o peito ao lembrar o pão de alho de Michelle dentro do cesto de lixo e pensou nos hábitos alimentares recentes da filha. Eles não tinham feito muitas refeições juntos desde a prisão de Philip. Muitas vezes ela chegava em casa à noite e Emily e as crianças diziam já ter jantado. Para ser sincera, Diane sentiu-se aliviada em muitas dessas noites. Era mais fácil preparar uma tigela de cereal com leite ou fazer uns ovos mexidos e comer sozinha, lendo uma revista, sem precisar gastar energia conversando. O estresse de ter o marido longe em uma situação tão horrível e as pressões do trabalho deixavam Diane esgotada ao fim do dia.

Apesar de ter evitado compromissos fora do trabalho, como jantares, festas ou qualquer coisa que a obrigasse a passar a noite longe dos filhos Diane se culpou. Estar presente fisicamente nem sempre significava estar presente emocionalmente. Percebia agora que talvez tivesse passado tanto tempo presa em sua dor e preocupação que não tinha dado atenção suficiente à filha.

Mas teria de começar agora. Diane bateu com força no travesseiro. Se aquilo era o começo de um distúrbio alimentar, teria de ser resolvido com pressa e determinação. Poderia afetar a saúde de Michelle e acarretar comportamentos ainda mais destrutivos. Leslie Patterson era um bom exemplo. Era irônico pensar que Michelle poderia estar passando pela mesma situação, quando, na manhã daquele mesmo dia, Diane tinha sentido pena da família Patterson.

Graças a Deus Michelle não estava se cortando também, ou pelo menos Diane achava que não. Seu coração ficou acelerado quando ela pensou nisso. Queria saber o que tinha acontecido primeiro a Leslie Patterson. Os cortes vieram antes do distúrbio alimentar ou o contrário? Os dois comportamentos destrutivos aconteciam ao mesmo tempo? Diane fechou os olhos com força e concentrou-se.

Deus, por favor, me ajude a resolver isso a tempo.

Sentiu um certo alívio enquanto rezava em silêncio, mas, no fundo, sabia que a ajuda de Deus era apenas parte da solução. Diane teria de ficar de olhos abertos.

CAPÍTULO

20

Carly procurou na sala mal iluminada até ver Shawn atrás do balcão. A loura magra passou pela multidão e sentou-se em um banco. Shawn sorriu ao vê-la.

— Pensei que você não viria. — Ele curvou-se sobre o balcão e falou alto no ouvido dela para que ela ouvisse, apesar do som da banda que tocava.

— Eu também — ela respondeu.

— O que vai beber? — ele quis saber.

— Uma Coca-Cola, eu acho — ela respondeu, um pouco mal-humorada. — A menos que queira me fazer uma surpresa.

Shawn não disse nada. Sabia que Carly não tinha idade para beber. Já podia dirigir, votar e até servir nas Forças Armadas. Mas não tinha permissão legal para ingerir bebidas alcoólicas em Nova Jersey. Não fazia sentido.

Ele colocou Coca-Cola até mais da metade do copo e rapidamente completou com rum. Se o chefe visse que ele estava servindo álcool a alguém menor de idade, perderia o emprego no ato. Mas o chefe não estava por perto e não faria mal nenhum a Carly tomar uma bebida.

— Não acha que deveria ir mais devagar, Carly? — Shawn perguntou ao vê-la tomar um segundo drinque com um canudinho. — Tome aos goles, mais devagar.

— Não se preocupe comigo, Shawn — ela disse com um sorriso. — Conheço o meu limite. Ei, você vai ter um intervalo? Acha que podemos dançar um pouco?

Mesmo em um lugar lotado, ela se destaca, é bonita, animada e parece feliz. E como dança bem! Ela rodopia na cadência da música como se dançasse desde criança. Certamente está se divertindo.

É bom ela ser pequena. Vai facilitar as coisas.

A música parou. Carly e Shawn voltaram ao bar enquanto a banda fazia um intervalo.

— Como foi seu trabalho esta noite? — ele perguntou com seu tom de voz normal, agora que não precisavam mais gritar para serem ouvidos.

— Foi bom. As meninas são umas gracinhas e a sra. Richey paga bem. Mas aquele sr. Richey...

— O que tem? — Shawn a incentivou a prosseguir.

— Não sei. Ele não combina muito bem com a "vida nas barracas". Acho que ele não se sente muito feliz aqui. — Carly decidiu não dizer nada a respeito do jeito com que ele olhou para ela. Não sabia se Shawn era ciumento. Preferiu mudar de assunto: — Ficou sabendo alguma coisa sobre Leslie hoje?

— Ai, meu Deus! Carly, não vamos arruinar a noite falando sobre Leslie — ele reclamou.

— Pensei que você se importasse mais com ela, Shawn. Vocês dois saíram juntos por muito tempo. — Carly tentou segurar um soluço.

— Olha, Carly. Não tenho mais nada com a Leslie. Pronto. *Acabou.* Não quero falar sobre isso. Pensei que você já tivesse entendido.

O álcool estava mexendo com Carly. Ela não gostou do tom impaciente de Shawn e não deixou que o assunto morresse:

— Bem, eu esperaria que um dia, se nós estivéssemos saindo há um tempão e eu desaparecesse, você se importasse — ela disse, ressentida.

— Bem, e *eu* esperaria que você não fosse maluca o suficiente para sumir e se esconder para fingir que tinha sido seqüestrada — Shawn respondeu. Ele se virou para atender um pedido do outro lado do bar.

Problemas no paraíso. Ela não parece mais tão feliz.

Há uma hora, quem imaginava que as coisas iam mudar? Um plano tão simples: encontrar uma garota com quem dançar — e mantê-la escondida até conseguir o que queria. Agora que ela estava indo embora, partindo em direção à saída, os planos tinham de mudar.

Carly ouviu o quebrar das ondas ao atravessar a rua. Virou à direita, em direção ao sul, a Ocean Grove. Do Stone Pony até sua casa, levaria menos de dez minutos caminhando.

A brisa da noite estava agradável, fresca e salgada, o que a deixou mais sóbria. Por que as coisas tinham ficado ruins tão rápido com Shawn bem agora? Será que ela tinha exagerado? Será que ele era um babaca, e não o cara bacana que ela acreditava que fosse?

Andou pelo calçadão, prestando atenção a cacos de vidro que pudessem atravessar a sola fina de suas sandálias. As ruas em Asbury Park não eram tão limpas quanto as de Ocean Grove. Nada em Asbury Park era igual a Ocean Grove. A vista para o oceano Atlântico era a única coisa em comum.

Ao chegar à divisa entre as duas cidades, pôde ver o antigo Casino destacando-se no céu escuro. A construção antigamente tão grandiosa estava abandonada há anos. À luz de um único poste aceso, Carly viu o aviso de PERIGO: MANTENHA DISTÂNCIA.

Ela parou por um minuto para decidir o que fazer. Poderia dar a volta no lago Wesley ou simplesmente seguir pelo estreito caminho ao lado do Casino para em seguida cruzar os poucos metros na areia que levavam ao calçadão de Ocean Grove. Sua casa ficava a poucos quarteirões dali.

Apesar de estar escuro e ela estar um pouco zonza, optou pelo caminho conhecido, que tinha percorrido tantas outras vezes na infância. Manteve o braço esquerdo estendido, tocando a parede externa do Casino ao fazer o contorno na construção. Estava prestes a pular da rua para a areia quando uma mão com uma luva bateu com um tijolo na cabeça dela.

SÁBADO
20 de AGOSTO

CAPÍTULO

21

O sol prometia sua chegada no horizonte. A luz estava mudando vagarosamente e o céu negro atingia um tom cinza-escuro. Ao chegar ao calçadão, Arthur já sabia que a cor cinza se tornaria cada vez mais clara, até os raios laranja e amarelos do sol chegarem e deixarem o céu azul-celeste em contraste com o mar azul-escuro.

Basicamente, o mesmo acontecia todos os dias. Arthur já sabia, pois nunca dormia bem. Na verdade, quase sempre chegava ao calçadão às quatro da manhã. Era seu momento favorito do dia, antes de os corredores passarem ou os pescadores chegarem com suas varas e iscas. Naquela hora, o calçadão era todo dele.

Desde que ele chegara para viver em Ocean Grove, após receber alta do hospital de veteranos, Arthur nunca se esquecia de Bonnie, em nenhuma manhã, em nenhum passeio que dava pelo calçadão. Quando via o mar todos os dias e ouvia as gaivotas pipilarem e as ondas quebrarem, pensava nela. Naquele dia não era diferente.

Uma brisa suave vinha do oceano, balançando a camisa camuflada e parcialmente desabotoada que Arthur vestia. Era um raro prazer sentir o vento contra seu rosto e peito, pois ele temia o calor que mais tarde chegaria.

Um Dodge Durango azul e branco parou próximo à calçada no local onde Arthur estava.

— Como vai, Art? — o policial da ronda noturna disse, seu rosto aparecendo entre as plantas que separavam os dois homens.

— Estou bem. E o senhor? — Arthur respondeu amigavelmente, escondendo a decepção por ser chamado mais uma vez de Art, mesmo já tendo insistido várias vezes para que o chamassem de Arthur.

— Bem, Art. Obrigado por perguntar — o policial disse. — Está por aqui há bastante tempo, Art?

— Não, acabei de chegar.

— Viu alguma coisa fora do comum? — o policial quis saber.

— Como o quê?

— Recebemos um telefonema dos pais de uma garota da região dizendo que ela não voltou para casa desde ontem à noite, quando saiu para trabalhar como babá.

Arthur sentiu uma certa ansiedade.

— Bem, eu não vi garota nenhuma — ele respondeu rapidamente e tossiu três vezes.

— Ninguém disse que você a viu, Art. Mas se vir alguma coisa, nos avise, está bem? Estamos à procura de uma jovem loura, cerca de um metro e cinqüenta e cinco, magra e bonita. Na verdade, ela é garçonete no Nagle's. Carly Neath. Você a conhece?

Tomado pelo temor, Arthur pensou antes de responder. Sim, ele a conhecia. Shawn, certa vez, estava acompanhado de Carly quando foi ao calçadão conversar com Arthur. Mas ele temeu dizer isso ao policial. Se a polícia soubesse que ele conhecia a garota, poderia pensar que tinha alguma coisa a ver com o fato de ela não ter voltado para casa na noite passada. Pessoas como ele sempre eram as primeiras suspeitas quando alguma coisa dava errado.

— Não. Eu não a conheço.

Arthur continuou andando pelas tábuas que cobriam o chão do calçadão e o carro da polícia o acompanhou vagarosamente por alguns momentos, antes de partir. Arthur pensou na bela garota que sorria muito quando Shawn a apresentara naquele dia. Era parecida com Bonnie.

Quando chegou a seu banco favorito, deu três voltas ao redor dele antes de se sentar. Sem conseguir controlar seus pensamentos, pensar em Carly trazia à memória imagens de Bonnie, lembranças ainda muito claras, apesar do tempo que já tinha passado e dos remédios que tinham o objetivo de aliviar sua dor. Quando Arthur tomava a medicação, ela fazia efeito, até certo ponto. Apesar de não se sentir mais tão agitado ao pensar em Bonnie, nada conseguia arrancar as lembranças que ele tinha dela. E apesar de ainda guardar mágoa pelo que ela fizera a ele, aos dois, não pretendia esquecê-la.

Ela tinha sido seu primeiro e único amor. Arthur sabia que nunca amaria ninguém como amara Bonnie. Também sabia que uma pessoa como Bonnie nunca o amaria. Não do jeito que ele estava no momento. Quem amaria um homem sem emprego, sustentado pelo governo? Quem amaria um homem que passava as noites em um colchão velho em uma pensão e os dias bebendo café e vagando pela cidade?

Arthur puxou um maço do bolso de sua camisa e tirou um cigarro. Riscou um fósforo, acendeu o cigarro e inspirou profundamente, olhando para o fim do calçadão, onde o Casino se destacava no céu agora claro. Soltou a fumaça pelo nariz e continuou com seus pensamentos torturantes.

Os dois tinham dividido grandes momentos. Ele se lembrava do corpo pequeno de Bonnie rodopiando pela pista de dança e de seu rosto lindo com um sorriso estampado. Lembrava-se da risada dela nas peças cômicas a que ela adorava assistir, da maneira com que eles torciam e se abraçavam nos jogos dos Yankees. Ainda se lembrava de como se divertiam escolhendo os nomes dos filhos que eles ainda teriam um dia, depois que se casassem, depois que ele cumprisse seu compromisso com o exército.

Arthur levantou-se e, com um gesto bruto, jogou seu cigarro sobre o banco. Bonnie prometera que esperaria até que ele voltasse da Guerra do Golfo. Ela mentira.

CAPÍTULO

22

— Mamãe — Anthony reclamou quando eles entraram na pequena recepção da pousada Dancing Dunes. — Você só pode estar brincando.

Diane sentiu uma certa decepção ao observar o local. Um gato dormia encolhido em um banco de pernas finas, o único móvel do lugar. O papel de parede tinha gaivotas e maçaricos-brancos, desbotados, que já tinham sido azuis, mas que, agora, estavam quase brancos, como ela suspeitou. As cortinas bege de algodão tinham sido lavadas muitas vezes, a ponto de estarem quase transparentes. A cor cinza do piso de madeira estava descascada em algumas partes. A recepção não era colorida, mas, pelo menos, para consolo de Diane, parecia limpa.

— Tudo bem, não chega a ser o Ritz — ela sussurrou para o filho. — Mas pare de reclamar agora mesmo. Estou falando sério, Anthony.

Diane olhou rapidamente para Emily, que rolou os olhos.

— Posso ajudá-los? — Um belo rapaz latino posicionou-se atrás do balcão da recepção. Vestia uma camisa verde-clara com as mangas cuidadosamente enroladas, deixando à mostra seus braços bronzeados e fortes. Diane pensou que ele devia ter cerca de trinta anos.

— Sim, obrigada. Sou Diane Mayfield. Temos algumas reservas.

— Ah, sim, claro. — O homem sorriu, expondo dentes brancos e alinhados. — Vocês são da equipe da KEY News, certo?

Diane afirmou.

— Sinto muito que quando vocês chegaram eu não estava aqui. Estava nos fundos preparando alguns panfletos da pousada no computador. E espero que não se incomodem com a decoração... ou falta de decoração... — ele se desculpou, apontando para as paredes, e Diane notou que tinha uma aliança de ouro na mão esquerda. — Meu sócio e eu acabamos de comprar esta pousada. Temos grandes planos para ela. Mas as reformas só começarão a ser feitas depois do verão.

Diane pensou em algo simpático que pudesse dizer, enquanto olhava ao redor.

— Bem, tenho certeza de que vai ficar linda.

— Sei que a senhora não deve estar habituada a este tipo de lugar, sra. Mayfield, mas, se pudermos fazer alguma coisa para tornar a sua estada e a de sua família mais confortável, tenha certeza de que ficaremos felizes em ajudar. Meu nome é Carlos. Carlos Hernandez. — Ele estendeu o braço sobre o balcão para apertar a mãe de Diane.

— Prazer em conhecê-lo, Carlos. Esta é minha irmã, Emily Abbott, e meu filho, Anthony. Minha filha, Michelle, está pegando as coisas dela no carro.

Carlos cumprimentou os hóspedes e virou-se para o porta-chaves atrás do balcão.

— Três quartos, certo? — ele perguntou ao pegar as chaves penduradas.

— Na verdade, são quatro.

Carlos franziu a testa ao checar os registros.

— Bem, temos quatro reservas para a KEY News aqui, mas uma já foi ocupada pelo sr. Gates.

— Sammy Gates? — ela perguntou.

— Sim. Samuel Gates.

— Matthew Voigt tem reserva?

Carlos consultou os registros mais uma vez.

— Não, apenas o sr. Gates.

Diane deu de ombros.

— Bem, isso não explica por que não temos uma quarta reserva.

— Puxa! Sinto muito, sra. Mayfield. Gostaria que tivéssemos mais um quarto para vocês, mas não temos. Nesta época do ano, todos os quartos estão ocupados. Abrimos o último andar para acomodá-los. Estávamos trabalhando neles para termos belos quartos prontos para o outono.

Diane olhou para ele assustada.

— Não se preocupe — ele procurou acalmá-la. — As coisas não estão feias lá em cima. Kip e eu trabalhamos a noite toda para deixarmos tudo pronto. Desejamos atrair pessoas da cidade e acreditamos que essa é uma grande oportunidade. Esperamos que vocês fiquem satisfeitos.

Ao entrarem no primeiro quarto, Diane ficou encantada. As paredes estavam pintadas de amarelo-limão claro, com rodapés lustrosos e janelas decoradas. Camas de solteiro de latão bem polido estavam cobertas com colchas brancas e bordadas à mão. Um tapete azul e decorado com desenhos de flores amarelas e brancas cobria o centro do piso de madeira encerado. Uma série de desenhos de flores com fundo azul e com molduras brancas tinha sido cuidadosamente pendurada na parede. Havia velas sobre a cômoda de carvalho estilo vitoriano e uma pequena pilha de livros e revistas estava guardada na última gaveta do criado-mudo entre as camas.

— Isto eu chamo de quarto.

Diane virou-se para olhar Michelle na porta do quarto. Tentou manter os olhos no rosto da filha, e não em seu corpo.

— Duas pessoas terão de dividir um quarto, querida.

— Eu não. Por favor, mamãe, quero ficar com um quarto só para mim. — Michelle foi até a janela e abriu a cortina. — Vejam. Este quarto tem uma bela vista para a praia. — Há muito tempo Diane não percebia tanto entusiasmo na voz da filha.

Diane olhou para Emily enquanto tentava chegar a uma solução. Anthony precisava de um quarto só para ele. Assim, sobravam dois quartos para três mulheres. Mas talvez fosse melhor que Michelle não ficasse sozinha.

— O que você acha, Em?

— Eu não me incomodo de dividir um dos quartos, se você não se opuser.

— Tudo bem — ela decidiu. — Não passaremos muito tempo dentro do quarto. Pode ficar com este, Michelle.

Carlos gesticulou para que eles o seguissem pelo corredor.

— Então, já está decidido quem ficará com os outros quartos. Há uma cama de casal no Quarto Náutico e duas camas de solteiro no Quarto Concha. Sendo assim, Anthony, este é seu quarto.

Mais uma vez, Diane não se decepcionou. Paredes pintadas de azul-claro, rodapé branco, colcha azul-marinho na cama. Na parede, havia imagens de navios, e no chão, um tapete de sisal.

Anthony concordou, aprovando o quarto ao sentar-se na cama.

— Nada mal.

— Certo. Vamos ao Quarto Concha. — Carlos continuou percorrendo o corredor, parando diante de uma pequena porta. — Aqui é o banheiro.

— O banheiro? É o *único* banheiro? — Michelle perguntou, alarmada. Carlos confirmou.

— Não é o fim do mundo termos de dividir um banheiro, Michelle — Diane disse, tentando disfarçar sua irritação.

— Sinto muito, mas só temos um banheiro aqui em cima — Carlos disse, desculpando-se. — Planejamos construir mais um, mas por enquanto há muitas toalhas limpas e vamos recolhê-las e trocá-las todos os dias.

— Não tem problema algum, Carlos — Diane disse, evitando repreender sua filha com um olhar desafiador, apesar de acreditar que ela o merecia. — Está ótimo.

Alguns minutos depois, Diane e Emily estavam dividindo as gavetas e tirando os objetos das malas.

— Cheire este sachê — Diane disse, segurando o saquinho de seda que retirara da gaveta. — Eles pensaram em tudo, não é?

Emily riu. — O que você esperava, Di?

— Como assim?

— Dã. Carlos e o sócio dele são gays.

Diane deu de ombros ao devolver o sachê na gaveta.

— Bem, eles sabem deixar um hotel charmoso.

CAPÍTULO 23

Helen terminara de arrumar as camas e estava na cozinha colocando os pratos usados no café da manhã na pia quando ouviu três batidas na porta. Ela puxou uma toalha da prateleira, pensando se Jonathan e as meninas tinham retornado tão rápido do passeio até a cidade para comprar o jornal. Por que eles não tinham entrado simplesmente? Ao abrir a porta de madeira, sentiu o ar quente e viu dois policiais uniformizados.

— Sra. Richey?

— Aconteceu alguma coisa?

— Gostaríamos de lhe fazer algumas perguntas, senhora.

Helen notou que os dois policiais transpiravam.

— Não querem entrar? Lá dentro está mais fresco.

— Obrigado, senhora. Sim, vamos entrar.

Um dos homens era cerca de doze ou quinze centímetros mais alto que o outro, mas ambos tinham ombros largos e eram fortes. Os dois juntos cobriam a entrada da pequena barraca.

— Por favor, sentem-se — Helen disse, apontando para as cadeiras. — Gostariam de beber alguma coisa? Tenho limonada.

— Não, senhora, obrigado — disse o mais alto.

Helen sentou-se na beira do beliche e olhou para os policiais.

— Certo. Em que posso ajudá-los?

— Sra. Richey, a senhora contou com os serviços de uma babá ontem à noite? — o mais baixo perguntou, e seu parceiro pegou um bloco de anotações do bolso da camisa.

— Sim, Carly. Carly Neath. Por quê?

Eles ignoraram a pergunta e continuaram falando: — A mãe de Carly nos disse que ela já tinha trabalhado para a senhora antes. É verdade?

— Sim, Carly veio várias vezes este verão. Minhas filhas a adoram.

— A que horas ela esteve aqui?

— Chegou às sete e ficou até chegarmos, perto das onze da noite. Na verdade, eram onze e meia. — Helen, sem perceber, levou a mão às franjas da toalha da cozinha no mesmo instante que o marido e as filhas entraram na barraca. Jonathan parou bruscamente ao ver os policiais, mas logo se apresentou e os cumprimentou.

— Por que vocês não vão lá fora regar as flores enquanto a mamãe e eu conversamos com os policiais? — ele sugeriu.

Assim que as meninas saíram, Helen explicou o que estava havendo:

— A polícia quer saber sobre Carly. Eu estava dizendo a eles que chegamos às onze e meia.

— Então vocês chegaram às onze e meia — o policial que fazia as anotações disse, pensando. — E o que aconteceu depois?

— Eu quis acompanhá-la até sua casa, mas Carly insistiu em ir sozinha. Nós lhe entregamos o dinheiro e ela saiu apressada, sem que pudéssemos detê-la — Jonathan respondeu.

Helen mordeu o lábio inferior e não contradisse o marido.

— Por favor, diga-me. Aconteceu alguma coisa com Carly? — ela perguntou.

Os policiais levantaram. — Esperamos que não, senhora. Mas os pais dela disseram que Carly não voltou para casa a noite passada. Talvez não seja motivo para nos preocuparmos. Os adolescentes fazem isso o tempo todo, e normalmente esperaríamos para ver se ela apareceria hoje à tarde ou mesmo amanhã. Mas com o que aconteceu há alguns dias com Leslie Patterson, decidimos agir logo.

— Pensei que Leslie Patterson tivesse mentido sobre seu sumiço. Foi o que ouvi — Helen disse.

— Não podemos falar nada sobre investigações em andamento, senhora.

— Não, claro que não. Eu compreendo. Mas se alguma coisa aconteceu a Carly... se ela tiver sido seqüestrada ou alguma coisa assim... talvez haja mesmo algum maluco à solta por aí.

Os policiais não responderam. Mas Jonathan abraçou a esposa.

— Não se preocupe, querida — ele disse.

Enquanto Helen observava os policiais descerem os degraus, pensou em tudo que acontecera a noite anterior. A babá tinha ido embora antes de Jonathan voltar de onde estava estacionando o carro. Na verdade, Jonathan só retornara cerca de trinta minutos depois da partida de Carly. Helen pensou que o marido teve dificuldades para encontrar uma vaga. Para ser sincera, torceu para que ele demorasse o máximo possível para voltar. Helen estava decidida a não cumprir seu papel de esposa. Não queria ter de discutir com ele sobre isso.

Ela não gostava de manter relações sexuais no pouco espaço da barraca. As meninas dormiam muito perto deles e os vizinhos ouviriam qualquer barulho que fosse feito. Ela fingira já estar dormindo quando ouviu a porta sendo aberta, sabendo que Jonathan logo a procuraria. Mas não foi o que ele fez. Despiu-se, deitou-se na cama, cobriu-se com o lençol e adormeceu sem ao menos tocá-la.

Na noite anterior, ela se sentiu aliviada. Agora, porém, sentia-se angustiada por não saber o que o marido fizera enquanto estava fora. E Jonathan acabara de mentir para a polícia, indicando que ele estava na barraca o tempo todo.

Ela esperou até que Sarah e Hannah fossem colocar a roupa de banho e gesticulou para que Jonathan a acompanhasse à cozinha.

— Por que disse a eles que *você* quis acompanhar Carly até a casa dela? Que *nós* lhe entregamos o dinheiro? Você sequer estava aqui, Jonathan. Por que mentiu? — Helen parecia preocupada ao fazer a pergunta.

— Teria sido melhor para mim dizer que eu não estava aqui, Helen? — ele perguntou. — Acabei de saber que Carly está desaparecida. Não quero que os policiais me vejam como suspeito. *Você* quer?

CAPÍTULO

24

— Oi, é o Matthew. Estou na recepção.

— Tudo bem, já estou descendo.

Diane fechou o celular. Virando-se para a irmã, ela disse:

— Sinto muito, Em, mas preciso ir. Por favor, diga que está tudo bem.

Emily empurrou a mala vazia para baixo da cama e levantou-se. — Quer parar de se preocupar, Diane? Ficaremos bem. Nosso primeiro plano é colocar a roupa de banho e ir para a praia.

— O que eu faria sem você, Em?

— Não se preocupe, pode fazer o mesmo por mim quando eu tiver filhos, se não estiver velha demais até lá.

— Muito engraçado, Emily.

Diane pegou um frasco de protetor solar e jogou os óculos e o telefone celular dentro da bolsa. Pegou a carteira, contou várias notas de vinte dólares e as entregou a Emily. Após passar rapidamente pelos quartos de Anthony e Michelle para se despedir, desceu a escada de madeira.

Matthew estava lá embaixo, vestido com uma camiseta vermelha da KEY News, uma bermuda cáqui e sandálias marrons.

— Sortudo. Quem me dera poder me vestir assim.

— É por isso que eu gosto tanto de trabalhar atrás das câmeras. — Matthew sorriu ao apontar a porta ao lado da recepção. — Que tal entrarmos ali e nos organizarmos antes de sair?

Não havia ninguém no velho salão, mas uma jarra de chá gelado e copos estavam arrumados sobre uma bandeja prateada na mesa localizada no canto do salão. Havia um cesto cheio de margaridas no consolo da lareira. Eram toques de bom gosto em um lugar sem muitos atrativos. Diane olhou ao redor, percebendo as sancas de gesso no teto, a pedra que circundava a lareira, o candelabro de bronze. O local não recebera cuidados em anos, mas estava firme e forte. Com um pouco de atenção e bom gosto, poderia ser uma sala vitoriana.

Eles se serviram de chá gelado e sentaram-se no sofá. Matthew começou a contar seus planos:

— Antes de mais nada, é claro, precisamos chegar a Leslie Patterson. Nossa matéria exige uma entrevista com ela.

Diane concordou.

— Essa é uma tarefa minha. Telefonarei para a mãe dela assim que sairmos daqui.

Matthew tirou um caderninho de anotações da mochila e virou algumas páginas.

— Você pode fazer isso. Mas talvez fosse melhor procurá-la pessoalmente.

Diane não ficou muito entusiasmada com a sugestão.

— Está querendo dizer que devemos ir à casa dela e bater à porta? Detesto ter de fazer isso.

— Na verdade, eu pensei que você pudesse ir à loja dela. — Ele consultou suas anotações. — A mãe dela tem uma loja de presentes chamada Lavender & Lace. Os Patterson a usaram como local de encontro para as pessoas que procuraram por Leslie.

— Acho que posso fazer isso — Diane disse, antes de tomar um gole de chá. — Mas irei sozinha, sem você e sem a equipe. Não quero que a pobrezinha pense que está sendo perseguida. Tem certeza de que ela estará lá?

— Bem, acredito que sim. Eu passei por lá antes de vir para cá ontem à tarde e havia uma carta colada na porta. Eles agradeciam à comunidade pela preocupação que tiveram com Leslie e diziam que a loja reabriria ainda este final de semana.

Diane escreveu o endereço na Main Avenue em seu bloco de anotações.

— O que mais? — ela perguntou.

— A polícia convocou uma coletiva de imprensa.

— Sobre as acusações contra Leslie?

— Acho que não. Isso provavelmente virá da delegacia da região. Não sei o que os policiais querem dizer. Mas vou até lá cobrir essa coletiva com a equipe.

— Isso me fez lembrar de uma coisa — Diane disse. — Que história é essa de Sammy Gates usar um dos quartos que reservei?

— Ai, meu Deus — Matthew disse. — Sinto muito, Diane, mas quando Sammy viu o quarto dele no nosso hotel, ameaçou voltar para Nova York. Precisei acalmá-lo. Infelizmente, tive de prejudicá-la.

Diane não acreditou no que ouviu.

— Está me dizendo que o hotel onde você está hospedado é pior que este?

Matthew riu.

— O buraco onde estamos hospedados faz a Dancing Dunes parecer um palácio. Essas acomodações foi o que eu consegui fazer de melhor em tão pouco tempo. Os quartos são reservados com meses de antecedência.

— Quer dizer que você e Gary Bing estão presos em um pulgueiro! Sinto muito, Matthew.

— Ah, tudo bem. Não ficaremos aqui por muito tempo. — Matthew olhou para seu relógio. — É melhor eu ir embora. Eu disse a Gates e Bing que os encontraria na delegacia. Quer que eu lhe dê uma carona até a loja dos Patterson?

— Sim, obrigada. Vou acabar logo com isso.

CAPÍTULO

25

Um sino tocou quando Diane abriu a porta de entrada da Lavender & Lace. A fresca atmosfera do estabelecimento estava tomada pelo aroma de velas e sachês perfumados. Lençóis bordados, renda e sabonetes feitos à mão estavam dispostos em prateleiras brancas nas paredes pintadas de lilás. Broches antigos ficavam dentro de travessas de porcelana, enquanto caixas de papéis decorados e cartões tomavam o espaço sobre o balcão. Havia guarda-sóis coloridos organizados em um porta-guarda-chuva, uma vitrine cheia de luvas chiques e leques de plumas e dezenas de bolsas de festa estavam penduradas em pequenos ganchos por toda a loja. Ao observar o local, Diane não conseguiu entender como poderia ter sido organizado um grupo de buscas ali. Não havia espaço para mais nem um alfinete, muito menos para um pequeno exército de voluntários.

Ela parou para ver uma série de ursinhas de pelúcia que estavam organizadas nos degraus de uma velha escada de madeira. Cada uma delas tinha um vestido de tafetá lilás, um chapeuzinho com um laço combinando e um colar de pérolas falsas no pescoço, além de um leque de penas nas patas.

Uma mulher magra e de meia-idade apareceu por uma cortina de contas que cobria uma porta nos fundos da loja. Ela sorriu brevemente ao se aproximar de Diane pelo corredor estreito.

— Posso ajudá-la? — a mulher perguntou automaticamente, prendendo mechas de seu cabelo grisalho atrás da orelha.

— São lindas — Diane disse, pegando uma das ursinhas de pelúcia.

— Obrigada. Tenho vendido essas ursinhas há anos, desde que minha filha se apaixonou por uma.

Diane colocou a ursinha de volta no degrau da escada.

— A senhora é a sra. Patterson?

— Sim — a mulher respondeu um pouco desconfiada.

Diane tirou os óculos e estendeu o braço.

— Sou Diane Mayfield.

— Oh! — Audrey Patterson ficou surpresa. — Perdoe-me. Eu não a reconheci. Sinto muito. Acho que estou com coisas demais na cabeça.

— Por favor, não há motivo para pedir desculpas. Eu deveria ter tirado meus óculos.

Diane percebeu que Audrey observava seu rosto. *Ela está procurando rugas e linhas de expressão,* ela pensou — assim como a maioria das pessoas faz quando encontra alguém que só vê na televisão. Ela vai contar aos amigos se a jornalista da KEY News é mais bonita, simpática, magra, gorda, velha ou jovem ao vivo que na TV.

— Gostaria de conversar um pouco com a senhora — ela disse, indo direto ao ponto.

— Para Leslie participar do programa, certo?

— Sim, para entrevistá-la.

O sino na porta da loja tocou e duas idosas entraram.

— Vamos para o fundo da loja — Audrey sugeriu.

— Posso esperar, se a senhora tiver de atender as clientes — Diane disse.

— Não, vamos lá. — Audrey passou a sussurrar. — Essas duas sempre entram aqui. Gostam de olhar, não de comprar.

Elas passaram pela cortina de contas e entraram em uma grande sala, onde ficava o estoque de mercadorias. As caixas de papelão tinham sido empilhadas encostadas na parede para dar espaço a mesas cheias de copos de papel usados e caixas vazias de *donuts*. Um mapa de Ocean Grove e das cidades adjacentes estava aberto em um grande quadro. Linhas haviam sido traçadas com giz vermelho para indicar locais onde seriam feitas as buscas.

— Gostaria de se sentar? — Audrey apontou para uma cadeira dobrável de metal.

— Obrigada.

Audrey recostou-se na mesa.

— Conversei sobre isso com meu marido ontem à noite e ele diz que temos de esperar até contratarmos um advogado e ver se ele acha que não há problema em você conversar com Leslie.

— Quando a senhora acha que isso vai acontecer, sra. Patterson?

— Lou está fazendo telefonemas hoje. Mas, você sabe, Leslie ainda não foi oficialmente acusada de nada.

— Espero que ela não seja — Diane disse sinceramente. — Seria algo terrível para uma moça tão jovem. Eu tenho uma filha e posso imaginar sua preocupação.

Os olhos pretos de Audrey ficaram cheios de lágrimas. — Quantos anos tem sua filha?

— Catorze.

— Catorze — Audrey repetiu. — Foi nessa idade que Leslie começou a ter problemas.

Diane sentiu uma pontada de ansiedade ao pensar em Michelle. Apenas imaginar sua filha seguindo o mesmo caminho de Leslie Patterson era algo aterrador. Mas pela experiência que tinha como repórter percebeu a oportunidade. Audrey Patterson estava se abrindo, e Diane precisava incentivá-la a continuar.

— Que tipo de problemas? — ela perguntou gentilmente.

— Distúrbios alimentares. — Audrey abaixou a cabeça, como se estivesse envergonhada. — Foi ficando cada vez mais magra. Fazia cada vez mais exercícios físicos. A princípio, não me preocupei muito. Sempre me culparei por isso. Quando percebi que havia algo muito errado e a levei ao médico, ela foi diagnosticada com anorexia.

— Ele conseguiu ajudá-la? — Diane pegou-se torcendo para ouvir uma resposta afirmativa.

— Só Deus sabe o quanto ele tentou — Audrey respondeu, negando. — Para mim, Owen Messinger é um santo. Tem tratado Leslie todos esses anos e sempre mantém a calma com ela quando eu... — A voz de Audrey falhou e uma lágrima rolou por seu rosto.

— Por que as mães sempre se culpam? — Diane perguntou, com gentileza. Mas, na verdade, queria saber outra coisa: se Owen Messinger era um terapeuta tão bom, como, depois de oito anos, Leslie não estava bem?

CAPÍTULO

26

Matthew e a equipe se posicionaram diante do prédio amarelo de concreto na Central Avenue. Gary Bing fixou um microfone sobre a base de madeira colocada diante da entrada da delegacia do distrito de Neptune, em Ocean Grove. Sammy Gates escolheu um bom local para posicionar a câmera.

Encontrando uma árvore sob a qual pudesse ficar para se proteger do sol escaldante, Matthew relaxou ao observar o local e esperou o início da coletiva de imprensa. Não havia a presença de nenhuma outra emissora de abrangência nacional, apesar de a emissora New Jersey estar representada. Assim como a rede CBS. Alguns jornalistas, com seus blocos de anotações preparados, estavam na calçada. No total, havia menos representantes da imprensa que o esperado. Mas Matthew não se surpreendeu muito. Devido à atenção cada vez menos freqüente que lhes era dada e os poucos recursos de cobertura, os editores-chefes tinham decidido não mandar nenhum dos câmeras disponíveis nos finais de semana para cobrir a história de Leslie Patterson... uma história que, em um ciclo de vinte e quatro horas de notícias, podia ser considerada antiga. A garota tinha sumido, reaparecido, e a polícia acreditava que ela havia fingido tudo. Os editores de TV estavam sendo espertos: nada seria dito nessa coletiva que não pudesse ser facilmente contado em vinte segundos pelo repórter no noticiário. Contanto que um repórter da Associated Press estivesse presente, as outras emissoras teriam a informação. Poderiam obtê-la dos serviços a cabo. A KEY News só tinha mandado sua equipe para lá porque Joel Malcolm estava interessado em cobrir a matéria no *Hourglass*.

O portão da delegacia foi aberto. Um policial apareceu e posicionou-se na base de madeira.

— Todo mundo está conseguindo me ouvir? — ele perguntou. Os técnicos de transmissão ajustaram seus equipamentos.

— Continua — um dos presentes gritou.

— Sou o comandante Jared Albert, da delegacia do distrito de Neptune.

— Soletre seu nome — o repórter da Associated Press pediu.

— J-A-R-E-D A-L-B-E-R-T.

O policial fez uma pausa antes de ler o discurso que preparara, esperando que os repórteres terminassem de fazer suas anotações e olhassem para ele.

— Esta manhã, a delegacia do distrito de Neptune foi notificada pelos pais de uma moradora de Ocean Grove, de vinte anos, que a filha não retornou para casa após trabalhar como babá ontem à noite. Como esse fato ocorreu logo depois do desaparecimento de outra moradora de Ocean Grove no início desta semana, a delegacia de Neptune está investigando a situação imediatamente e espera que a imprensa e os moradores colaborem.

Matthew endireitou-se na sombra da árvore e se aproximou do comandante Albert, que segurava uma fotografia de uma jovem sorridente. A bela loura não era Leslie Patterson. O que estaria acontecendo?

— Esta é Carly Rachel Neath. Ela tem um metro e cinqüenta e cinco de altura e pesa cerca de cinqüenta quilos. É loura, tem olhos azuis e uma marca de nascença do lado de dentro de seu pulso esquerdo. Na última vez em que foi vista, vestia calça branca e justa, uma camisa com listras brancas e azuis e sandálias de couro branco. Qualquer pessoa que tenha informações que possam ajudar a localizar Carly Neath deve entrar em contato com a polícia de Neptune imediatamente.

Matthew olhou para Sammy Gates. O cameraman estava com a câmera voltada para a foto. Quando o comandante Albert terminou de falar, Matthew fez as primeiras perguntas:

— E Leslie Patterson? Isso quer dizer que a polícia não acredita mais que ela tenha forjado seu desaparecimento, que a mesma pessoa que seqüestrou Leslie agora seqüestrou Carly Neath? As acusações contra Leslie serão retiradas?

O policial enxugou o suor que se acumulava em sua sobrancelha com as costas da mão antes de responder:

— Estamos investigando todas as possibilidades. No momento, não há qualquer acusação contra Leslie Patterson.

CAPÍTULO

27

Carly abriu os olhos, mas não conseguiu enxergar nada. Percebeu que estava vendada. Sua cabeça doía tanto, que quase ficou feliz por estar no escuro. Onde estava?

O gotejar suave, porém persistente, de água parecia mais perto que o som do mar, que ela conseguia ouvir ao longe. Seriam passarinhos aquele barulho que parecia vir de cima? Os pios eram de coruja ou de pombo?

Tremendo de medo, Carly deitou-se no chão úmido e tentou relembrar o que tinha acontecido. Estava indo para casa, isso mesmo. Deixara Shawn e estava voltando para casa, após sair do Stone Pony. Agora conseguia se lembrar. Ela tinha ficado brava com ele e partido.

E depois? Carly concentrou-se, apesar da dor de cabeça que fazia com que ela implorasse para dormir. Aos poucos, começou a lembrar. Tinha saído do clube e atravessado a rua. Depois, teve de escolher o caminho para voltar para casa. Escolhera o atalho contornando o antigo Casino quando levou uma pancada na nuca, e, então, deve ter desmaiado.

O latejar em sua cabeça era por causa da pancada que levara ou sua antiga enxaqueca que voltava a atacar? Fosse o que fosse, era a pior dor que já tinha sentido.

Precisava sair dali. Carly lutou para levantar-se, voltando a cair quando percebeu que suas mãos e seus pés estavam amarrados. Não conseguiu gritar por socorro, porque também tinha uma mordaça na boca.

CAPÍTULO

28

Após sair da Lavender & Lace, Diane encontrou um banco debaixo de uma árvore na Main Avenue, sentou-se e pegou seu celular para ligar para o serviço de informações e conseguir o telefone do dr. Owen Messinger. Sabendo que seria difícil encontrá-lo no consultório em um sábado, estava disposta a tentar mesmo assim, quando seu celular tocou. Olhou o número na tela antes de levar o aparelho à orelha.

— Oi, Matthew.

— Diane. — Ele parecia ansioso. — Mais uma garota desapareceu.

— O quê?

— Outra jovem. Carly Neath. Mais ou menos da mesma idade de Leslie Patterson. Ela trabalhou como babá ontem à noite e não voltou mais para casa.

— E a polícia acredita que existe uma relação entre os dois casos? — Diane perguntou.

— Eles não chegaram a tanto, mas começaram as buscas antes do normal. E disseram que não estão acusando Leslie de nada ainda.

— Espere até Joel saber disso. Ele vai ficar maluco — Diane disse, imaginando como seu chefe ficaria animado com o desenvolvimento do caso. Se mais uma garota estava desaparecida, estaria Leslie Patterson dizendo a verdade? Se não era mentira o seqüestro de Leslie, será que ela seria o assunto do *Hourglass*? Mas, mesmo que Joel não quisesse incluir Leslie Patterson, o fato de outra garota ter sido seqüestrada valia a pena ser noticiado em nível nacional. As palavras seguintes de Matthew não surpreenderam Diane:

— O *Weekend Evening Headlines* quer uma matéria sobre o assunto para esta noite — ele disse.

— Deixe-me adivinhar: e eu sou a correspondente.

— Sim. O pessoal da emissora não tinha ninguém do Northeast Bureau para mandar para cá. Com exceção do correspondente no Centro de Transmissão que está lá para cobrir as emergências, todos estão de férias.

— Assim como *nós* deveríamos estar — Diane disse antes de mudar de assunto. — Estou morrendo de fome. Vamos almoçar rápido e ver o que está acontecendo. Ah, Matthew! Ainda não recebi a permissão para entrevistar Leslie Patterson. Não sei se o Joel vai se importar com ela no *Hourglass*, mas eu adoraria saber como ela reagiu à notícia do desaparecimento de Carly Neath, no *Evening Headlines*.

Dez minutos depois, Diane e Matthew foram levados a uma mesa em uma área a céu aberto no Starving Artist.

— Vocês por acaso não têm uma mesa lá dentro? — Matthew perguntou ao garçom.

— Sinto muito. Estão todas ocupadas. Todo mundo quer ficar onde tenha ar-condicionado.

Eles pediram, logo de cara, dois chás gelados e depois passaram a analisar o cardápio.

— Há muitas coisas de que eu gosto neste menu, mas está calor demais para comê-las — Diane disse. — Acho que vou pedir uma salada de atum.

— Um cachorro-quente duplo, estilo italiano, com fritas para mim — Matthew disse, fechando o cardápio. — O calor nunca me impede de comer.

Após fazerem seus pedidos, ele falou sobre o que eles tinham até aquele momento:

— Certo. Temos as informações da polícia e uma fotografia da segunda garota desaparecida. Também temos fotos de Leslie Patterson e a procura por ela do começo da semana.

— Onde você conseguiu isso? — Diane perguntou. — Nós não estávamos aqui.

— Bem, não as tenho em mãos, mas telefonei para a rede KEY local e eles darão o que têm ao estúdio do *Weekend Evening Headlines*. Como não temos equipamento de edição conosco, mandaremos nosso material de volta ao Centro de Transmissão e eles editarão a matéria lá.

— Então o caminhão-satélite virá para cá? — Diane perguntou.

— Lá para as quatro da tarde. Vamos entregar tudo às cinco.

Ela olhou para o relógio.

— Certo. Então temos cerca de quatro horas para conseguirmos outros elementos e escrever a matéria. É claro que o melhor que conseguiríamos seria uma entrevista com Leslie Patterson.

— A mãe dela não foi muito receptiva, não é?

— Não. Mas isso foi antes de anunciarem o desaparecimento de Carly Neath. Isso muda bastante a situação. Agora, parece que Leslie Patterson está dizendo a verdade.

CAPÍTULO

29

Shawn entrou no Nagle's e sentou-se onde sempre costumava ficar, diante do balcão. Estava tarde demais para tomar o café da manhã, por isso ele pediu algo o mais próximo possível de um desjejum como sua primeira refeição do dia.

— Salada de ovo com pão de centeio e uma xícara de café — ele pediu à garçonete magra e de cabelos castanhos. Shawn conhecia Anna porque ele e Carly tinham lhe dado uma carona ao médico, onde ela tinha uma consulta, na semana anterior, quando o carro de Anna estava no mecânico. Ela olhava para ele como se quisesse dizer alguma coisa. Shawn olhou para ela, esperando que falasse.

— Você ficou sabendo o que houve com Carly?

— O quê? — ele perguntou.

— Ela não voltou para casa ontem à noite. Os pais dela estão desesperados e a polícia está à sua procura. — Anna olhou para ele com certa piedade. — Ela deveria ter voltado para casa depois de ter trabalhado como babá, mas não voltou. Ninguém sabe onde ela está. Eu vou ter de dobrar o turno para cobrir o horário dela.

Shawn desceu do assento diante do balcão.

— Cancele meu pedido, por favor, Anna.

Ele saiu da lanchonete, mas não sentiu os raios de sol escaldantes e o ar quente. Muitos pensamentos lhe invadiam a mente. Tinha de ir à polícia antes que ela fosse até ele. Era só uma questão de tempo até eles descobrirem que Shawn estivera com Carly na noite anterior, no Stone Pony. Se a garçonete do Nagle's o reconhecia como namorado de Carly, outras pessoas também fariam o mesmo.

Se ele contasse a verdade à polícia, ficaria em uma situação ruim. Ele e Carly tinham discutido, assim como ele discutira com Leslie uma noite antes de ela desaparecer. Shawn se tornaria o elo entre as duas jovens.

Ele já sabia, pelo interrogatório a que fora submetido na ocasião do desaparecimento de Leslie, que a polícia o vira como principal suspeito. Tinha conhecimento, graças ao curso que fizera a respeito de violência familiar, que a maioria das mulheres era atacada por pessoas conhecidas, e não estranhos — namorados descontrolados e maridos irados.

Fechando os olhos e passando os dedos de unhas roídas por seu cabelo, em desespero, Shawn sabia que precisava pensar em alguma coisa. A polícia acreditaria que ele era o responsável pelo desaparecimento de Carly e voltaria para o caso de Leslie para relacioná-lo a ele também.

CAPÍTULO

30

— Você acredita em mim agora?

Audrey deu um pulo ao ouvir a voz da filha, que estava atrás dela.

— Não faça assim, Leslie. Quase morri de susto. — Ela virou-se novamente e continuou mexendo em uma caixa de velas perfumadas. — Não ouvi o sino tocar quando você entrou. Acho que estou com a cabeça em outro lugar.

Vendo o olhar alheio da mãe, Leslie perguntou:

— Você ainda não sabe, não é?

— Saber o quê?

— Mais uma menina sumiu. — Os olhos castanhos de Leslie brilhavam de empolgação.

Audrey colocou a caixa de velas sobre o balcão e segurou-se na beirada.

— Mãe? Você escutou o que eu disse? Mais uma menina sumiu. A polícia vai acreditar em mim agora. Todos acreditarão em mim.

— Leslie! — Audrey sussurrou. — Quer fazer o favor de falar baixo?

Leslie ficou séria. — Nossa! Pensei que fosse ficar feliz por mim, mamãe. Você não percebe? Isso prova que eu estava dizendo a verdade.

— É claro que estou aliviada por saber que você será inocentada, querida. — Audrey esticou o braço para acariciar os cabelos castanhos da filha, percebendo que eles tinham perdido um pouco do brilho. — Mas, sinceramente, é difícil sentir-se feliz com a desgraça de outra menina. Quem é ela? Eu a conheço?

— Duvido. Mas ela é garçonete no Nagle's, e é com ela que Shawn anda saindo.

— Deus meu! — Audrey exclamou. — Outra namorada de Shawn desaparecida? A polícia *deve* tê-lo na mira. Bem, que Deus a ajude, e que Deus ajude a família dela — Audrey disse em voz baixa, pensando no que ela e o marido tinham acabado de vivenciar. — Acho que deveríamos fazer alguma coisa para ajudá-los, Leslie. Talvez pudéssemos emprestar nosso depósito mais uma vez para que sirva de sede para as discussões sobre as buscas.

Audrey percebeu que a filha pensou bastante antes de responder:

— É, acho que sim. Eu vou ajudar. Quero que as pessoas que desconfiaram de mim possam me dizer que se enganaram a meu respeito.

CAPÍTULO

31

Subindo a Main Avenue, Sammy Gates tinha dificuldades para se locomover carregando seu pesado equipamento de filmagem.

— Jesus, como está quente! Faça-me lembrar a razão pela qual estamos fazendo isso.

— Porque se não conseguirmos falar com Leslie Patterson, pelo menos poderemos ter alguma reação da mãe dela. — Diane tentou parecer tolerante, mas por dentro não estava com a menor paciência para as reclamações de Sammy. Aquele era o trabalho dele! — Se ela concordar e estivermos prontos para filmar, não terá a chance de mudar de idéia.

— Não me parece um ótimo motivo — Sammy disse virando-se para seu parceiro. — O que você acha, Gary?

— Para mim é indiferente — Gary respondeu, dando de ombros. — Estou trabalhando e faço o que eles quiserem enquanto estiverem me pagando. — Gary Bing era tão dócil e flexível quanto Sammy Gates era teimoso e brigão. Diane achava que Gary só podia ser um santo para conseguir trabalhar com Sammy. Enquanto a maioria dos funcionários evitava Sammy sempre que possível, o pobre Gary tinha de tolerar aquele chato todos os dias.

Sammy não se contentou com a resposta do colega. Continuou com a série de reclamações:

— E as acomodações daqui deixam muito a desejar. Gosto de ter um televisor em meu quarto, e não gosto muito de tapetes e de precisar dividir um banheiro no final do corredor.

— Matthew me disse que a Dancing Dunes é bem melhor que o local onde vocês iam ficar — Diane disse, ainda um pouco chateada por saber que sua família tivera de abrir mão de um dos quartos para acomodar Sammy. — É velha, mas é limpa e tem alguns quartos bem bonitos.

— Bonitos... para cima de mim? É um fim de mundo. Eu preferia um Marriott. Serviço de quarto e frigobar, isso sim!

Diane levantou a mão, interrompendo as reclamações de Sammy.

— Vejam, acho que é Leslie Patterson.

Do outro lado da rua, uma moça muito magra descia a calçada diante da Lavender & Lace.

— Preparem-se, rapazes — ela disse ao atravessar entre os carros que passavam. — Leslie? Leslie Patterson? — chamou a jovem, que voltou para a calçada.

Conforme Diane se aproximava, ela respirou fundo. Apesar de saber que Leslie tinha oito anos a mais que sua filha, a jovem não aparentava sua idade. Era quase como se ela tivesse ficado presa na adolescência. As pernas que estavam à mostra em seu short jeans não tinham carne, o corpo não tinha curvas e os seios não apareciam.

— Sei quem você é — Leslie disse, orgulhosa. — Você é Diane Mayfield, da KEY News.

Diane esticou o braço.

— Prazer em conhecê-la, Leslie.

— Minha mãe me disse que você telefonou ontem, querendo me entrevistar.

— Isso mesmo — Diane confirmou. — E eu entendo perfeitamente por que ela não concordou com a entrevista ontem, nem mesmo hoje de manhã, quando fui à loja dela. Mas, agora, com o desaparecimento de mais uma menina, pensei que vocês pudessem reconsiderar.

— Não preciso da permissão de minha mãe, Diane — Leslie disse. — Já sou adulta.

— É verdade — Diane concordou. — Mas, sob as circunstâncias, seria melhor consultá-la. — Ela sabia que estava dando um conselho de mãe e não de profissional. Ela esperava que se Michelle um dia se encontrasse em uma situação parecida com a de Leslie, que Deus a livrasse, a filha procurasse a orientação materna.

— Não preciso falar sobre isso com minha mãe — Leslie disse ao olhar, por cima do ombro de Diane, a equipe da emissora.

O que ela faria? Insistir para que Leslie pedisse a permissão da mãe? Leslie era adulta. Se a jovem concordava com a entrevista, Diane seria muito tola se não fizesse perguntas.

— Tudo bem — ela disse, virando-se para Gary. — Coloquem o microfone nela, por favor? Podemos gravar aqui na calçada.

Leslie se mostrou bastante esperta ao sugerir:

— Por que não vamos ao poço Berseba, onde o segurança me encontrou? Fica a poucos quarteirões daqui. Podemos fazer a entrevista lá.

Sammy montou o tripé. Gary prendeu um microfone à gola da blusa sem manga de Leslie e lhe entregou uma pequena bateria.

— Aqui, passe o fio do microfone por baixo de sua blusa e prenda a bateria na parte de trás de seu short.

Leslie obedeceu.

— Não vão me maquiar?

Diane sorriu.

— Se estivéssemos no estúdio, em Nova York, você seria maquiada. Mas aqui, ao ar livre, é cada um por si. — Ela pegou um estojo de maquiagem e um espelho de mão dentro de sua bolsa. — Quer um pouquinho de blush?

Leslie fez que sim.

Diane escolheu as cores mais joviais da coleção de cosméticos que a acompanhavam quase constantemente. Um batom cor de pêssego, blush do mesmo tom e um rímel marrom-escuro ficariam bem para o tom de pele da jovem.

Enquanto reaplicava o batom em si mesma, passava blush nas bochechas e ajeitava o cabelo com um pouco de spray, Diane disse amenidades, perguntando a Leslie o que ela planejava fazer agora que estava livre de novo.

— Voltarei para o trabalho na segunda-feira, mas toda essa história me fez perceber que eu quero mais da minha vida. Espero ir um pouco além do emprego de escritório que eu tenho na imobiliária Surfside.

— Quais são suas tarefas no momento? — Diane perguntou educadamente.

— Bem... atendo telefonemas e envio fax, separo as correspondências, faço pedidos de material para o escritório...

Diane viu que a equipe já tinha se preparado.

— Leslie, vamos começar aqui, ao lado deste belvedere? — ela sugeriu.

Leslie, relutando, posicionou-se ao lado de Diane.

— É estranho voltar para cá agora, sendo que há duas noites me encontraram aqui.

Diane tocou o braço de Leslie.

— Não se preocupe. Tudo vai dar certo. — Ela virou-se para a equipe e perguntou: — Vocês estão prontos, rapazes?

— Vai — Sammy mandou.

— Tudo pronto, Leslie? — Diane perguntou.

— Sim.

Diane virou-se para ela e começou:

— Estamos aqui, juntas, no local onde você foi encontrada na manhã de sexta-feira, após ter desaparecido por três dias. Diga-me o que aconteceu com você, Leslie.

Leslie respirou fundo antes de responder:

— Eu estava caminhando no calçadão na noite de segunda-feira quando uma pessoa veio por trás e me derrubou. Quando eu voltei a mim, estava com os olhos vendados e havia um pedaço de trapo amarrado em minha boca para que, assim, não pudesse gritar por socorro. Eu não sabia onde estava. Ela esfregou os braços nus, como se tentasse se aquecer.

— Deve ter sido assustador.

Leslie concordou com a cabeça, mas não disse nada.

— O que houve em seguida? — Diane apressou-se em perguntar.

— Bem, ele... estou dizendo "ele" porque a pessoa que me seqüestrou não conversou comigo em nenhum momento... só me deixou lá, deitada, onde quer que seja esse "lá". Ele voltava de vez em quando com alguma coisa para eu comer, mas comi muito pouco. E sempre que voltava, me levantava e queria que eu dançasse com ele.

— Dançar com ele? Não entendi — Diane disse.

— Não havia música, mas acho que posso chamar aquilo de dançar. Eu tinha de ficar em pé e ele pressionava o corpo contra o meu, balançando de um lado a outro, quase no mesmo ritmo que as ondas do mar. Achei que estávamos perto do mar. Eu conseguia ouvir as ondas.

A cada palavra que Leslie dizia, Diane tinha mais e mais certeza de que a matéria que iria ser apresentada por ela no *Weekend Evening Headlines* dali a algumas horas seria bombástica.

— Foi terrível. Terrível demais. Só consegui sobreviver àquilo porque me imaginava dançando com meu namorado, Shawn. — Leslie elevou o tom de voz: — Mas a pior parte foi saber que ninguém acredita em mim.

— Outra jovem está desaparecida, Leslie. Você acha que, agora, as pessoas acreditarão em você?

— Espero que sim — ela respondeu, enquanto lágrimas enchiam seus olhos castanhos. — E eu sinto muito por ela.

CAPÍTULO

32

Apesar de o pai de Carly Neath ter dito que nem ele nem sua esposa tinham qualquer coisa para dizer à imprensa, Matthew achou que seria uma boa idéia ir à casa deles assim mesmo. As pessoas podiam muito bem dizer não pelo telefone, mas, quando confrontadas cara a cara, às vezes mudavam de idéia. Sem a intimidação de uma equipe de filmagem, Matthew sentiu que teria mais chances de conseguir conversar com os Neath.

Ele encontrou a residência no meio do quarteirão da Surf Avenue. Não havia persianas nem jardineiras nas janelas de alumínio. Apesar de ser uma casa comum, Matthew suspeitava que por baixo da fachada desgastada e pálida havia o piso de madeira e os detalhes requintados de construção da estrutura originalmente vitoriana. A idéia de progresso de alguém deixara a casa completamente sem charme.

Ele bateu à porta de entrada, esperou e voltou a bater. Matthew não tinha certeza se os Neath estavam ou não. Ele juntou as mãos em concha contra a janela e tentou espiar através do vidro.

— Eles estão aí.

Matthew virou-se na direção da voz. Um homem muito idoso estava em pé na varanda da casa vizinha.

— Sei que estão aí, para o caso de a filha deles telefonar. Também não querem sair para não perderem as notícias que a polícia possa vir a dar.

Matthew afastou-se da porta de entrada da residência dos Neath, sentindo que aquele senhor, de ombros com ossos protuberantes e braços magros à mostra em sua regata, poderia ser uma boa fonte de informação. Foi até a casa ao lado e continuou a conversa:

— Então o senhor conhece Carly?

— Sim. Eu a conheço desde que ela era criança. Aquela sempre se metia em todos os lugares. Parece que se meteu numa enrascada desta vez.

— O senhor tem algum palpite sobre o que pode ter acontecido a ela?

O idoso deu de ombros. — Tenho minhas suspeitas.

Matthew esperou que o homem continuasse.

— Sabe, não é fácil envelhecer. Você nem pensa nisso no momento, não é, rapaz?

— Não muito — Matthew disse, percebendo a pele flácida do rosto do homem. Havia alguns dentes faltando na arcada inferior e um leve odor de dente cariado no ar.

— Eu também não pensava em envelhecer quando tinha sua idade. Mas a velhice chega antes do que esperamos. E traz consigo muitas coisas tristes. Para mim, a pior é não conseguir dormir. Não sei dizer quando foi a última vez que dormi uma noite toda.

— Isso é ruim — Matthew disse, esperando que o velhote chegasse à conclusão de seu pensamento. O idoso sentou-se na cadeira de balanço da varanda.

— Estava muito quente ontem à noite. Meu Deus! Como estava quente! Não tenho ar-condicionado. Geralmente não é necessário por aqui, mesmo no verão. E essas coisas são caras, e dinheiro é algo que me falta.

Matthew estava ficando impaciente. Teve de se controlar para não demonstrar, batendo o pé no chão de madeira. Em vez disso, concordava com a cabeça, como se compreendesse os problemas do senhor.

— Então vim para cá e fiquei sentado na cadeira de balanço, porque achei que estaria mais fresco. Mas não estava. Acredito que estava tão quente quanto lá dentro.

Matthew previu o rumo da conversa e apressou o assunto:

— Então o senhor viu alguma coisa aqui de sua varanda, ontem à noite?

O homem se balançou e disse:

— Sim.

— O que o senhor viu? — O velhote parecia se divertir prolongando a expectativa.

— Vi Carly subindo a rua. Seus cabelos louros refletiam a luz da lua.

— A que horas foi isso? — Matthew perguntou.

— Cerca de onze e meia, quinze para a meia-noite.

— O senhor disse alguma coisa a ela ou ela disse alguma coisa ao senhor?

— Ela não me viu e eu não tinha nada para dizer a ela.

O senhor fez uma pausa, aproveitando seu poder. Após balançar-se por uns instantes, continuou:

— Bem, eu posso lhe dizer o que contei à polícia quando eles vieram aqui hoje, fazendo suas perguntas. Não fiquei surpreso com o que vi. Você sabe como essa meninada de hoje em dia se comporta, indo e vindo a qualquer hora do dia ou da noite. Até mesmo as meninas. Na minha época, nenhuma garota que se desse ao respeito saía à noite sozinha desse jeito. Mesmo aqui em Ocean Grove.

— O que o senhor viu? — Matthew pressionou.

— Eu a vi passando pela casa dela e continuando pela rua. — O velhote sacudiu a cabeça. — Isso. Ela continuou andando. Em direção ao mar. Tarde da noite como estava. É uma desgraça o que as moças jovens fazem hoje em dia.

— O senhor disse que tinha suas suspeitas a respeito do que aconteceu com Carly. — Matthew tentou tirar a atenção do idoso das audácias da juventude de hoje. — O que acha que aconteceu? — Ele se inclinou para escutar.

— Como eu disse à polícia. Acho que aquele cara a pegou.

— Cara? Que cara?

— O que a estava seguindo. Ela não o viu, mas certamente ele a estava seguindo.

CAPÍTULO

33

Uma pequena multidão de curiosos se formou ao redor do belvedere vermelho que cobria o poço Berseba para assistir à equipe do noticiário da TV gravar a entrevista. Diane estava acostumada com os olhares e comentários, mas Leslie não. Não que ela não gostasse de atenção, mas sentia-se desconfortável expondo-se diante de pessoas que não conhecia. De alguma maneira, telespectadores anônimos não a deixavam tão nervosa quanto os seres humanos de verdade que a observavam conversando com Diane Mayfield.

— Acho que é tudo que tenho para dizer no momento. — Leslie tirou seu microfone.

Diane sabia que não deveria insistir. Certamente desejaria outra entrevista mais longa com Leslie para o *Hourglass*, se Joel decidisse levar o caso adiante. Por ora, tinha mais do que o suficiente para a matéria relativamente curta do *Evening Headlines*. E, pensando como mãe, não queria forçar a filha de ninguém a fazer algo contra a sua vontade.

— A que horas isso vai passar na TV? — Leslie perguntou ao se levantar.

— Não tenho certeza em que momento do programa a história será encaixada, mas a transmissão começa às seis e meia da noite — Diane respondeu. — Muito obrigada pela entrevista, Leslie. Estamos muito agradecidos.

Diane observou a jovem passar pelos curiosos, atravessar o gramado e voltar para o centro da cidade. Enquanto Sammy e Gary guardavam seus equipamentos, Diane sentou-se na escada do poço e tirou um caderno de anotações da bolsa. Estava começando a elaborar um roteiro quando seu celular tocou.

— Esta ligação é de uma prisão federal — anunciou a gravação.

Diane conhecia o procedimento. Após o sinal, ela apertou a tecla de número cinco para aceitar o telefonema.

— Sou eu.

Apesar de tudo, a voz dele sempre a deixava com o coração aos pulos. Desde a primeira vez que ele conversara com ela, há muito tempo, naquela aula de psicologia no último ano da faculdade, ela se apaixonara pelo sotaque dele do estado da Virgínia Ocidental. Diane levantou-se, virou-se e se afastou da equipe de cinegrafistas.

— Oi, sou eu — ela respondeu delicadamente.

— Olá. Como estão as coisas? Como foi a viagem? Você já conseguiu um passeio para conhecer a região? — As perguntas dele eram rápidas.

Diane mordeu seu lábio por dentro.

— Diane? Você está aí?

— Sim, Philip. Estou.

— E aí? Como estão as coisas? As crianças estão animadas? Diga-me o que está acontecendo. — Ele parecia tão entusiasmado, e Diane detestou ter de desapontá-lo. Ela sabia que ele estava à espera de boas notícias; precisava ter alguma coisa boa no que pensar depois que as luzes da prisão fossem apagadas e o sono não viesse.

— Para ser sincera, Philip, houve uma mudança nos planos.

— Esta ligação é de uma prisão federal. — A gravação voltara, interrompendo e lembrando-os de algo que eles não esqueciam.

— Que mudança de planos? — Ele parecia apreensivo. — Aconteceu alguma coisa? Alguma coisa deu errado? As crianças estão doentes? — Agora parecia aterrorizado.

— Não, Michelle e Anthony estão bem — ela se apressou em acalmá-lo. De jeito nenhum ela dividiria com ele suas preocupações com Michelle e o temor de que ela pudesse estar com algum distúrbio alimentar. Philip não poderia fazer nada a respeito e não havia por que dar-lhe mais preocupações.

— Você está bem, querida? — ele perguntou.

Diane sentiu um aperto no peito com a demonstração de afeto. Na pobreza e na riqueza, na saúde e na doença... apesar de estar desapontada pelo que ele tinha feito profissionalmente e por ter raiva do que as atitudes dele causaram à família, Diane ainda esperava, com o tempo, conseguir perdoar o marido. O passado deles tinha sido muito bom. Apesar do terrível erro cometido por Philip, ela não deixara de amá-lo — não conseguira parar. Os dois tinham muita história juntos. Tinham dois filhos. E a química emocional e física entre eles sempre tinha sido muito forte.

Ela desejava desesperadamente estar com Philip. Não em uma sala ampla com assentos parecidos com os de cinemas, com guardas e câmeras de segurança observando-os. Sabendo que, quando a visita terminasse, ele seria forçado a passar pela humilhação de se despir para ser revistado. Deus do céu! Ela queria sua vida antiga de volta, com toda a privacidade que não imaginavam um dia não ter.

— Estou bem, Philip. Sério. Mas tive de cancelar a viagem. Joel Malcolm insistiu para que eu cobrisse uma história.

— Ah, Di, você está brincando! — A decepção na voz dele era explícita.

— Gostaria de estar brincando, pode apostar, mas não estou. Estou em Ocean Grove, Nova Jersey, fazendo uma matéria sobre garotas desaparecidas.

— E onde estão as crianças? Elas devem ter ficado muito bravas.

— Bravas é pouco, principalmente Anthony. Mas Joel disse que eu poderia trazê-las comigo. Elas devem estar na praia com Emily agora.

— Esta ligação é de uma prisão federal. — Mais uma vez a maldita gravação.

— Tenho de voltar para minha cela para a contagem das quatro da tarde, Di. — A voz dele ficou grave.

Diane sentia-se mal só de imaginar Philip em pé, sendo contado como criminoso por agentes penitenciários. Na verdade, sentia-se mal quando pensava em tudo que Philip seria forçado a vivenciar dentro da prisão. As coisas que ela não sabia, as coisas que suspeitava que ele não contava, a assustavam.

Mas ele cometera um crime e precisava pagar por isso antes de tentar seguir adiante com uma vida decente.

CAPÍTULO

34

O operador do caminhão-satélite da KEY News colocou seu equipamento no local de encontro combinado, o beco sem saída no final da Ocean Avenue. Com o motor do veículo ligado, Scott Huffman ficou sentado, esperando Diane Mayfield, Matthew Voigt e a equipe deles para a matéria do *Weekend Evening Headlines*. A vista que tinha pela janela o fazia lembrar que estava trabalhando de novo em um final de semana de verão. Pessoas vestidas com shorts e roupas de banho passavam pelo calçadão. Algumas entravam em uma grande estrutura de madeira de costas para a praia. Outras formavam uma fila em frente a uma janela onde recebiam coisas.

Scott sentiu o estômago roncar, lembrando que não comia desde cedo, quando comeu um bolo dinamarquês com recheio de queijo e uma xícara de café. Quando abriu a porta do caminhão e sentiu o ar quente, ficou tentado a permanecer na cabine fria e agradável. Mas a fome venceu. Ele saiu, trancou o caminhão e entrou na fila.

Scott comprou dois cachorros-quentes completos com batata frita e cerveja preta. Não quis voltar para o caminhão, por isso levou a bandeja de papelão com seu lanche para um banco mais distante no calçadão. Ele comeu depressa, olhando para o oceano entre uma mordida e outra.

Enquanto mastigava, pensou em sua vida. Precisava tomar um rumo. Tudo bem, a hora extra era algo bom, mas não tinha passado um final de semana completo em casa desde o início do verão. No mês anterior, ficara fora por uma semana, quando o *KEY to America* tinha sido transmitido de Newport, Rhode Island. Não era justo com sua esposa e com seus filhos, e não era justo com ele próprio. Não queria ser um daqueles caras que perdiam os momentos mais importantes da vida só para terem uma conta bancária mais recheada. Tinha de começar a dizer não para os trabalhos de final de semana. Havia outros homens que podiam lidar com o equipamento de filmagem e enviar o áudio e o vídeo para o Centro de Transmissão. Que *eles* fizessem hora extra.

Scott jogou os papéis do lanche em uma lata de lixo e voltou para o calçadão, passando por um rapaz, mais ou menos da sua idade, que seguia na direção contrária. Apesar do calor sufocante, o homem trajava calça e uma camisa camuflada de mangas compridas. Ele estava falando sozinho. Scott não conseguiu desviar o olhar dele. Estava claro que o rapaz não batia muito bem.

Aí vai um coitado que se deu mal na loteria da vida, pensou. Mas, assim que viu Diane Mayfield acenando atrás do caminhão-satélite, rapidamente esqueceu o patético desconhecido.

CAPÍTULO 35

Diane estava dentro do caminhão-satélite, terminando de escrever a matéria, quando seu celular tocou. Ela escutou as notícias que Matthew lhe passava a respeito do que o vizinho de Carly Neath tinha visto na noite anterior.

— Puxa! — Diane disse. — Você acha que devemos acrescentar alguma coisa a respeito de Carly ter sido seguida na matéria?

— Eu me sentiria mais tranqüilo em relação a isso se ouvíssemos a polícia primeiro — Matthew respondeu. — Mas eles não retornam meus telefonemas.

— Gostaria que você estivesse com os cinegrafistas quando conversou com esse senhor, Matthew. Você acha que ele dirá tudo de novo diante das câmeras? Se conseguíssemos filmá-lo dizendo ter visto alguém seguindo Carly, a matéria ficaria mais impactante.

— Vale a pena tentar. Mande o Sammy e o Gary para cá e vou ver se consigo fazer o velhote repetir tudo.

— E adivinhe o que aconteceu? — Diane perguntou após anotar o endereço. — Leslie Patterson conversou conosco.

— Está brincando! Que ótimo. Coisa boa?

— Sim. Acho que estamos com bastante material para hoje à noite. Mas quero voltar a falar com ela depois, para o *Hourglass*. Assim que tivermos uma definição do caso de Carly Neath, precisaremos registrar a reação de Leslie.

Após passar o endereço da Surf Avenue para os cameramen, Diane voltou a analisar o texto e fez os ajustes necessários para dar espaço à informação da testemunha, o vizinho de Carly. Escreveu também o que ele tinha visto, para o caso de Matthew não conseguir uma segunda entrevista. A narração extra poderia ser editada em cima da hora, se fosse necessária.

Satisfeita por ter o texto pronto para enviar ao produtor executivo no Centro de Transmissão, Diane clicou em ENVIAR e recostou-se na cadeira, esperando a aprovação da matéria.

CAPÍTULO

36

Logo no início do interrogatório, Shawn se deu conta de que deveria ter levado um advogado para orientá-lo. Então esperou mais duas horas, até o defensor público chegar à delegacia. O homem trajava uma camisa pólo e bermuda, como se tivesse sido chamado para uma partida de golfe ou um churrasco em família. Após entender tudo que Shawn lhe contou ter acontecido até então, gesticulou para os policiais, mostrando que eles podiam voltar para a sala de depoimento.

— Meu cliente veio aqui por livre e espontânea vontade — o advogado começou dizendo. — Ele contou que esteve com Carly Neath ontem à noite, que ela o deixou no Stone Pony, indo embora sozinha, e que foi quando ele a viu pela última vez. A menos que haja mais alguma coisa para ser registrada, estamos indo embora.

— Então não passa de coincidência o fato de a garota que foi seqüestrada no começo desta semana também ser namorada dele? — um dos investigadores perguntou.

— É isso mesmo — o advogado respondeu, mantendo-se impassível.

Os outros investigadores balançaram a cabeça sabendo que, por ora, pelo menos, estavam de mãos atadas. Precisavam de provas concretas para incriminar o rapaz.

— Tudo bem, Ostrander — ele disse. — Saiam daqui. Mas não tentem ir a nenhum lugar onde não possamos encontrá-los.

CAPÍTULO

37

— O velhote não quer falar de novo, Diane. Não vamos ter as imagens dele na matéria.

— Tudo bem. Vou usar o Plano B. Obrigada, Matthew.

Diane fechou seu celular e pegou o fio do microfone. Segurando o aparelho próximo da boca, começou a gravar a matéria aprovada:

— Pela segunda vez em menos de uma semana, uma jovem desapareceu em uma cidade litorânea tranqüila de Nova Jersey. Carly Neath, de vinte anos, não voltou para casa após trabalhar como babá para uma família na calma e pitoresca cidade de Ocean Grove.

Ela fez uma pausa para dar as instruções para que fosse adicionada uma outra informação a respeito da coletiva de imprensa convocada pela polícia:

— Usem a informação que lhe passaremos após a faixa. Esse é o comandante Jared Albert, J-A-R-E-D A-L-B-E-R-T, da delegacia do distrito de Neptune. A informação é a seguinte: "Logo depois do desaparecimento de outra moradora de Ocean Grove no início desta semana, a delegacia de Neptune está investigando a situação imediatamente e espera que a imprensa e os moradores colaborem."

Diane pigarreou.

— Faixa dois: a polícia e os voluntários estão vasculhando a cidade conhecida como Cantinho de Deus, uma comunidade pequena que se localiza a uma hora de distância da cidade de Nova York, assim como foi feito com Leslie Patterson, de vinte e dois anos. Após uma busca de três dias, ela foi encontrada, amarrada e amordaçada, no terreno da Associação de Camping de Ocean Grove. Especulou-se que Leslie poderia ter forjado o próprio seqüestro para chamar atenção. Mas esse último desaparecimento muda a situação. Leslie conversou exclusivamente com a KEY News hoje no local onde foi encontrada na manhã de sexta-feira.

Diane fez uma pausa para checar suas anotações sobre a entrevista de Leslie.

— Certo. A declaração foi: "Eu estava caminhando no calçadão na noite de segunda-feira quando uma pessoa veio por trás e me derrubou. Quando eu voltei a mim, estava com os olhos vendados e havia um pedaço de trapo amarrado em minha boca para que, assim, não pudesse gritar por socorro. Eu não sabia onde estava."

Voltando a consultar o texto, Diane continuou:

— Faixa três: Hoje à noite, as buscas por Carly Neath prosseguem. Declaração, novamente o comandante Albert: "Ela tem um metro e cinqüenta e cinco de altura e pesa cerca de cinqüenta quilos. É loura, tem olhos azuis e uma marca de nascença do lado de dentro de seu pulso esquerdo. Na última vez em que foi vista, vestia calça branca e justa, uma camisa com listras brancas e azuis e sandálias de couro branco. Qualquer pessoa que tenha informações que possam ajudar a localizar Carly Neath deve entrar em contato com a polícia de Neptune imediatamente."

Era ali onde ela gostaria de poder acrescentar uma declaração do vizinho de Carly. Em vez disso, Diane gravou a frase que escrevera:

— A KEY News recebeu a informação de que uma testemunha fez uma declaração que pode ser uma pista. Um homem foi visto seguindo Carly ontem à noite, quando ela caminhava perto de sua casa. Não se sabe se o indivíduo em questão tem alguma coisa a ver com o desaparecimento de Carly Neath. Mas Leslie Patterson afirma sentir muito por Carly e pelo que ela possa estar passando.

E continuou:

— Certo, peguem a declaração de Leslie no meio da frase. Comecem assim: "A pessoa que me seqüestrou não conversou comigo em nenhum momento", e prossigam: "Só me deixou lá, deitada, onde quer que seja esse 'lá'. Ele voltava de vez em quando com alguma coisa para eu comer, mas comi muito pouco. E sempre que voltava, me levantava e queria que eu dançasse com ele." Última faixa: uma dança aterrorizante que a família e os amigos de Carly Neath esperam que ela não esteja sendo forçada a fazer. Diane Mayfield, KEY News, Ocean Grove, Nova Jersey.

CAPÍTULO

38

Assim que entrou, Larry desapertou o nó da gravata e tirou os sapatos. O dia tinha sido longo, mas valioso. Aquele era mais um sábado como todos os outros do verão. Ele tinha feito uma venda. Felizmente. Larry sabia por experiência própria como nunca podia considerar uma venda realizada antes de ser fechada. Quando todos os documentos eram assinados e todo o dinheiro pago, então, e só então, o corretor imobiliário recebia sua comissão.

Mas Larry pressentia que aquela negociação era dinheiro na conta na certa. Os compradores tinham sido pré-qualificados para o financiamento e já haviam perdido duas outras casas no mercado. Não fariam grandes objeções para qualquer problema que detectassem na inspeção física da propriedade. Só queriam o lugar deles no litoral.

Larry abriu uma cerveja, atravessou a sala de estar para assistir à televisão e recostou-se no sofá. Gostaria de ter alguém com quem conversar sobre seu dia e comemorar o sucesso. Era nessa hora que ele mais sentia falta da esposa e da filha. Sair de casa de manhã para trabalhar sem ninguém com quem conversar era ruim, mas retornar à noite e ter de enfrentar mais um jantar sozinho era ainda pior. Sentado, sozinho, noite após noite, assistindo à TV, tinha bastante tempo para pensar.

Colocando as pernas sobre a mesa de centro, direcionou o controle remoto para o televisor e apertou o botão. A partida de golfe estava sendo finalizada na KEY e o noticiário estava prestes a começar.

A primeira notícia era sobre a guerra no Iraque, e a segunda, sobre o dia do presidente. Larry levantou-se e foi mais uma vez até a geladeira. Ao abrir uma lata de cerveja, ele escutou as palavras "Ocean Grove" e apressou-se de volta à sala.

Assistiu à reportagem com as belas imagens de Ocean Grove e de Carly Neath, sorridente, e escutou a narração feita por Diane Mayfield. Mas estava mais interessado no que Leslie tinha a dizer.

— Ele voltava de vez em quando com alguma coisa para eu comer, mas eu comi muito pouco.

Para Larry, aquelas palavras e a imagem do rosto e dos braços magros de Leslie trouxeram de volta a dor que nunca desaparecia. As lembranças de Jenna e todas as vezes em que tentara, sem sucesso, fazer com que ela cuidasse de sua saúde. Larry passara horas e horas tentando pensar em coisas que atraíssem a filha. Mas nada funcionara. Jenna foi de magra a esquelética, emagrecendo cada vez mais.

Leslie era a chance que ele tinha de se redimir, de alguma forma, dos erros que cometera com a própria filha. Tinha de ajudar Leslie, fazê-la ver que, apesar de seu distúrbio alimentar ser muito perigoso, poderia ser curado, e a solução estava dentro dela. E não nas mãos daquele terapeuta salafrário. Owen Messinger arruinara Jenna e agora fazia o mesmo com Leslie.

Arrotando ao desligar a TV, Larry tentou entender por que Leslie não enxergava o que estava fazendo consigo mesma. Ela tinha de entender que existiam problemas muito mais graves, problemas em relação aos quais as pessoas nada podiam fazer. Ficar presa contra vontade certamente era um bom exemplo. Se isso não endireitasse uma pessoa, o que poderia endireitar?

Larry mantinha a esperança de que Leslie aprendera alguma coisa com a situação aterrorizante à qual tinha sido submetida e conseguiria interromper o comportamento autodestruidor e valorizar sua vida. Ele estava ansioso para que a segunda-feira chegasse logo. Leslie voltaria ao trabalho, e ele poderia continuar zelando por ela.

CAPÍTULO

39

Owen Messinger ficou olhando para a tela da TV mesmo depois que o *Weekend Evening Headlines* da KEY já tinha terminado. Ficara muito surpreso ao ver Leslie Patterson conversar com a repórter. Ontem mesmo a mãe de Leslie tinha dito a ele que a filha não queria sair de casa.

Mas, com o desaparecimento de Carly Neath, Owen achava que Leslie tinha se sentido vingada e queria expressar esse alívio. Talvez todo aquele horror terminasse sendo bom para ela. A situação poderia fazê-la sentir-se bem consigo mesma, por mais bizarro que parecesse. Se a comunidade percebesse que a tinham julgado mal e que ela estava dizendo a verdade, muitas pessoas sentiriam pena dela e Leslie receberia um pouco de atenção positiva. Ela precisava disso.

Só Deus sabia que o tratamento não estava dando certo com ela. Mesmo após tantos anos, Leslie ainda tinha problemas alimentares e continuava se cortando. A terapia adotada por ele de nada estava resolvendo no caso dos cortes. Isso o deixava preocupado.

Owen voltou à adega de sua sala de jantar e preparou um scotch duplo. Analisou a bebida dentro do copo, sem saber o que fazer em seguida. Dedicava-se à sua nova abordagem de tratamento com sucesso suficiente e estava prestes a publicá-la. Mas Leslie era a estraga-prazeres nesse caso. Os resultados que o tratamento dela apresentava atrapalhavam os efeitos até então positivos de seu estudo.

— Cleo — ele chamou. — Cadê você, querida? — Owen dirigiu-se à sua mesa e esperou para ver se a gata apareceria. Sentou-se, disposto a cuidar da pilha de correspondências que se acumulavam sobre a mesa. Primeiramente, separou os catálogos de produtos e os jogou no cesto de lixo. Só isso já o deixou com menos envelopes na mão. Depois, separou as contas. Restaram algumas revistas e um envelope.

A gata branca e preta pulou no colo de Owen enquanto ele usava o abridor de envelopes e pegava o papel de dentro. Acariciou o pêlo do felino enquanto lia a mensagem:

> VOCÊ É UM CHARLATÃO.
>
> A SUA TERAPIA JÁ DEIXOU VÍTIMAS DEMAIS.
>
> SE A POLÍCIA OU A COMUNIDADE MÉDICA DESCOBRIR O QUE FAZ COM ESSAS POBRES JOVENS, VOCÊ PERDERIA SEU REGISTRO. MAS, SE DECIDIR PROCURAR AS AUTORIDADES, AQUI ESTÁ MEU CARTÃO. MAL POSSO ESPERAR PARA CONTAR À POLÍCIA TUDO QUE SEI A SEU RESPEITO.
>
> OU, SE QUISER ME PEGAR, TEREI TODO O PRAZER EM LIDAR COM VOCÊ COM MINHAS MÃOS. VENHA.
>
> ACEITE ISTO COMO UM ALERTA. PARE E DESISTA ANTES QUE DESTRUA MAIS UMA VIDA.

Owen pegou o cartão de visita branco que havia caído ao chão. Nele se lia "Imobiliária Surfside" e trazia o nome de Larry Belcaro gravado.

CAPÍTULO

40

Quando Diane retornou à Dancing Dunes, encontrou Anthony e Emily jogando *scrabble* no salão.

— Dá para ver o que vocês fizeram hoje. — Ela riu. Os rostos do seu filho e da sua irmã mostravam o tempo que eles tinham passado expostos ao sol. — Está ardendo?

— Pare de se preocupar, mãe, por favor? Nós usamos protetor solar.

— Onde está Michelle? — Diane perguntou ao olhar ao redor e para a entrada da sala de jantar.

— Está lá em cima. — Emily não tirava os olhos do tabuleiro de *scrabble*. — Rainha. R-A-I-N-H-A, e ganho três pontos com o R — ela disse, triunfante.

Anthony deixou claro seu descontentamento, reconhecendo que o placar não lhe dava mais chances de recuperação.

— Estou morrendo de fome — ele disse. — Aonde vamos comer?

— O que você quer comer? — Diane perguntou, apesar de que sair para jantar era a última coisa que desejava fazer após um dia longo e quente de trabalho. Um belo banho frio e esparramar-se na cama com o ar-condicionado ligado era uma idéia infinitamente mais atraente. Mas aquela era a primeira noite deles ali e sabia que Em e as crianças a estavam esperando.

— Pizza? — Anthony sugeriu.

— Em?

— Por mim, tudo bem.

— Ótimo — Diane disse, feliz por eles não quererem passar duas horas sentados em um restaurante qualquer. — Anthony, vá chamar sua irmã.

Enquanto esperava que seus filhos descessem, Diane pegou seu celular e deixou a mensagem na secretária eletrônica do consultório do dr. Owen Messinger, dizendo que gostaria de fazer uma entrevista com ele para o *Hourglass*, sobre questões de saúde feminina.

— Por favor, retorne a ligação assim que puder — ela disse. — Obviamente, compreendo que o senhor não pode falar especificamente sobre Leslie Patterson, mas tenho algumas perguntas gerais nas quais nossos telespectadores podem ter interesse.

Quando pediram uma sugestão, Carlos disse que eles deveriam ir a Asbury Park, na pizzaria favorita dele.

— Não é um lugar lindo, mas tem as melhores pizzas que já comi.

Quinze minutos depois, estavam sentados na parte da frente do restaurante. Pediram duas pizzas, uma com apenas tomate e queijo, e a outra com pepperoni. Anthony atacou a comida, devorando quatro fatias na seqüência. Emily e Diane decidiram se controlar e comeram duas fatias cada. Mas Michelle comeu apenas uma, dando mordidelas e deixando toda a borda no prato.

Diane detestava saber que estava analisando cada porção de alimentos que a filha colocava na boca.

CAPÍTULO

41

Agora que estava escuro, a segurança não poderia ser maior. A luz da lua fazia com que a caminhada até o Casino fosse arriscada, mas nada podia ser feito a respeito disso. Tinha de ser esta noite.

Manter-se perto da parede levemente arredondada do Casino diminuía as chances de alguém perceber a movimentação. Na curva, a brisa do mar bateu no cavalo-marinho gigante de cobre que era preso por alças de metal, pronto para despencar do teto devido às más condições do velho local. Uma cerca frágil bloqueava a entrada. Uma placa com letras coloridas trazia a seguinte mensagem: PERIGO: MANTENHA DISTÂNCIA. PROPRIEDADE PRIVADA. NÃO É PERMITIDA A ENTRADA.

Não era difícil passar pelo vão na cerca. Lá dentro, era seguro acender a lanterna. A luz amarela deixava à mostra fezes de pombos, conchas quebradas e penas de gaivota no chão de cimento. Pequenos cacos de vidro eram amassados pelas pisadas.

Abaixo do velho sinal que indicava o cavernoso salão como sendo o Palácio de Patinação do Casino havia um buraco na parede, menor que o que havia na cerca lá fora. Não fora nada fácil carregar o corpo inconsciente de Carly e passá-lo pela abertura na noite anterior, mas era mais fácil passar sem ter de carregar outra pessoa também. No chão, havia mais fezes de animais e partes do piso estragadas pela água. No salão havia um palco abandonado, onde, nos tempos de glória de Asbury Park, muitas apresentações populares tinham sido feitas. Encontrava-se agora coberto por arbustos e sujeira. O lodo tomara conta dos bancos onde, no passado, os fãs se sentavam para aplaudir as atrações de verão.

Candelabros antigos de metal enferrujados localizavam-se em vigas de ferro. Um fino feixe de luz passava por um buraco no teto. Estranho. Quase parecia apontar para o velho balcão onde as bebidas eram servidas, o local que agora era o "buraco" de Carly.

Era importante que tudo fosse feito corretamente. Carly tinha de passar pelo procedimento. Ela tinha sido seqüestrada havia quase vinte e quatro horas. Estava na hora de cortar as algemas de plástico que prendiam os tornozelos dela. Estava na hora da primeira dança.

CAPÍTULO

42

Carly não conseguia enxergar nada, mas ouvia muito bem. Bem até demais. Escutava a criatura se aproximando, passando pelas ruínas. Conforme o som ficou mais próximo, ela não sabia se era um animal ou um homem. Não sabia o que seria pior.

Sentiu o coração acelerar, a adrenalina percorrendo seu corpo. A cabeça ainda latejava, os pulsos doíam por estarem amarrados. Tentou concentrar-se em sua respiração, tentando inspirar pelo nariz, pois a mordaça lhe tapava a boca.

Os passos pararam ao lado dela. Ela percebeu um pouco de luz pelo canto da venda que lhe tapava os olhos. Algum ser humano devia ter acendido a luz.

Carly sentiu um puxão nos tornozelos e percebeu que eles estavam sendo desamarrados. Então sentiu seu braço sendo puxado para cima. Talvez estivesse sendo liberta.

Esforçou-se para ficar em pé, sentindo tontura e lutando para manter o equilíbrio. Sem conseguir falar, e sem saber o que fazer, Carly ficou em pé e esperou pelo que estava por vir.

A esperança foi substituída pelo terror quando sentiu o carinho começar.

Ela não sabia dizer quanto tempo tinha demorado. Um minuto? Dez? Meia hora? Parecia uma eternidade. Algo macio acariciara suas faces e seus braços nus. Seria algo de couro? Uma mão com luva?

E então um corpo encostou-se no dela e fez com que ela se movesse. As mãos dela ainda estavam amarradas, mas conseguiu sentir os braços cobertos da pessoa contra os seus. Ouviu o roçar delicado. Seria o som do roçar entre os tecidos? O som que as pernas das calças de esqui faziam quando alguém caminhava pela neve?

Quando o corpo do agressor começou a balançar ao ritmo das ondas, indo e vindo, o corpo de Carly automaticamente acompanhou o movimento. Mas ela tentou pensar em outra coisa, sobre como era sair para brincar e fazer bonecos na neve.

DOMINGO
21 de AGOSTO

CAPÍTULO

43

Diane abriu os olhos e pegou seu relógio no criado-mudo. Ela ficou surpresa ao ver que eram quase dez da manhã e que dormira profundamente a noite toda.

Ela e Matthew combinaram que ele tentaria obter informações da polícia de manhã e que telefonaria para ela perto do meio-dia para que fizessem o planejamento do dia. Se alguma coisa precisasse ser gravada antes disso, Matthew e a equipe se encarregariam. Isso lhe deixava duas horas para ficar com os filhos.

Virando-se, Diane olhou para a irmã, que ainda dormia na cama de solteiro ao lado da dela. Agradeceu a Deus por ter Em com eles naquela semana.

Tentando não fazer barulho, Diane levantou-se e vestiu o robe fino de verão. Procurou em sua mala um par de chinelos de tecido e os calçou. Andando vagarosamente, atravessou o quarto e abriu a porta para o corredor. No caminho para o banheiro, percebeu que a porta do quarto de Michelle estava entreaberta.

Bateu com delicadeza e perguntou, espiando dentro do quarto:

— Michelle?

O quarto estava vazio, mas parecia que um tornado havia passado por ali. Uma mala estava aberta, com seu conteúdo transbordando pelas laterais. Havia roupas espalhadas pelo chão e sobre a cama desarrumada. Os frascos de xampu, condicionador e os cremes de Michelle estavam espalhados sobre a cômoda e seus CDs e DVDs formavam uma pilha desordenada no criado-mudo. Diane balançou a cabeça, suspirando. Como sua filha tinha sido capaz de fazer tanta bagunça em tão pouco tempo?

E onde ela estava?

Torcendo para não encontrar ninguém, mas decidida a ir de qualquer maneira, Diane começou a descer as escadas. Não havia ninguém na recepção nem no salão. Mas Carlos e outro homem estavam na sala de jantar, arrumando os alimentos e as flores na mesa do café da manhã.

— Com licença — Diane disse.

Os homens se viraram. Carlos abriu um largo sorriso.

— Bom-dia, sra. Mayfield.

— Diane. Por favor.

— Certo, Diane. — Carlos virou-se para o outro homem. — Diane, este é meu sócio, Kip.

— Prazer em conhecê-lo — Diane disse ao enrolar o robe em seu corpo. — Não costumo sair por aí, em lugares públicos, vestindo um robe, mas estou à procura de minha filha.

— Eu não a vi hoje — Carlos disse.

— Ela tem cerca de treze ou catorze anos, cabelo castanho, bem magrinha? — Kip perguntou.

Diane afirmou, sentindo um aperto no peito ao ouvir a última parte da descrição.

— Então eu a vi sair há cerca de meia hora. Estava vestindo short e tênis e levava um walkman. Acho que ela saiu para correr.

Quando Diane voltou para cima, tomou banho, escovou os dentes e retornou ao quarto para se trocar, Emily já estava acordada.

— Bom-dia, dorminhoca.

Emily espreguiçou-se na cama e suspirou.

— Nossa! Foi muito bom. Se essa noite foi uma amostra de como será bom dormir aqui, estou feliz por ter vindo.

Diane vestiu uma camiseta Donna Karan.

— Quer descer comigo para tomar café? Eu senti o cheiro de alguma coisa gostosa sendo preparada.

— As crianças estão acordadas? — Emily parecia não querer levantar.

— Anthony está dormindo, mas Michelle já acordou. Acho que ela saiu para correr. — Subindo o zíper de sua calça branca, Diane continuou: — Em, posso te perguntar uma coisa?

— O quê?

— É sobre a Michelle. — Diane fez uma pausa. — Você acha que ela pode ter algum distúrbio alimentar?

Emily afastou os lençóis e levantou.

— Meu Deus, Diane! Eu não tinha pensado nisso.

Diane contou o que vinha notando no comportamento da filha. As fatias de pão de alho intocadas, o pedaço pequeno de pizza que ela tinha comido, a perda de interesse em seus alimentos favoritos.

— E também tem feito ginástica demais, e acho que ela perdeu peso.

Emily ficou em silêncio por um momento, pensando no que a irmã acabara de dizer. Quando respondeu, Diane sentiu-se um pouco melhor.

— Sim, eu entendo e concordo com tudo isso — Emily disse. — Mas você se lembra de como agia quando tinha a idade dela? Havia aquela competição para ser a mais bonita e com o corpo mais admirado. Esse tipo de coisa nunca muda. Acho que Michelle deve estar simplesmente reagindo às pressões impostas às mulheres em nossa sociedade. Isso quer dizer que ela sofre de algum distúrbio alimentar? Duvido, Diane.

— Deus, espero que você esteja certa, Em. Espero mesmo.

CAPÍTULO 44

Desejando saber qual era a versão dos jornais da região para o que estava acontecendo, Matthew parou na papelaria Ocean Grove na Main Avenue para comprar um exemplar do *Asbury Park Press*. Ele precisava descobrir especificamente onde Carly Neath tinha trabalhado como babá na noite de seu desaparecimento. Era um elemento ao qual eles não tinham tido tempo de prestar atenção na noite anterior, mas precisariam dele para o *Hourglass*. A polícia se recusara a dar essa informação na coletiva de imprensa, mas os repórteres da região tinham suas fontes — fontes que um jornalista de fora não conhecia. Matthew esperava que o repórter do *Asbury Park Press* tivesse feito um pouco do trabalho para ele.

Ele ficou em pé na calçada diante da loja de doces e leu a matéria da primeira página. E ali estava: revelava que Carly tinha trabalhado como babá para a família Richey, pessoas que passavam seus verões ali, em uma das barracas na Bath Avenue. A informação deixou Matthew animado, porque ele sabia que as barracas não só eram visualmente atraentes, como a história que guardavam era um interessante algo mais.

Continuou lendo, descobrindo que Carly também trabalhava como garçonete no Nagle's Apothecary Café. Era uma lanchonete na esquina da Main, não muito longe da praia. Lembrava de ter visto o local ontem à noite, no caminho de volta para o hotel. Dava para chegar lá caminhando. Valia a pena tentar conversar com alguém que conhecesse Carly.

Alguns minutos depois, Matthew chegou à lanchonete. Havia pequenas mesas montadas na calçada, mas preferiu a parte de dentro, onde havia ar-condicionado. Olhou para todos os cantos do recinto e não viu nenhuma mesa vaga, apenas um assento disponível na ponta do balcão. Sentou-se ao lado de um homem calvo e de meia-idade.

— O que vai querer? — a garçonete perguntou.

— Um pouco de café para começar, Anna — Matthew disse, lendo seu crachá. — Puro, sem açúcar. Depois, alguns ovos com gema molinha e torradas integrais.

— Com bacon?

— Por que não? A vida é curta.

O homem de meia-idade virou-se para ele, e Matthew percebeu que havia dito algo errado. Mesmo assim, forçou um sorriso.

— Como vai? — ele perguntou ao homem.

— Bem. — O homem tomou um gole de suco de laranja. — Você está aqui de férias?

— Não, quem me dera! É um lugar muito bonito.

O homem concordou ao levar a mão ao bolso, de onde tirou um cartão de visita, entregando-o a Matthew.

— Sou Larry Belcaro, da imobiliária Surfside. Se algum dia precisar de um lugar em Ocean Grove ou Asbury Park, eu posso ajudar.

— Obrigado, Larry — Matthew disse, colocando o cartão dentro do bolso e aproveitando a oportunidade para conversar com um morador da região: — Então o senhor mora aqui?

— Sim. Vivo em Ocean Grove há mais de vinte anos.

— Com a família?

Larry baixou o olhar para o balcão, e Matthew arrependeu-se no mesmo instante por ter perguntado.

— Não mais — ele respondeu diminuindo o tom de voz.

Os ovos com bacon de Matthew chegaram, melhorando o clima pesado. Mordeu a torrada, dobrou o jornal e o colocou em um espaço vazio no balcão.

— Que história estranha esta, não é? — ele perguntou, apontando com o garfo para o jornal.

Larry concordou:

— Pois é. É difícil acreditar que tudo isso esteja acontecendo em nossa cidadezinha. Geralmente as coisas por aqui são calmas. Não pense que temos altos índices de crimes, nada disso.

Matthew balançou a cabeça, percebendo que o vendedor tentava passar uma boa imagem da cidade.

— Não, eu não pensei isso.

A garçonete voltou, encheu as xícaras de café e deixou as duas comandas sobre o balcão. Quando Larry pegou a dele, Matthew disse:

— Está escrito na matéria que a garota que sumiu trabalha aqui. O senhor a conhece?

Larry afirmou.

— Ela era bonitinha. Sempre alegre e esperta quando me atendia. Mas eu costumava brincar com ela, dizendo que ela precisava comer. Ela era muito magra, se quer saber, assim como Anna. — Larry fez um gesto de cabeça na direção da garçonete enquanto deixava a gorjeta dela sobre o balcão e descia do assento. — Bem, preciso ir. Mas se você estiver procurando algum imóvel, entre em contato.

— Pode deixar. — Matthew sorriu e observou Larry sair do estabelecimento, percebendo que ele tinha se referido a Carly Neath completamente no tempo passado.

CAPÍTULO

45

Enquanto Diane descia as escadas, encontrou Michelle subindo. O rosto de sua filha estava vermelho e mechas de seu cabelo castanho tinham escapado do elástico encapado com tecido que ela usara para fazer seu rabo-de-cavalo.

— Sua corrida foi boa?

— Sim, foi legal.

— Aonde você foi?

— Subi e desci o calçadão algumas vezes.

Diane fez um gesto afirmativo de cabeça.

— Vou descer para a sala de jantar e comer alguma coisa. Quer ir comigo?

— Não, obrigada. Vou subir e tomar um banho.

Diane deixou que seu rosto denunciasse sua decepção.

— O que foi, mãe?

— Ouça, querida. Gostaria de passar algum tempo com você. Preciso sair para trabalhar dentro de uma hora e não sei quando estarei de volta. Pensei que talvez pudéssemos conversar um pouco.

Michelle suspirou profundamente.

— Tudo bem. — Diane ignorou o enfado no tom de voz da filha.

Quando chegaram à sala de jantar, Diane viu que Sammy estava sentado a uma mesa perto da janela. Em outra ocasião, teria se forçado a convidá-lo para sentar-se com eles, mas ela resolveu apenas acenar, dizer um cumprimento e seguir para uma mesa do outro lado do salão. Carlos aproximou-se em seguida, anotou o que elas queriam beber e apontou para o bufê.

— Comam quanto quiserem — ele disse. — Se quiserem torradas, me avisem e vou prepará-las na cozinha. Mas vocês têm de experimentar as rabanadas. Kip as fritou e elas estão absolutamente divinas.

— Vamos lá? — Diane perguntou à filha.

A mesa estava tomada por um conjunto de bufê térmico com ovos mexidos, salsichas e batata sauté. Uma cesta decorada com um guardanapo continha *muffins* de amora e minibaguetes. Havia uma tigela redonda de cristal cheia de granola pronta para ser despejada em tigelas floridas e também uma bela garrafa de leite. As rabanadas especiais estavam arrumadas sobre uma bandeja grande e redonda. O aroma era delicioso.

— Nossa! Parece muito bom! — Diane disse. Sem saber quando conseguiria comer de novo, começou a se servir com um pouco de quase tudo.

— Você só vai comer isso? — ela perguntou, olhando para os ovos mexidos e um único pãozinho dentro do prato de Michelle.

— Eu só quero isto agora, mãe.

— Ah, filha, por favor. Você tem de comer mais que isso — Diane disse.

— Não, mãe. Só quero isto.

Elas voltaram para a mesa, e Carlos levou a Coca-Cola light de Michelle e o chá gelado de Diane.

— Não faz bem beber refrigerante logo cedo, querida.

Michelle virou os olhos. — Pare de pegar no meu pé, mãe, por favor.

Diane colocou sal sobre seus ovos. — Não estou pegando no seu pé. Só me preocupo com você, querida, só isso.

Michelle tomou um gole de seu refrigerante antes de responder:

— Você não precisa se preocupar comigo, pois eu estou bem.

— Está mesmo, Michelle? Está bem mesmo? — Diane observou a reação da filha.

— Você está falando sobre o papai?

— Em parte — Diane respondeu com delicadeza.

— Quais são as outras partes?

Diane respirou fundo e disse o que vinha segurando:

— Estou preocupada com a maneira com que tem se alimentado, Michelle. Tenho notado que mal toca na comida, e acho que perdeu peso.

Michelle ficou contente.

— Você acha que estou mais magra?

— Querida, você não precisava emagrecer um grama. Você está linda.

— Você é minha mãe. É claro que vai dizer isso.

Diane soltou o garfo.

— Estou falando sério, Michelle. Você está ótima, na verdade, até acho que poderia engordar um pouquinho.

— De jeito nenhum — Michelle franziu o cenho.

— Não estou dizendo que você tem de recuperar o peso que perdeu, mas acho que tem de parar de tentar emagrecer mais.

— Você não está entendendo, mãe.

— Sim, eu estou entendendo. Mas sei que não devemos nos preocupar em ser magras. Isso não é o mais importante.

Michelle recostou-se na cadeira.

— Você só pode estar brincando, mãe. Já vi você se observando no espelho do seu quarto. O tempo todo você diz estar preocupada com seu peso.

Diane sentiu como se a filha lhe tivesse dado um tapa. Teria ela contribuído para a obsessão da filha? — Eu faço isso porque as câmeras fazem você parecer menos magra do que realmente é. Se não trabalhasse na TV, garanto que não me preocuparia tanto com minha aparência.

— Ah, sim, claro. — Michelle sorriu. — Você quer dizer que se não trabalhasse na TV, não tingiria o cabelo, não faria as unhas nem compraria roupas bacanas?

— Não estou entendendo.

— Você faz tudo isso porque quer ser atraente, mãe. Não tem nada a ver com sua profissão. Você quer ser bonita.

Diane pensou no que sua filha estava dizendo.

— Sim, mas eu tenho de ter boa aparência para ganhar a vida.

— E eu tenho de ser magra para ser popular no colégio, para estar no grupo das meninas bonitas, para que os meninos gostem de mim. Você tocou no assunto, então estou lhe dizendo, mãe. É assim que as coisas são. — Michelle cruzou os braços.

Diane não deixaria o assunto morrer ali. Esticou seu braço e segurou o da filha.

— Ah, Michelle, querida. Você não percebe? Não é o que temos por fora que importa mais. É claro que é muito bom ser fisicamente atraente. Não há nada de errado nisso. Mas não é saudável ser obcecada por seu peso e pela sua aparência. Existem coisas muito mais importantes na vida. Seu caráter é o que conta, o que você tem na cabeça e a bondade em seu coração. Não as coisas de fora.

Pelo olhar de Michelle, Diane percebeu que a filha não concordava com o que estava sendo dito.

CAPÍTULO

46

Arthur percebeu que não havia sombra de seu corpo no final do calçadão. O sol estava exatamente sobre a cabeça dele, esquentando a Terra sem piedade. Ele olhou para todas as pessoas assando na areia, suando e correndo o risco de ter uma insolação. E depois diziam que *ele* era louco.

Ele pulou para a areia e caminhou na direção da água, percebendo os olhares. As pessoas sempre olhavam para ele, achando-o esquisito, felizes por não serem como ele. Arthur já estava acostumado com isso.

Virando para a esquerda, ele saiu da praia mais cheia de Ocean Grove, indo para a mais rejeitada, de Asbury Park. Não havia barreiras que separassem uma praia da outra, mas as garrafas de cerveja e as latas de refrigerante vazias, além das embalagens descartadas na praia de Asbury Park, a distinguiam da mais bem cuidada areia de Ocean Grove, próxima dali.

Os gritos e risos das crianças brincando nas ondas foram sumindo enquanto Arthur se distanciava dos adoradores do sol. Virou-se para olhá-los. Ninguém mais estava prestando atenção nele.

Tentou demonstrar estar caminhando à toa quando atravessou a areia em direção ao antigo Casino, sabendo que precisaria ser rápido como um raio. Na parte do Casino mais próxima ao mar, havia pouco mais de meio metro de espaço entre a areia e as lajotas sobre as quais a construção se localizava. Ele cortou aos poucos pela areia, ajoelhou-se e, engatinhando, chegando a encostar a barriga no chão, entrou na escuridão por aquele espaço.

Tudo demorou três segundos. Arthur tinha certeza de que ninguém o vira. Ninguém. Estava escuro e frio lá dentro, um alívio da claridade cegante e do calor da praia. Como tinha aprendido nos combates do Golfo, ele rastejou, como um caranguejo, mais para dentro.

CAPÍTULO 47

A equipe de cinegrafistas esperou na calçada na frente da Lavender & Lace enquanto Diane e Matthew entravam na loja para pedir permissão para filmarem a atividade no salão improvisado do comitê de buscas. Quando foram liberados, Sammy e Gary levaram todos os equipamentos para dentro, com o cuidado de não derrubarem nenhum produto da loja.

A sala de depósito estava barulhenta. As pessoas estavam reunidas ao redor de um mapa gigante da área, bebendo café enquanto recebiam instruções sobre onde começar as buscas. Era possível ouvir a copiadora em funcionamento, imprimindo folhas com o rosto sorridente de Carly Neath. Em uma longa mesa, um homem de meia-idade falava ao telefone.

— Era a polícia — ele disse quando desligou. — Disseram que estão trazendo cães para auxiliarem nas buscas. É mais do que eles fizeram por Leslie.

Audrey Patterson levou o dedo indicador aos lábios e balançou a cabeça.

— Pare com isso, Lou. Não é hora.

Diane escutou a conversa e percebeu que o homem devia ser o pai de Leslie. Ela estava prestes a se apresentar quando ele se levantou da cadeira e saiu em direção à porta, dando um encontrão com um jovem que acabara de entrar.

— Olá, sr. Patterson — o jovem disse em um tom de voz contido.

— O que você está fazendo aqui? — o pai de Leslie perguntou.

— Vim ver o que posso fazer para ajudar.

— Ah, sim. Você não apareceu para procurar por Leslie, mas quer ajudar a encontrar Carly. Que ótimo, Shawn. Você não acha que já fez coisas demais?

— Por favor, sr. Patterson. Por favor, compreenda. Sinto muito por Leslie. Eu não pude vir.

— Não pôde ou não quis? — Lou Patterson não esperou a resposta: — Você é muito corajoso por aparecer aqui, garoto. Primeiro, largou minha filha e, quando ela desapareceu, você sumiu também. Agora, de repente, você quer ajudar a encontrar uma garota que teve o azar de se envolver com você. Sei que os policiais estão de olho em você, Shawn. E você está aqui bancando o namorado preocupado? Que piada.

— Isso não é verdade, sr. Patterson.

— Não me diga que não é verdade. — O rosto do pai de Leslie ficou vermelho. — Eu consigo enxergar seu caráter, e a polícia também. Gostaria que Leslie tivesse conseguido fazer o mesmo. Agora, suma daqui.

CAPÍTULO

48

O cheiro tomou conta do ambiente, indo direto para as narinas de Arthur. Era um cheiro conhecido, forte. O cheiro que resultava de mal-estar, náusea ou medo. Ele tivera de enfrentar tudo isso.

Arthur não sabia se queria investigar mais a fundo. Entrara ali apenas para escapar um pouco, ficar em um lugar escuro, frio e calmo. Sentou-se na velha arquibancada, olhou para cima, onde havia um buraco no teto do auditório, e pensou no que faria. Poderia ignorar o cheiro e sair ou segui-lo e ver aonde chegaria.

Ele se levantou, pensando que seria melhor partir. Pisou em cacos de vidro e pedregulhos com seus tênis de cano alto ao atravessar a arquibancada, indo na direção do vão por onde entrara. Mas, quando percebeu que o odor ficava mais forte, decidiu segui-lo. Pisou no auditório e foi na direção da velha barraca de refresco. O odor o atraiu.

Arthur coçou a cabeça atrás do balcão. Na fraca iluminação que vinha graças ao buraco no teto, conseguiu ver algo que lembrava um corpo humano deitado. Parou para ver se ele se moveria. Não se moveu.

Pigarreando com nervosismo três vezes, Arthur se aproximou. Ao ver os cabelos claros e compridos, esqueceu sua apreensão. Puxou o corpo e o virou. Tirou a venda que cobria os olhos e se assustou. Era a bela Carly Neath, namorada de Shawn. Quando Arthur começou a desamarrar a mordaça, percebeu que o odor era proveniente do vômito que cobria as roupas e o rosto de Carly.

Ela não estava se mexendo. Arthur sacudiu os ombros dela. Ele tentou limpar sua boca e fazer respiração boca a boca, como tinha aprendido há muito tempo. Mas não conseguiu fazê-la voltar a respirar sozinha.

Tinha de tirá-la dali. Precisava conseguir ajuda. Rapidamente, Arthur puxou as algemas de plástico que prendiam os tornozelos e os pulsos. Viu a marca de nascença na parte de dentro de seu pulso, tentando encontrar, sem sucesso, sua pulsação.

CAPÍTULO

49

Enquanto Matthew e a equipe ficaram para trás, captando as imagens e o som dentro do comitê de buscas, Diane seguiu o jovem que fora expulso da Lavender & Lace pelo pai de Leslie.

— Shawn, Shawn — ela disse, indo atrás dele.

Ele virou-se e olhou para ela com raiva. — Pois não? — disse, irritado.

— Shawn, sou Diane Mayfield da KEY News. — Ela esticou o braço direito. Enquanto ele automaticamente apertava a mão dela, Diane continuou: — Você poderia falar comigo?

Shawn levou a mão a seus cabelos castanhos. Diane percebeu que suas unhas tinham sido muito roídas.

— Acho que não é uma boa idéia — ele disse. — Não aqui. — Ele olhou sem jeito para o interior da loja. — Talvez devêssemos sair.

Na calçada, Diane começou falando:

— Você passou por um momento difícil lá dentro, não é?

Shawn afirmou, semicerrando os olhos por causa da luz do sol.

— É. Eu não esperava que o sr. Patterson acreditasse em mim quando eu dissesse que senti muito pelo que aconteceu com Leslie. Mas não consegui me envolver nas buscas por ela. Simplesmente não consegui.

— Por que não? — Diane perguntou.

— Olha, eu não deveria estar conversando com você. A polícia pensa que eu tenho alguma coisa a ver com o desaparecimento de Leslie e de Carly. Eles não vêem como coincidência o fato de eu estar namorando as duas.

— Não parece uma situação confortável — Diane concordou. — Talvez fosse uma boa idéia contar o seu lado da história aqui, Shawn.

— Não — ele disse, balançando a cabeça. — Acho que não devo dizer nada diante das câmeras, pelo menos não sem antes conversar com meu advogado. — Ele colocou a ponta do dedo indicador na boca e roeu a unha já roída.

— Tudo bem, eu entendo — Diane disse. — Mas e se conversássemos em off? Você pode me contar seu lado na história. Para entender bem tudo isso, preciso saber o que você tem para dizer.

— Em off significa que você não pode contar a ninguém o que eu disser?

— Isso mesmo, a menos que você me dê permissão.

Diane notou que ele ainda estava indeciso.

— Olha, vamos começar com coisas simples. Soletre seu sobrenome para mim.

Ele soletrou, e ela anotou tudo em seu bloco.

— E o que você faz, Shawn?

— Sou universitário e trabalho como garçom em algumas noites, no Stone Pony, para ganhar um dinheiro.

— O que você estuda?

— Estou fazendo mestrado em SS.

— Serviço social?

Shawn confirmou.

— Admirável — Diane disse. — E o que você vai fazer depois que se formar?

— Cuidar de pessoas com problemas mentais.

Diane raciocinou rapidamente.

— Foi por isso que você se sentiu atraído a Leslie Patterson, Shawn? Porque ela tem alguns distúrbios?

Ele olhou para a calçada.

— Talvez — ele disse. — Acho que não percebi isso logo no começo.

— Leslie era muito carente, certo?

— Carente é pouco. — Shawn suspirou profundamente. — Por mais atenção que eu lhe desse, nunca era o bastante. Pensei que pudesse ajudá-la, mas me enganei. Achei que se ela se sentisse segura, melhoraria e passaria a comer direito. Eu esperava que, depois de estudar tanto, sabia o que estava fazendo. Mas não pude ajudar Leslie. Ela é que tinha de se ajudar.

— Pensei que ela fizesse terapia — Diane disse.

— E faz. Mas eu não sei se está resolvendo. Mas o terapeuta dela teve muito trabalho. A anorexia não é o único problema de Leslie.

Diane esperou.

— Leslie estava se cortando. Quando descobri, percebi que não poderia levar o relacionamento adiante.

— Então você terminou com ela? — Diane perguntou.

— É. Não sinto orgulho disso, mas foi o que fiz. Eu tive de sair daquele relacionamento. Não era saudável. Mas me senti culpado em terminar com ela, pode acreditar. E quando Leslie desapareceu, não pensei que ela tinha sido seqüestrada. Achei que ela estivesse se escondendo em algum lugar para chamar atenção. A minha atenção. Foi por isso que não participei das buscas. Não quis alimentar a doença dela.

— E o que você acha agora, Shawn? Agora que Carly Neath também sumiu? — Diane observou a reação dele. — Você ainda acredita que Leslie estava mentindo?

Shawn parou para pensar.

— Não. Acho que não. Carly é uma das garotas mais felizes e ajustadas que eu conheço. Tenho certeza de que Carly não está mentindo; então, talvez Leslie também não tenha mentido.

CAPÍTULO 50

Larry se sentia tão bravo com Deus quanto consigo mesmo; por isso, ele não ia mais à igreja. Mas isso não significava que não tivesse um ritual de domingo. Toda semana, depois de tomar café no Nagle's, ele dirigia oito quilômetros até o cemitério St. Anne.

Larry estacionou o carro, saiu e andou pela grama seca e escura, tomando o cuidado de não pisar onde julgava haver corpos enterrados no solo. Lápides de granito ofuscadas pela ação do tempo marcavam os locais de descanso final de centenas, cada um deles um ente querido de alguém. Maridos, esposas, filhos e filhas. Metros e metros de tristeza e dor.

As lápides de Jenna e de sua esposa se destacavam entre as demais, estavam novas e limpas, ainda sofreriam pela exposição dos anos que viriam. Apesar de Larry confortar-se sabendo que as duas pessoas que ele amava estavam enterradas ali, lado a lado, a ira que sentia pela injustiça da morte delas tomava o lugar de todas as outras emoções.

Ele abaixou-se, encostando um dos joelhos no chão, e instintivamente fez o sinal-da-cruz, sabendo que não deveria seguir rituais religiosos tendo tanto ódio no coração. Sabia que precisava se livrar da raiva que sentia de Owen Messinger, mas não conseguia e não esperava conseguir. Aquele homem tinha arruinado a vida de todos eles.

Larry passou a mão sobre a lápide cinza, contornando o nome gravado de Jenna com o dedo, e sussurrou:

— Eu prometo, querida. Eu juro. Vou impedir Owen Messinger de fazer com outras garotas o que ele fez a você. Eu já o alertei e, se ele não parar por vontade própria, vou detê-lo.

CAPÍTULO

51

Leslie passou a manhã fazendo abdominais e elevações de perna; depois, lavou o cabelo, tomou banho, se vestiu e matou um pouco de tempo antes de sair para ir à Lavender & Lace. Quando chegasse ao comitê de buscas, faria o que pedissem que ela fizesse para ajudar a encontrar Carly Neath, mesmo sabendo que ela lhe roubara Shawn.

Vestiu uma calça capri de algodão, percebendo que ela estava um pouco mais larga que da última vez que a usara. Parecia muito tempo, mas na verdade tinha sido há apenas duas semanas. Shawn a tinha levado para jogar minigolfe, e ela pensou que os dois estivessem se divertindo pra valer. Mas, quando saíram para comer alguma coisa depois do jogo, começaram a discutir de novo. Shawn insistira para que ela comesse; Leslie não quis. Quando se viram de novo, Shawn lhe disse que não queria mais namorá-la.

Apesar de estar arrasada por ele ter terminado o relacionamento, Leslie quase sentia pena dele agora. Na noite anterior, escutara os pais conversando sobre ele, dizendo que a polícia o via como suspeito do caso do desaparecimento dela e de Carly. Seu pai parecia bem nervoso, dizendo que Shawn era um filho-da-puta sem-vergonha. Sua mãe acalmara o marido, dizendo que ele tinha de se sentir aliviado, pois a filha falara a verdade desde o início.

Leslie desceu as escadas e passou pela cozinha, abrindo a geladeira e tirando de dentro dela alguns talos de aipo. Estava procurando seu outro pé de chinelo quando o telefone tocou.

— Leslie? Aqui é o dr. Messinger. Como você está?

Leslie fechou os olhos.

— Estou bem.

Houve uma pausa. A pausa com que Leslie se acostumara nas sessões. A pausa que indicava que o dr. Messinger estava esperando que ela continuasse falando. Mas não diria nada dessa vez.

Messinger desistiu.

— Só queria lembrá-la que amanhã teremos terapia em grupo.

— Acho que não conseguirei participar dessa vez, dr. Messinger. O senhor sabe, volto ao trabalho amanhã. Seria melhor eu faltar dessa vez.

— Não acho uma boa idéia. — A voz dele era calma e paciente. — É importante que venha. Você passou por momentos traumáticos. Venha e receba os parabéns do grupo por ter sobrevivido.

— Para ser sincera, dr. Messinger, estou cansada da terapia. Não acho que ela esteja resolvendo. Quero tentar sozinha.

— Podemos falar sobre isso quando você vier, Leslie. Quatro da tarde, amanhã. E lembre-se: traga sua ursinha de pelúcia.

— Tudo bem — Leslie disse, odiando a si mesma por ter concordado. — Mas é a última vez que irei.

Parecia que os deuses não queriam que ela fosse à Lavender & Lace para ajudar nas buscas a Carly. Leslie estava na varanda, trancando a porta, quando um carro de polícia parou rente à calçada. O comandante Jared Albert em pessoa, acompanhado por outro policial, saiu do carro e atravessou a calçada. Leslie gostou de vê-lo tirando seu quepe em sinal de respeito ao aproximar-se dela.

— Leslie, temos algumas perguntas para lhe fazer — ele disse. — Suas respostas podem nos ajudar a encontrar Carly Neath.

— Os senhores gostariam de entrar? — ela perguntou. — Está muito quente aqui fora.

O comandante Albert olhou para a porta de entrada.

— Seus pais estão em casa? — ele perguntou.

— Não, estão na loja com os voluntários para as buscas.

— Então podemos conversar aqui fora — ele disse. Ele acreditava na história de Leslie Patterson agora que Carly Neath também tinha desaparecido, mas não sabia se ela era uma pessoa equilibrada o suficiente. Não queria correr riscos com uma jovem que poderia mentir, acusando a polícia de comportamento impróprio. Não, era melhor que ficassem ali na varanda, onde todos pudessem vê-los.

Leslie sentou-se na cadeira de balanço, e Albert e o policial mais jovem sentaram-se lado a lado no sofá de palha.

— Precisamos de mais detalhes a respeito do que aconteceu durante seu seqüestro, Leslie — o comandante disse.

— Eu já disse tudo de que me lembrava lá no hospital — ela respondeu. — O que mais querem saber?

— Gostaríamos de ter mais informações sobre a dança que você mencionou. Era uma dança sem música?

— Sim, só com o barulho do mar.

— Você disse que ficou vendada. Mas sentiu alguma coisa?

Ela fechou os olhos e tentou obter uma imagem mental.

— Senti que o homem vestia uma jaqueta que parecia ser de náilon. Eu pude ouvir o barulho de fricção do tecido conforme ele movimentava os braços.

— Mais alguma coisa?

— Tenho certeza de que ele também usava luvas.

— Você acha que eram de borracha, como as que os dentistas usam? — perguntou o comandante Albert.

— Não. Acho que eram de couro. Senti o cheiro de couro.

— Obrigado por sua colaboração, Leslie.

— Tudo bem — ela respondeu. — Quero fazer tudo que puder para ajudar. Estou indo ao comitê dos voluntários de buscas agora.

— Podemos lhe dar uma carona? — o comandante perguntou.

— Não, obrigada. Vou caminhando. — Em pé na varanda e observando os oficiais voltando para o carro, Leslie suspirou aliviada. A polícia finalmente acreditava nela.

CAPÍTULO

52

Eles decidiram voltar ao Starving Artist para almoçar. Depois de esperarem por cerca de dez minutos, foram levados a uma mesa com quatro lugares. Diane, Matthew e Gary pediram sanduíches frios, enquanto Sammy, sempre contente quando podia tirar proveito dos custos pagos pela KEY News, pediu a torta de caranguejo mais cara, anéis de cebola empanados e uma fatia de cheesecake.

— O que é isso? Quer ter um infarto? — Matthew perguntou.

— Não se preocupe comigo. Tenho genes bons — Sammy se gabou. — Não há histórico de doença do coração na minha família.

— Já escutou que não devemos dar sorte ao azar? — Matthew perguntou, e Sammy apenas sorriu.

Enquanto esperavam pela comida, Diane recontou sua conversa com Shawn Ostrander, citando a explicação que ele deu acerca de seu relacionamento com Leslie Patterson e por que teve de terminar o namoro com ela.

— Não sei — ela disse, mexendo seu chá gelado. — Não consigo imaginar esse rapaz seqüestrando mulheres. Ele parece sincero e bondoso.

— São esses os mais perigosos — Sammy disse, com malícia.

Diane ignorou o comentário.

— E sobre Carly? — Matthew perguntou. — Shawn deve saber que a situação dele não é nada boa com o sumiço de duas garotas que ele namorou.

Geralmente quieto, Gary falou:

— Eu com certeza não gostaria de estar na pele dele.

— Nem eu — Sammy concordou.

Depois que terminaram de comer e enquanto esperavam até que Sammy acabasse de devorar sua sobremesa, Matthew pegou o jornal e mostrou a Diane a parte que dizia que Carly tinha trabalhado para uma família chamada Richey na Bath Avenue.

— Acho que a gente deveria ir até lá — ele disse. — Tirar fotos da barraca e ver se alguém quer conversar com a gente.

— Uma barraca é mais linda que a outra. São muito charmosas — Diane disse enquanto eles desciam a Bath Avenue. As barracas, com seus toldos listrados e floreiras repletas de flores de verão, criavam um cenário que parecia de outro mundo. Um mundo mais simples e seguro, onde jovens não tinham de se preocupar e temer serem seqüestradas na escuridão da noite.

Sammy e Gary filmavam a rua e várias barracas, sabendo que seria importante dar ao editor de vídeo o máximo de opções possíveis para quando ele fosse editar a matéria no Centro de Transmissão. Enquanto isso, Diane e Matthew tentaram encontrar alguém que lhes dissesse qual era a barraca dos Richey. Mas as varandas estavam vazias, com seus moradores dentro das barracas ou longe delas, fugindo do calor da tarde.

— Acho que teremos de começar a bater às portas — Diane disse.

Ninguém atendeu nas duas primeiras barracas. Na terceira, uma garotinha loura abriu a porta de tela.

— Olá. Seu pai ou sua mãe está? — Diane perguntou.

— Meu papai saiu, mas a mamãe está aqui. — A criança continuou olhando para Diane.

— Posso falar com sua mãe, por favor?

A criança virou-se e gritou:

— Mamãe! Tem uma pessoa aqui.

— Quem é?

— Não sei.

Diane estava prestes a dizer quem ela era à menininha, mas a mãe da garota apareceu antes disso. Diane teve a sensação de que a mulher hesitou quando ela disse quem eles eram.

— Estamos procurando pela barraca da família Richey.

— É esta. Sou Helen Richey. Posso ajudá-los?

— Ótimo — Diane disse. — Acredito que a senhora consegue imaginar por que estamos aqui, sra. Richey. A matéria no *Asbury Park Press* dizia que Carly Neath trabalhou aqui na noite de seu desaparecimento.

Helen Richey virou-se e disse às filhas:

— Meninas, estarei aqui na varanda. — Fechando a porta, ela fez um gesto indicando que Diane e Matthew podiam se sentar nas cadeiras de palha. — Não quero que as meninas ouçam nossa conversa — ela disse.

— Claro — Diane disse.

— Gostaríamos de saber se a senhora pode nos dizer o que aconteceu naquela noite — Matthew disse, olhando para a rua para tentar localizar a equipe de filmagem e pedir para eles se aproximarem.

— Contamos tudo à polícia — Helen disse, girando a aliança de casamento em seu dedo enquanto decidia repetir a versão do marido. — Carly cuidou das meninas por cerca de quatro horas. Chegamos em casa depois das onze da noite. Nós pagamos o que devíamos a ela, que foi embora. Foi uma noite como tantas outras em que ela trabalhara para nós.

— Então Carly foi para casa sozinha? — Diane perguntou. — Ninguém a acompanhou? — Ela procurou não parecer acusadora. Mas notou a tensão na voz de Helen Richey quando esta respondeu:

— Carly mora a poucos quarteirões daqui. Insistiu que iria para casa sozinha. Meu marido e eu pensamos que não haveria problemas. — Ela mordeu o lábio superior e as lágrimas encheram seus olhos. — Cometemos um erro terrível permitindo que ela voltasse sozinha para casa e, se alguma coisa ruim tiver acontecido a Carly, nunca nos perdoaremos.

CAPÍTULO 53

A parte de cima de seus pés estava vermelha, Anthony percebeu ao sair da água salgada, indo na direção da praia. Pensou que deveria voltar e passar mais protetor solar, que estava dentro da bolsa de sua tia Emily, mas não quis. Não estava com vontade de ficar com a tia e a irmã. Queria andar sozinho. Ainda estava chateado por ter perdido a chance de conhecer o Grand Canyon. Aquelas férias chatas na praia não estavam compensando a decepção.

Tirou uma foto de um castelo de areia, abandonado por seus arquitetos, antes de destruí-lo com os pés. Depois abaixou-se para pegar uma concha e continuou caminhando. Anthony observou as crianças com pranchas surfando nas ondas e decidiu que pediria a sua mãe que lhe comprasse uma daquelas. No mar, um praticante de windsurf, preso a um barco motorizado, voava acima das ondas. Talvez conseguisse convencer a mãe a deixá-lo experimentar aquilo também.

Ela tinha de se redimir com ele. Muito. Apesar de saber, bem no fundo, que a mãe estava fazendo tudo que podia para deixar os filhos felizes, e apesar de saber que deveria reconhecer o esforço e parar de dar trabalho, estava irritado. Tinha dito a todos os amigos que suas férias seriam muito bacanas. Agora, quando as aulas recomeçassem e os garotos ficassem sabendo que ele não tinha ido, diriam que ele era um monte de merda. Depois da prisão do pai, Anthony não toleraria mais ser motivo de piadas.

Talvez conseguisse pensar em uma maneira de mudar as coisas. Mas o que poderia acontecer em Ocean Grove que impressionasse seus amigos? A mãe o mataria se ele tentasse se envolver nas buscas pela garota desaparecida. Mas seria legal se ele conseguisse encontrá-la. Muito legal. Provavelmente apareceria no noticiário.

— Anthony. Annnnnnthonyyyyy.

Ele se virou. Emily estava em pé, balançando os braços, chamando por ele como se ele fosse um bebezinho. Contrariado, começou a voltar pela água. Ainda não tinha se afastado quando viu o homem vestido em trapos do exército entrar na parte de baixo de uma parede de concreto que cercava a grande construção redonda. Anthony viu quando o cara se abaixou e deitou-se em posição fetal. Tirou uma foto antes de voltar correndo para a praia.

CAPÍTULO

54

Que Deus a perdoasse. Da maneira com que contara a história, parecia que Jonathan estivera com ela no ato do pagamento pelos serviços de Carly naquela noite — dava a impressão de que ele estava dentro da barraca com a esposa quando Carly insistiu em caminhar sozinha até sua casa. Helen acabara de enganar Diane Mayfield e o produtor da KEY News, da mesma maneira que tinha feito quando Jonathan mentira para os policiais um dia antes. Rezou para que Deus a perdoasse.

Para ser perdoada, Helen sabia que precisava se arrepender de verdade. Deus conseguia ver suas intenções, Ele sabia que ela estava realmente arrependida. Mas Ele devia ver também que ela não sabia o que fazer. Jonathan era seu marido, pai de suas filhas, e não podia acusá-lo de nada.

Helen voltou para a barraca e admirou os desenhos das filhas na mesa da cozinha.

— Que lindo, Hannah. Acho que devemos pendurar seu desenho na parede. O seu também, Sarah.

Prendeu os desenhos do mar feitos com gizes de cera na geladeira, sabendo que Jonathan retornaria em breve de sua corrida na praia. Tomada de medo e dúvida, foi até a cômoda do quarto e pegou a carteira do marido. Dentro do objeto de couro havia algumas notas de dólar para que pudessem passar a semana, cartões de crédito Visa e MasterCard, a nova habilitação de Nova

Jersey e um cartão de visita branco. "Imobiliária Surfside" estava escrito em letras azuis. Helen virou o cartão e leu a anotação feita à mão: "Quinta-feira, 18 de agosto, 16h00."

Não fazia o menor sentido. Jonathan não podia ter tido um compromisso com um corretor de imóveis na quinta-feira à tarde. Ele não estivera ali na quinta. Jonathan tinha chegado na sexta-feira.

CAPÍTULO

55

— Sempre vou adorar esta cidade — Carlos disse, segurando a mão de seu parceiro enquanto eles e o corretor de imóveis caminhavam por um calçadão quase vazio. — Asbury Park emitiu nossa permissão de casamento.

— Bem, seria bom que você e Kip comprassem um imóvel aqui assim que possível — Larry disse, puxando a gravata, incomodado pelo calor. — Os preços já subiram muito, e agora que o projeto de desenvolvimento de um bilhão de dólares recebeu a luz verde para começar, podem ter certeza de que as coisas por aqui ficarão ainda mais caras.

— É — Kip concordou. — Quando investirem o dinheiro para melhorar este espaço livre perto do mar, Asbury Park ganhará vida.

— Espero que não estraguem as coisas derrubando os lugares históricos interessantes. — Carlos franziu o cenho. — Ainda me sinto mal pelo Palace. Quem pensaria que demoliriam o parque de diversões coberto mais antigo do país? Constava do Registro Nacional de Locais Históricos e tudo. Nunca vou entender a idéia que as pessoas chamam de progresso.

Caminharam mais devagar ao se aproximarem do antigo Casino, com seus filigranas de cobre gastos pelo vento.

— Você não está sabendo se destruirão este lugar, Larry? — Kip quis saber. — Eu morro se eles destruírem este lugar. É minha construção favorita em Asbury Park.

— Bem, sei que existem alguns grupos de preservação que afirmam que nunca permitirão que o Casino seja demolido — Larry respondeu. — Mas eu acho que nunca podemos dizer nunca.

Os três homem ficaram olhando para o mar e discutiram o fato de gays e lésbicas terem encontrado uma comunidade tolerante em Asbury Park, uma cidade grata pela ajuda que esses novos moradores estavam dando à sua renovação.

— Asbury Park é o que South Beach, na Flórida, era há vinte anos — Carlos disse. — Queremos participar da mudança.

Kip concordou: — Sim. Somos muito gratos pela maneira com que fomos bem recebidos em Ocean Grove e estamos animados com nossa pousada. Já temos reservas para a próxima estação. Mas, até o final do ano, terminaremos a reforma da Dancing Dunes. E então estaremos prontos para assumir outro projeto.

— Bem, podemos ver o que há disponível desde já? — Larry perguntou. — Apesar de acharem que ainda não podem comprar nada, podem começar a se informar sobre o mercado de Asbury Park. Tenho alguns imóveis no momento que, com um pouco de cuidado, poderiam se transformar em fabulosas pousadas.

— Que ótimo — Kip disse. — E, Larry, antes que eu me esqueça, posso ficar com alguns cartões de visita seus? Tenho alguns amigos que estão interessados em adquirir imóveis em Asbury Park.

Enquanto Larry pegava sua carteira e entregava os cartões a Kip, um carro de polícia parou diante do Casino.

CAPÍTULO

56

Uma pequena multidão se aglomerou diante do antigo Casino enquanto a polícia levava o homem da praia.

— Vai ficar tudo bem, amigo — um dos policiais disse. — Vamos conseguir ajudá-lo.

O homem era arrastado pela areia, seguro por dois policiais, que tinham dificuldade para levá-lo. A camisa camuflada estava aberta e o cabelo, desgrenhado. Ele olhava para a frente, com os olhos vidrados. Arthur não emitia nenhum som.

CAPÍTULO

57

Eles procuraram enquanto a luz do dia permitiu, visitando casas, olhando sob o calçadão e em todas as ruas. Como ali era propriedade da Igreja, a Associação de Camping de Ocean Grove permitiu que os grupos de voluntários procurassem em todas as barracas de sua propriedade. Os moradores abriam as portas sem oferecer resistência, certos de que Carly Neath não seria encontrada em suas pequeninas casas de lona.

Já passava das nove da noite quando todos voltaram para a Lavender & Lace e deram as buscas por encerradas, sem saber onde poderiam procurar no dia seguinte.

CAPÍTULO

58

Quando a escuridão se fazia presente há algumas horas e chegou o momento da segunda dança, a venda de Carly não estava mais sobre seus olhos. Sua mordaça tinha sido tirada também, apesar de suas mãos e de seus pés continuarem presos.

Atrás do balcão de bebidas abandonado dentro do Casino, a luz da lanterna iluminava o rosto sem vida de Carly. Sua boca estava aberta. Finas veias azuis se destacavam sob a pele pálida de suas pálpebras. O rosto e o belo cabelo louro estavam cheios de vômito.

Não era assim que as coisas tinham de ser. Eram para ser como na última vez.

A luz amarela vasculhou o chão sujo, encontrando a venda e a mordaça. Os panos estavam no lugar certo, como da última vez. Mas, agora, seria diferente. A jovem que o guarda encontraria dessa vez estaria morta. Não havia por que prendê-la por três dias. A polícia certamente conseguiria descobrir que Carly não tinha sobrevivido ao segundo dia de cativeiro.

SEGUNDA-FEIRA

22 de AGOSTO

CAPÍTULO

59

Diane foi acordada pelo toque de seu celular. Procurou pelo relógio no criado-mudo na luz da manhã e quase não conseguiu ver que eram apenas seis horas.

— Alô? — ela atendeu, um pouco grogue.

— Diane, é Matthew. Você precisa acordar.

— O que foi? — Ela esfregou os olhos.

— Encontre-me na delegacia. Um caminhão-satélite está indo para lá e você precisa estar pronta para aparecer às sete e vinte no *KEY to America*.

Diane sentou-se, tentando concentrar-se no que Matthew lhe dizia.

— Encontraram Carly Neath, Diane. Ela está morta.

Quando Diane chegou à delegacia, Matthew já tinha escrito um roteiro para ela. Gary Bing gravou a narração dela e correu com a fita para o caminhão-satélite que acabara de chegar da cidade de Nova York. A narração foi enviada ao Centro de Transmissão para ser editada com várias cenas que já tinham sido colocadas na matéria de Diane para o *Evening Headlines* com o vídeo gravado ontem na Lavender & Lace e algumas das imagens das barracas na Bath Avenue.

Enquanto isso, Sammy Gates arrumou os equipamentos para gravar a coletiva de imprensa da polícia e transmiti-la para a parte ao vivo da reportagem de Diane.

— A polícia comunicou que fariam uma coletiva às sete da manhã — Matthew disse, olhando para o relógio. — São sete e cinco. É melhor pensarmos no que você vai dizer se eles não começarem a tempo.

Diane olhou para baixo, como se estivesse observando o chão, enquanto tentava formular o que diria quando Harry Granger a chamasse do estúdio em Nova York. Os minutos se passavam e nenhum porta-voz da polícia vinha para conversar com os profissionais da imprensa, que já estavam agitados.

Gary voltou do caminhão-satélite e entregou a Diane um microfone sem fio e um pequeno ponto de plástico para ser colocado no ouvido. Ao colocar o ponto, pôde ouvir as instruções da sala de controle e o que Harry Granger lhe perguntaria do estúdio do *KEY to America*.

— Cinco minutos, Diane — uma voz a alertou.

Ela fez um sinal de OK para a câmera de Sammy, sabendo que sua imagem estava indo aos receptores do Centro de Transmissão. Mudou seu celular para que apenas vibrasse, para que não tocasse durante a reportagem ao vivo.

— Vamos checar o microfone, Diane, por favor.

— Testando. Um, dois, três, quatro, cinco. Cinco, quatro, três, dois, um.

Ela virou-se para checar a base vazia montada na calçada ao lado da delegacia.

— Dois minutos, Diane.

Ela pegou um espelho da bolsa, reaplicou o batom e ajeitou o cabelo.

— Um minuto.

Ouviu a história sendo narrada. Em seguida, ouviu a voz grave de Harry Granger apresentando-a. Diane engoliu enquanto esperava a chamada.

— Diane Mayfield, correspondente da KEY News, está em Ocean Grove, Nova Jersey, e tem mais informações. Diane?

— Bom-dia, Harry — ela começou, com o semblante sério. — Acostumada até então a ondas de calor, esta pequena cidade litorânea depara agora com uma onda de terror e medo... medo de que haja um assassino à solta. Esta manhã, o corpo de Carly Neath, de vinte anos, foi encontrado dentro da propriedade da Associação de Camping de Ocean Grove, o mesmo local onde outra jovem foi encontrada na manhã da última sexta-feira, após ficar desaparecida por três dias. Leslie Patterson estava viva; Carly Neath, que não retornou para casa após trabalhar como babá na noite de sexta-feira, não teve a mesma sorte.

Naquele momento, a sala de controle passou o vídeo editado. No minuto e meio seguinte, Diane escutou pelo ponto a própria voz narrando a história que estava sendo transmitida a toda a rede KEY. O roteiro de Matthew cobria todas as bases, começando com o sumiço de Carly após trabalhar como babá em uma das barracas, falando sobre as buscas por Leslie Patterson que tinham acontecido dias antes. O roteiro dizia que a polícia da região suspeitava que Leslie tinha forjado o próprio seqüestro, mas com o desaparecimento de uma segunda vítima, encontrada morta, as investigações tinham tomado outro rumo.

Diane sabia que a reportagem estava quase no fim. A câmera logo voltaria para ela. Ouviu as últimas palavras que tinha gravado:

— A deixa é: "Perigo mortal que ronda Ocean Grove" — disse a voz.

Ela ouviu as palavras finais, esperou um instante e começou a falar para a câmera:

— Um porta-voz da polícia deve aparecer a qualquer momento, Harry, para nos dar mais detalhes a respeito da situação. As autoridades aqui estão muito ocupadas. É alta temporada e a cidade está com quase o dobro da população de seus meses de inverno. São muitas pessoas assustadas, Harry, e elas querem se sentir em segurança de novo.

— E quanto a Leslie Patterson, a jovem que dizem que estava mentindo? — o âncora perguntou. — Ela deve estar um pouco mais aliviada por saber que as pessoas acreditam nela agora.

— Conversamos com Leslie no fim de semana, Harry. Obviamente, antes de Carly Neath ser encontrada. Mas Leslie nos disse que a pior parte de ter passado três dias presa contra sua vontade, e ser forçada a dançar, com os olhos vendados, com seu seqüestrador, pior que qualquer coisa pela qual já passou, segundo ela, foi as pessoas pensarem que estava mentindo.

Minutos depois de sair do ar, o celular de Diane vibrou.

— Boa matéria.

Ela reconheceu a voz e fez uma careta.

— Apenas certifique-se de conseguir as exclusivas para nós. Não quero que as transmissões repetidas roubem o impacto do *Hourglass*.

— Não se preocupe, Joel. Há muita tristeza por aqui. — Diane balançou a cabeça e virou os olhos para Matthew. — Apesar de não ser a história que estávamos esperando que fosse, Joel. Você me mandou para cá para cobrir a história de uma garota que tinha contado uma mentira. Agora parece que temos uma jovem que dizia a verdade e um assassino solto por aí.

— Não se preocupe. — A voz de Joel estava cadenciada. — Pode ser ainda melhor que o esperado. Dará à nossa transmissão do *Hourglass* outra dimensão.

— O que você quer dizer?

— Quero dizer — Joel interrompeu — que já temos as histórias sobre as garotas que forjam situações. A sua pode se concentrar em como é dizer a verdade e ninguém acreditar.

CAPÍTULO

60

Owen Messinger comia cereal enquanto via Diane Mayfield na TV. Saberia como trabalhar com Leslie quando ela fosse para a terapia em grupo da tarde — isto é, *se* ela comparecesse.

Se Leslie já se via injustamente perseguida por todos que não acreditaram nela, o fato de sua história ter atenção nacional certamente criaria certos problemas psicológicos com os quais ela teria de lidar. Se Leslie queria atenção, com certeza estava conseguindo.

Colocando a tigela de cereal dentro da pia da cozinha, Owen pegou uma lata de comida de gato do armário e virou seu conteúdo em uma tigela de alumínio no chão.

— Bem, Cleo, vou deixar sua comida aqui, querida — ele disse. — O papai vai voltar tarde hoje.

Ele saiu pela porta da cozinha, esquecendo que tinha deixado o telefone celular recarregando sobre o balcão. Entrou em seu Volvo preto e ajustou o ar-condicionado no máximo. Mais um dia insuportavelmente quente estava por vir.

O trajeto até o escritório era curto. Quando Owen entrou no estacionamento, percebeu dois carros de polícia estacionados perto da entrada do prédio. Estacionou na vaga reservada, seguiu direto para dentro do prédio e pegou o elevador para o terceiro andar.

A porta de seu escritório estava escancarada.

— O que está acontecendo aqui? — Owen perguntou ao ver a mobília revirada na recepção.

— Oh, dr. Messinger — Christine disse, aliviada. — Estou tentando falar com o senhor, mas não consegui pelo celular. Encontrei esta bagunça quando cheguei. — A assistente gesticulou, apontando para a desordem.

Owen olhou para a porta de seu escritório. Os policiais estavam avaliando o caos na sala.

— O senhor sabe se alguma coisa sumiu? — um deles perguntou.

Pegando a chave do bolso, Owen destrancou as gavetas da mesa e checou uma por uma. — Nada foi levado, felizmente — ele disse.

— E nos outros lugares? Não está faltando nada?

Owen olhou para a sua estante e viu um espaço onde ficavam as pastas de suas clientes. Todas as anotações sobre o tratamento de suas pacientes tinham desaparecido.

CAPÍTULO

61

— Leslie, se você pretende trabalhar hoje, precisa se levantar.

Ao ouvir a mãe a chamando na escada, Leslie gemeu e virou-se na cama. Ainda estava cansada e não queria se levantar.

— Não estou brincando, Leslie. Se não se apressar, não terá tempo para tomar café.

Por mim, tudo bem, Leslie pensou ao esfregar os olhos. Ficou deitada de barriga para cima, olhando o teto com as estrelinhas que brilham no escuro que ela colara ali há uns dez anos. Não era à toa que se sentia deprimida. Aquilo era um quarto de menina, não de mulher. Mas se tinha esperança de ficar livre de seus pais, que eram irritantes e a tratavam como criança, precisava ter o próprio dinheiro.

Forçou-se a sair da cama, colocando os pés descalços sobre um dos tapetes de arraiolo que sua mãe fazia com tanto orgulho. Lacinhos rosa-claro estavam espalhados no fundo creme. Leslie desviou o olhar dos tapetes para as paredes rosa e a mobília branca pintada com detalhes de pequenos galhos com florzinhas e fez uma promessa. Quando tivesse sua própria casa, não haveria nada daquelas coisas de menininha.

Tirou a camiseta e o short que tinha vestido para dormir e ficou em pé diante do espelho. Virando de um lado para outro, examinou seu corpo de todos os ângulos e prometeu a si mesma que comeria o mínimo possível naquele dia. Não seria algo fácil de fazer, tendo a mãe e Larry Belcaro observando-a como gaviões.

No chuveiro, a água quente bateu contra sua pele fina. Secou-se com a toalha, sentindo-a áspera em contato com suas costas. Ao escovar os dentes, gostou da maneira com que a pasta os deixara mais brilhantes.

Escolheu uma saia curta e marrom de algodão e uma blusa cor de pêssego para usar em seu primeiro dia de volta ao trabalho, em parte para agradar Larry. Ele sempre a elogiava quando ela vestia roupas cor de pêssego. Segundo ele, os olhos castanhos dela ganhavam mais destaque.

— Leslie. Quando você vai descer?

— Já vou, mãe.

Girou diante do espelho novamente, encolheu a barriga e tentou puxar as bochechas para dentro. Leslie não estava satisfeita com sua aparência, mas não podia fazer nada além do que planejara fazer.

Audrey Patterson colocou uma grande colherada de ovos mexidos no prato da filha, com três fatias de bacon e um bolinho inglês amanteigado.

— Suco de laranja ou de abacaxi, Leslie?

— De laranja, por favor.

Quando a mãe se virou para a geladeira, Leslie abriu seu bolinho com as mãos, pegando um pedaço, e uma fatia de bacon e os jogou dentro da bolsa de lona que ela tinha cuidadosamente forrado com papel-manteiga na noite anterior e que estava a seus pés. Enquanto Audrey enchia o copo da filha com suco, Leslie percebeu o olhar da mãe, analisando seu prato. Leslie pegou um pouco de ovos mexidos com o garfo e colocou na boca.

— Pare de olhar para mim enquanto como, mãe. Quantas vezes eu já te disse que odeio isso?

Audrey mordeu o lábio inferior.

— Sinto muito, querida. Acho que nem percebi que estava fazendo isso. Só quero ter certeza de que você vai comer.

— Bem, você só está piorando as coisas. Eu fico nervosa. — Leslie largou o garfo e recostou-se na cadeira.

— Está bem. Está bem. Vou parar de observá-la.

Audrey foi até a pia, colocou um pouco de detergente na esponja de lavar louças e abriu a torneira. De costas para a filha, começou a lavar a frigideira, enquanto Leslie colocava o resto do bacon e a outra metade do bolinho dentro de sua bolsa. Ela sabia muito bem que, se tudo sumisse do prato, a mãe não acreditaria que tinha comido tudo. Remexendo os ovos e deixando um pedacinho do bolinho, poderia deixar a mesa com a mãe pensando que ela comera o suficiente para o café da manhã, quando, na verdade, só tinha comido um pouquinho de ovos mexidos e tomado alguns goles de suco de laranja.

— Pronto, terminei. — Leslie empurrou o prato. — Não posso comer mais. Preciso ir embora.

A mãe ficou de frente para Leslie, olhando para o prato da filha, e, depois, estudando o rosto da jovem.

— Leslie, preciso lhe dizer algo antes de você sair.

— O que foi? — Leslie perguntou, desconfiada.

— Eu estava assistindo ao noticiário antes de você descer para o café, querida, mas resolvi lhe contar depois que terminasse de comer.

— Contar o quê?

Audrey sentou-se e esticou-se para tocar o braço da filha.

— Carly Neath foi encontrada no poço Berseba esta manhã.

— Que bom — Leslie disse, animada. — Agora todos acreditarão totalmente em mim.

Audrey olhou para seu colo.

— Não quero dizer que isso seja o mais importante, mãe — Leslie disse rapidamente. — Estou feliz por terem encontrado Carly.

Audrey olhou para a filha de novo. Estava com os olhos marejados.

— O que foi, mãe? O que é?

— Carly está morta, querida.

Leslie ficou quieta.

— Leslie, querida, você está bem?

— Sim, estou. Só não sei o que dizer... Só que poderia ter sido eu. Eu tive sorte, mãe. — Ela pegou a bolsa e começou a caminhar em direção à porta, mas parou. — Esqueci de Lee Lee — ela disse. — Preciso dela para a terapia em grupo de hoje. O dr. Messinger quer que nós levemos nosso bichinho de pelúcia favorito.

Ela subiu as escadas correndo para ir até seu quarto e puxou a velha ursinha da estante. Em seguida, cuidadosamente levantou o papel-manteiga de sua bolsa, embrulhou os restos do café da manhã e o colocou novamente dentro dela, para que pudesse jogá-lo no lixo mais tarde. Colocou sua querida Lee Lee por cima.

CAPÍTULO

62

Por que ele não tinha anotado o número do bipe do advogado? O coração de Shawn estava acelerado e sentiu seu rosto quente ao desligar o telefone. As notícias, transmitidas ao país todo, diziam que o corpo de Carly tinha sido encontrado, deixando Shawn em pânico. Leslie tinha desaparecido, mas Carly estava morta. As duas tinham sido suas namoradas e a polícia suspeitava dele. Antes, a suspeita era de seqüestro; agora, poderia ser de assassinato.

Ele também se sentia envergonhado. O medo de que a polícia o procurasse e o prendesse não permitia que ele tivesse qualquer sentimento em relação à morte de Carly. No final das contas, ele era como todas as outras pessoas, não é? Preocupado, acima de mais nada, com seu próprio bem-estar.

Shawn andava de um lado a outro na pequena sala de estar de seu apartamento. Precisava se acalmar, precisava pensar com a razão. O advogado retornaria sua ligação e diria a ele o que fazer.

O toque do telefone quebrou o silêncio. Graças a Deus o advogado já estava retornando a ligação. Shawn apressou-se para atender.

— Alô?

— Shawn Ostrander, por favor.

— É ele. — Devia ser a recepcionista ou secretária fazendo a chamada. A ligação certamente seria passada ao advogado em um instante.

— Aqui é do centro médico da Jersey Shore University. Temos um paciente internado conosco, Arthur Tomkins. Encontramos seu nome na carteira dele, como sendo o responsável em caso de emergência.

— Arthur está bem? — Shawn perguntou automaticamente.

— Ele está em condições estáveis. Mas o senhor terá de conversar com o médico para obter mais detalhes.

Shawn sentiu um aperto no peito. Não queria ser incomodado por Arthur naquele momento. Precisava se concentrar para pensar o que faria para conseguir sair daquele pesadelo.

— Sr. Ostrander?

Que tipo de pessoa era ele? Se Arthur precisava dele, então ele tinha de auxiliar o pobre homem. Tinha de fazer a coisa certa. Além disso, a polícia ficaria de olho nele. Por isso, precisava seguir com sua rotina como se nada estivesse acontecendo. Rapidamente, Shawn selou um compromisso:

— Por favor, diga ao sr. Tomkins que eu estarei aí assim que puder.

CAPÍTULO

63

O comandante Albert saiu para se desculpar e dizer que a coletiva de imprensa seria adiada para as dez da manhã. Às dez, ele saiu de novo para prometer que teriam algo a dizer à imprensa às onze e meia. Finalmente, ao meio-dia, ele saiu da minúscula delegacia e posicionou-se sobre a base de madeira, pronto para dar as notícias. O caminhão-satélite da KEY mandou o vídeo e o áudio para o Centro de Transmissão para que fossem usados na transmissão do noticiário do meio-dia.

— Devido à urgência desta situação, uma autópsia já foi realizada no corpo de Carly Neath, de vinte anos. Segundo o médico-legista, a srta. Neath faleceu de asfixia.

— Ela foi sufocada? — Diane perguntou.

O comandante Albert consultou suas anotações antes de responder:

— Ela sufocou com o próprio vômito.

— Então ela não foi assassinada? — perguntou o repórter do *Asbury Park Press*.

— Não sabemos — respondeu o policial. — A investigação está em andamento. Mas eu posso dizer que, segundo a lei de Nova Jersey, quando uma pessoa seqüestra outra e a vítima morre durante o seqüestro, o agressor é considerado responsável.

— Então quer dizer que o senhor acredita que existe alguém por aí responsável pela morte de Carly? — outro repórter perguntou.

— Eu não disse isso. — O policial parecia irritado. — Posso afirmar que estamos investigando todas as possibilidades. — O comandante Albert olhou novamente na direção de Diane.

— Sei que a polícia compreende que a comunidade está extremamente ansiosa para saber a conclusão desse caso, comandante — Diane disse, medindo o tom de voz. — As pessoas estão aterrorizadas com a possibilidade de haver um assassino à solta em Ocean Grove. O que o senhor pode dizer para acalmá-las?

— Eu digo que a polícia está no controle da situação. Isso é tudo que direi neste momento, mas podemos ter mais notícias para vocês mais tarde. — Assim, o comandante Albert virou-se e entrou na delegacia.

CAPÍTULO

64

Sem poder deixar as meninas saírem por causa do sol muito forte e com toda a tensão e ansiedade na cidade, Helen Richey acabou concordando com o marido e permitiu que uma TV fosse levada para dentro da barraca. Pediu que Jonathan saísse para comprar um televisor, mas ele lembrou que já tinha uma dentro do porta-malas do carro. Ele a levou para dentro com satisfação.

Enquanto as filhas estavam sentadas à mesa da cozinha, comendo sanduíches de atum, Helen foi para o cômodo da frente da barraca assistir à transmissão da coletiva de imprensa dada pela polícia, no noticiário da rede KEY, do meio-dia, tomando o cuidado de deixar o volume baixo para que as filhas não ouvissem nada. Ela viu Diane Mayfield e a escutou perguntar o que poderia ser dito para aliviar o medo dos moradores da cidade. Quando o comandante Albert respondeu que a polícia estava no controle do caso e poderiam dar mais notícias depois, Helen sentiu um arrepio percorrer-lhe o corpo, apesar do calor dentro da barraca.

Carly Neath, aquela garota meiga, estava morta. E se Jonathan tivesse alguma coisa a ver com isso? E se o marido tivesse seguido a jovem enquanto ela voltava para casa na sexta-feira à noite? E se Jonathan também estivesse envolvido com o desaparecimento de Leslie Patterson, ocorrido na semana anterior?

Helen desligou o televisor, recostou-se na cadeira de palha e procurou se concentrar. O cartão da imobiliária Surfside que ela encontrara na carteira de

Jonathan indicava que ele tivera um compromisso em Ocean Grove na quinta-feira à tarde. Se isso fosse verdade, por que ele não dissera nada a ela? E se Jonathan estivera na cidade na quinta-feira, poderia ter sido a pessoa que deixou Leslie Patterson amarrada no poço Berseba no meio da noite.

Onde ele estaria agora? Ela levantou-se, caminhou até a porta de tela e a abriu. Helen olhou para o alto da rua para ver se ele estava voltando da loja de ferragens. Ele sempre tinha coisas para fazer e, no fundo, Helen suspeitava que o marido procurava motivos para sair da barraca, para ficar longe da esposa e das filhas.

Muitas coisas lhe passavam pela mente. E se, de alguma forma, Jonathan estivesse cansado de ser pressionado por ela, para que levassem um estilo de vida que ele detestava? Isso a tornaria, em parte, responsável pelo que acontecera a Carly e a Leslie Patterson. Não saberia viver com isso.

Helen foi até a cozinha.

— Terminaram de almoçar, meninas? — ela perguntou ao seguir decidida para o fundo da barraca. Assim que Jonathan voltasse da cidade, pediria que ele pegasse o guarda-sol e levasse as meninas à praia. Então ela ficaria livre para fazer o que tinha de fazer.

CAPÍTULO

65

Larry insistiu para deixar a secretária eletrônica ligada, fechar o escritório e levar Leslie para almoçar. Ele não quis ir ao Nagle's nem ao Starving Artist, sabendo que os clientes ficariam falando sobre a tragédia ocorrida com Carly Neath e olhando para Leslie. Decidiu dirigir pelo lago Wesley até Asbury Park, no restaurante italiano que era o favorito de sua filha Jenna antes de ela se tornar obcecada por todo pedaço de alimento que comia.

Para Larry, era doloroso ver Leslie comer muito pouco da salada. Ele sabia que não deveria fazer qualquer comentário. Aprendera isso quando estava lidando com os problemas de Jenna.

— Estou muito feliz por você ter voltado ao trabalho, Leslie — ele disse enquanto os dois esperavam pela conta. — É isto o que você deve fazer: manter-se ocupada.

Leslie concordou e disse com delicadeza:

— Sabe, Larry, aqueles três dias foram muito, muito assustadores. Nunca senti tanto medo em minha vida. Mas enquanto estava amarrada e sozinha ali, eu me pegava pensando na bagunça em que se encontra minha vida.

Larry inclinou-se para a frente para escutar melhor.

— Agora que tenho uma nova chance, tenho pensado em tirar minha licença de corretora.

— Seria ótimo, Leslie. — Ele abriu um largo sorriso. — Saiba que eu vou ajudá-la como puder.

— Sei disso — ela disse.

Eles voltaram ao escritório, conversando sobre os lugares onde Leslie poderia fazer o curso de corretora e quão difícil a prova final era. Quando Larry estacionou o carro, os dois viram que uma mulher esperava na porta de entrada. Ele se apressou para atendê-la, desculpando-se por ela ter sido forçada a esperar ali fora, no calor.

— Está tudo bem — disse a mulher de cabelos castanho-claros. — Cheguei há pouco.

— Sou Larry Belcaro. — Ele estendeu a mão. — E esta é minha assistente, Leslie Patterson.

A mulher apertou a mão de Larry, mas ficou olhando para Leslie.

— Helen Richey — ela disse.

Leslie sentou-se à mesa ao lado da porta e pegou uma revista enquanto Larry levava a mulher para seu escritório.

— O que a senhora está procurando? — Larry perguntou. — Quer alugar ou comprar?

— Bem, na verdade, nenhum dos dois — ela disse.

— Então tem um imóvel para vender. — Ele tirou a tampa da caneta. — Fica aqui em Ocean Grove?

— Não, também não é isso. — Helen parecia incomodada ao abrir a bolsa e tirar de dentro dela um pequeno cartão branco. — Estou tentando descobrir o que é isto. — Ela entregou o cartão a Larry. — Eu o encontrei nas coisas de meu marido e gostaria de perguntar se ele marcou um horário com o senhor na semana passada.

Larry olhou para os dois lados do cartão.

— Vejamos — ele disse. — Quinta-feira passada às quatro da tarde. Acho que não. — Ele abriu a agenda sobre a mesa. — Não, é isso mesmo. Eu fiz uma venda na última quinta-feira. Não mostrei nenhum imóvel naquela tarde.

CAPÍTULO

66

— Meu Deus! Agora o *Evening Headlines* quer uma matéria para a noite — Matthew disse, fechando o celular. — Tentei convencê-los a mandar um dos produtores deles e outro correspondente, mas eles querem você.

— Eu me sentiria lisonjeada se não soubesse que eles ficam com poucos funcionários em agosto. Tem de ser eu, porque não há outra pessoa — Diane disse. — Joel está sabendo?

— Sim — Matthew respondeu. — Range Bullock conversou com ele, de produtor executivo para produtor executivo.

Diane sorriu. — Posso imaginar a conversa: Joel deve ter repetido várias vezes que Range lhe ficaria devendo uma.

— Pois é, e nós somos a moeda — Matthew disse, tirando a tampa da caneta e abrindo seu laptop. — É melhor começarmos. O único vídeo novo que temos é o da coletiva desta tarde.

— E temos de torcer para que eles digam mais alguma coisa antes do noticiário entrar no ar — Diane acrescentou.

— Range disse que gostaria que nós tentássemos passar a impressão da cidade, para que os telespectadores vejam e sintam Ocean Grove; quer que registremos a reação do povo na rua. Quer ir ao Nagle's, onde Carly trabalhava, para ver se conseguimos entrevistar as pessoas que a conheciam? — Matthew sugeriu.

— Parece uma boa idéia — Diane concordou.

CAPÍTULO

67

Ele detestava o cheiro de hospital. Shawn tentava não respirar, ouvindo o barulho de seus tênis contra o chão de linóleo. *Que coisa mais boba para prestar atenção,* ele pensou ao atravessar o longo corredor. *Você pode ser acusado de seqüestro e assassinato — e está preocupado com o cheiro de desinfetante.*

Shawn sentia-se melhor, desde que o advogado telefonara para ele, dizendo que a polícia já o teria prendido se tivessem provas suficientes para relacioná-lo aos seqüestros de Leslie e Carly. O advogado garantiu que a menos que houvesse prova física ou uma testemunha que o ligasse aos desaparecimentos das jovens, era pouco provável que ele fosse acusado de qualquer coisa. Só o fato de ter namorado duas garotas que tinham desaparecido não o tornava um seqüestrador ou assassino. Shawn estava se apegando com fé àquelas palavras.

A porta do quarto do hospital estava aberta. Era um quarto de enfermaria, mas a cama mais próxima da porta estava desocupada. Shawn entrou sem fazer barulho na direção da segunda cama, do outro lado da cortina.

— Arthur? — ele sussurrou.

Ele abriu os olhos e virou-se para Shawn, com o cabelo mais desgrenhado pelo contato com o travesseiro. A pele geralmente bronzeada de Arthur estava pálida em contraste com o lençol desbotado do hospital.

— Como você está, companheiro? — Shawn perguntou.

Arthur não respondeu.

— O que foi, Arthur? Você pode me contar, cara — Shawn disse.

— Ele não diz nada desde que foi trazido para cá.

Shawn assustou-se com a voz da mulher.

— Desculpe, não quis assustá-lo. Sou a dra. Varga — ela disse enquanto dava a volta na cama e pegava o pulso de Arthur.

— Sou Shawn Ostrander.

— Um parente?

— Não, um amigo. — Não havia motivo para contar a longa história de sua relação com aquele homem com problemas mentais, que tinha começado como um projeto de pesquisa. Arthur se tornara mais que isso. — Ele não tem mais nenhum contato com os familiares.

A médica fez um movimento de cabeça, mostrando que compreendia.

— O que ele tem? — Shawn perguntou.

— Nenhum problema físico, mas não está falando. Quando os policiais o trouxeram para cá, eles nos disseram a respeito de seus problemas mentais.

— É, Arthur é bem conhecido na cidade. — Shawn deu um sorriso amarelo.

A médica rabiscou uma anotação na ficha de Arthur.

— Felizmente ele trazia os remédios no bolso da camisa. Não sabemos ao certo se ele os estava tomando antes de chegar aqui, mas, agora, estamos fazendo a administração correta.

— Quando ele receberá alta? — Shawn perguntou.

— Depende — a dra. Varga respondeu. — Mas acredito que não há pressa, certo?

Shawn balançou a cabeça, pensando no quartinho da pensão que Arthur chamava de lar.

— Não, não tem pressa — ele disse.

A médica tocou o braço de Arthur antes de deixar o quarto. Shawn sentou-se e começou a dizer que estava muito quente e que Ocean Grove estava lotada de visitantes. Não disse nada sobre as outras pessoas que estavam fazendo as matérias sobre o caso de Carly.

— Certo, amigo — ele disse, levantando-se da cadeira que ele colocara ao lado da cama de Arthur meia hora antes. — Vou embora agora. Mas telefonarei para as enfermeiras mais tarde para ter notícias suas. Ele tocou o ombro de

Arthur. — Descanse agora, Arthur. E não se preocupe, cara. Tudo vai ficar bem. Apenas descanse, está me ouvindo?

Arthur virou os olhos marejados para Shawn e disse as primeiras palavras desde que fora levado ao hospital:

— Tudo bem, Shawn. Eu sempre faço o que você me pede.

CAPÍTULO

68

Diane, Matthew e a equipe de filmagem ficaram na calçada e perguntavam aos clientes que saíam do Nagle's o que eles pensavam sobre o que estava acontecendo em Ocean Grove. Muita gente queria falar e as declarações eram sempre as mesmas:

— Eu acho horrível. É ruim pensar que uma coisa tão terrível aconteceu em uma cidadezinha bonita como esta. Que Deus ajude os pais daquela pobre garota.

— Estou morrendo de medo. Tenho filhos e não vou tirar os olhos deles. Além disso, como posso explicar algo desse tipo a eles?

— É terrível. Viemos aqui de férias, mas estamos pensando em voltar para casa antes do previsto. Não era isso que acreditávamos encontrar quando decidimos passar uma semana tranqüila na praia.

Depois de meia hora eles já tinham declarações que bastavam para a matéria do *Evening Headlines*. Mas nenhuma das pessoas afirmara conhecer Carly Neath.

— Acho que deveríamos entrar e ver se alguém que chegou a trabalhar com Carly pode falar conosco — Diane sugeriu. — Vou ver se há alguém lá dentro que queira falar e aproveito para pedir permissão para filmar.

O restaurante com ar-condicionado era um alívio bem-vindo para o calor que fazia lá fora. Diane foi até o balcão e se apresentou ao homem que operava a máquina registradora.

— Estamos fazendo uma matéria sobre Carly Neath e gostaríamos de conversar com pessoas que a conheciam. Haveria algum problema se nossa equipe de filmagens entrasse aqui?

— Prefiro que não entrem — o homem disse. — As pessoas já estão muito agitadas. Não precisam ser lembradas desse horror enquanto almoçam.

— Claro. Eu compreendo — Diane disse, decepcionada. — Mas o senhor se incomoda se eu perguntar a alguns dos colegas de trabalho de Carly se eles se dispõem a gravar uma entrevista? Eles poderiam ir lá fora por uns instantes e gravaríamos na calçada.

— Bom, tudo bem — o homem respondeu, suspirando. — Estamos em um país livre.

— Permita-me começar com o senhor, então. O senhor gostaria de falar sobre Carly?

— Não, não gostaria — respondeu. Há muito tempo Diane aprendera a não se deixar abater pelas respostas. Quando alguém não queria falar, não falava. Com raras exceções, resolvia não pressionar uma pessoa a falar.

Ela olhou para o balcão.

— E quanto a ela? — Diane perguntou, indicando a jovem morena enchendo um copo grande com chá gelado. — Ela conhecia Carly?

— As duas trabalham nos turnos do café e do almoço — ele respondeu. — Ou melhor: trabalhavam.

— O senhor acha que ela conversaria comigo?

O homem deu de ombros.

— Pergunte a ela.

A jovem magra saiu do estabelecimento, colocando seu cabelo sem viço atrás das orelhas.

— Obrigada por concordar em falar — Diane disse. — Só serão alguns minutos.

— Tudo bem — a garçonete respondeu com uma voz delicada. — Meu turno já terminou. Só tenho uma consulta no médico, mas é mais tarde.

Diane sorriu quando Sammy indicou que já estava gravando.

— Certo. Antes de mais nada, você pode dizer seu nome e soletrá-lo para mim?

— Anna Caprie. A-N-N-A C-A-P-R-I-E.

— E onde você mora, Anna?

— Em Ocean Grove.

— E você trabalha aqui no Nagle's, no mesmo restaurante onde Carly Neath trabalhava?

Anna confirmou:

— Sim. Carly e eu trabalhávamos juntas de vez em quando, mas não era sempre. Às vezes ela trabalhava e eu não. Outras vezes eu estava escalada e ela não.

— Quando você viu Carly pela última vez?

— Eu a vi na sexta-feira de manhã. Foi a última vez.

— No dia em que ela desapareceu.

— Sim, isso mesmo. — Anna desviou o olhar para o chão.

— Você conversou muito com Carly nesse dia?

— Não muito. O restaurante fica bem cheio no verão. Geralmente não sobra tempo para conversar.

— Você se lembra de alguma coisa nesse dia, Anna? Alguma coisa diferente ou incomum?

Anna olhou para cima, e Diane não soube dizer se a face de Anna estava rosada por causa do sol ou porque ela estava envergonhada. De qualquer modo, ficou melhor para ela, que era muito pálida. Muito pálida e muito magra.

— Bem... — Anna hesitou. — Não. O novo namorado de Carly veio para conversar com ela, mas ele já tinha vindo antes.

— Shawn Ostrander?

— Hum-hum. Carly me disse que gostava muito dele, mas... — Anna parou de falar.

— Mas o que, Anna? — Diane perguntou, ansiosa.

— Não sei se deveria dizer isso, já que Shawn foi muito gentil comigo na semana passada, quando meu carro quebrou. Ele e Carly me deram uma carona à consulta que eu tinha marcada e esperaram para me levar para casa — Anna disse, mexendo em uma mecha de seu cabelo sem brilho. — Não quero dizer nada que magoe uma pessoa tão legal.

— Eu compreendo, Anna. Com certeza. Mas trata-se de uma situação séria, e se você acha que sabe de alguma coisa que pode ajudar, de alguma maneira, a desvendar o que houve com Carly, tem de dizer. Se não disser para mim, diga à polícia.

Anna inspirou decidida.

— É que Carly não gostou de Shawn não ter procurado por Leslie Patterson quando ela sumiu. E ela me contou que diria isso a Shawn quando os dois se encontrassem à noite.

CAPÍTULO

69

— Larry, sei que é meu primeiro dia de volta ao trabalho, mas terei de sair mais cedo.

O corretor de imóveis olhou para Leslie e a viu em pé na porta. Era difícil olhar para ela, magra como estava.

— Tudo bem, querida — ele disse, sorrindo amigavelmente. — Você deve estar cansada. Teve muito trabalho hoje.

— Você é muito bondoso comigo, Larry. Não trabalhei muito e você sabe disso.

— Você fez bastante coisa. E vai ter muito mais à sua espera amanhã, não se preocupe. Agora, vá para casa, jante bem e descanse.

Leslie caminhou até sua mesa e pegou a bolsa de lona que estava no chão. Estava procurando pelas chaves do carro quando Larry se aproximou segurando uma pasta.

— Eu ia deixar isto aqui em sua mesa, para amanhã — ele disse. Ele viu o bichinho de pelúcia dentro da bolsa dela. — Leslie, você não está indo para casa, não é?

— Não — ela admitiu. — Não estou. Tenho hora marcada na terapia. Não quis lhe contar porque sei a sua opinião sobre a terapia.

Larry tirou os óculos, esfregou os olhos e suspirou profundamente.

— Ah, Leslie, Leslie, Leslie. Não sei mais o que dizer. Não sou contra terapia. Não é isso, de jeito nenhum. Mas você tem de ter certeza que está se tratando com a pessoa certa.

CAPÍTULO

70

Diane estava no banco da frente do caminhão-satélite deixando o ar frio do ar-condicionado soprar diretamente em seu rosto. Estava arrumando seu texto quando o celular tocou. Era a secretária de Owen Messinger dizendo que o terapeuta poderia conversar com ela às cinco da tarde.

— Puxa! Vai ser difícil eu conseguir chegar — Diane disse, olhando para o relógio. — Ele não teria algum outro horário amanhã?

— Não, a agenda dele está completamente ocupada nos próximos dias.

— Tudo bem — Diane disse, relutante. — Estaremos aí.

Ela virou-se para Matthew, que estava analisando o vídeo que eles tinham feito na frente do Nagle's, calculando o tempo para a narração que Diane pretendia fazer para sua matéria.

— Precisamos dessa entrevista com Messinger para o *Hourglass*, e, se não a fizermos hoje, pode ser que não consigamos realizá-la depois. O texto do *Evening Headlines* está pronto. Vamos ver se conseguimos autorização de Range Bullock. Gravarei e deixarei a narração aqui para que você a envie a Nova York enquanto vou com a equipe ao consultório de Messinger. Se ele me atender na hora marcada, devo terminar às cinco e meia e retornar para cá às seis. Se alguma coisa acontecer, posso informá-los para a transmissão de seis e meia.

Matthew fez uma careta.

— Jesus! Diane, tudo isso é muito em cima da hora. Detesto me arriscar desse jeito.

— Ah, pare com isso, Matthew. Você já trabalhou com menos tempo que isso.

— Tudo bem — ele concordou, a contragosto. — Precisamos do ponto de vista profissional de Messinger, e, se for nossa única chance, não temos escolha.

CAPÍTULO

71

Todas as jovens sentadas em círculo na sala de terapia seguravam uma boneca ou um bichinho de pelúcia. Sérias e muito magras, as seis se automutilavam.

O dr. Messinger deu início à sessão:

— Desde nosso último encontro, algumas coisas ruins aconteceram. Leslie foi seqüestrada, ficou desaparecida por três dias e, depois, outra jovem foi levada. O corpo dela foi encontrado ontem à noite.

— Eu a conhecia — disse uma garota com voz de criança. — Carly Neath. Eu trabalhava com ela.

Owen olhou para Anna e depois para Leslie, que já estava reagindo da maneira que ele esperava.

— Caia na real, Anna. Você pode ter *conhecido* Carly Neath, mas eu estou aqui, sentada diante de você. Acredito que o que tenho para tratar hoje é um pouco mais importante do que o que você tenha para dizer.

Anna afundou-se na cadeira e acariciou seu coelhinho preto de pelúcia, ficando tão corada quanto o focinho do brinquedo.

— Como você acha que Anna está se sentindo agora, depois de você dizer que a sua experiência é mais importante que a dela? — Owen perguntou.

Censurada, Leslie mexeu nas orelhas de sua ursinha de pelúcia.

— Acho que ela não deve estar se sentindo muito bem. Desculpe, Anna.

— Quer falar sobre o que aconteceu a você, Leslie?

Owen Messinger escutou a história de Leslie e passou a observar as reações de suas pacientes naquele momento complicado. Ele deixou que todas se sentissem à vontade para fazer perguntas a Leslie e oferecer apoio.

Anna Caprie confessou que, ao saber do desaparecimento de Leslie, trancou-se em seu quarto. Quis ajudar nas buscas, mas sentiu-se muito deprimida.

— Peguei um alfinete do estojo de costura de minha mãe e me cortei várias vezes.

Aquela era uma boa oportunidade para o terapeuta dar orientação às pacientes. Algumas das garotas faziam terapia há anos, mas nenhuma das técnicas terapêuticas mais "aceitáveis" tinha surtido efeito salutar. Elas ainda se recusavam a comer. E sempre que se sentiam impotentes ou sem o controle da situação, encontravam algum objeto pontiagudo o bastante para causar a ferida que, de alguma maneira inexplicável, lhes dava alívio. Ele acreditava que algo mais drástico, mais dramático convenceria essas jovens que se cortar podia trazer um certo alívio momentâneo, mas, a longo prazo, não resolvia e, acima de qualquer coisa, era um mecanismo de fuga muito perigoso.

Como vinha fazendo todas as semanas dos últimos três meses, Owen entregou as lâminas de barbear. No início do verão, tinha instruído as garotas a passarem os dedos ao longo da borda das lâminas — sem se cortarem — e a falarem abertamente sobre a sensação que experimentavam. Com o passar das semanas, tentou fazê-las "desmistificar" as lâminas de barbear, para que elas vissem que aqueles objetos não tinham o poder de ajudar.

Agora, estava na hora da maior lição de todas.

— Anna, você pode começar — Owen sugeriu, apontando para o animal de pelúcia no colo dela.

— Não posso machucar o sr. Veludo. Não posso. — Os olhos de Anna ficaram cheios de lágrimas.

— Por que não, Anna? — Owen perguntou. — Você machuca a si mesma. Por que não pode cortar um pedaço de pano com enchimento?

— Porque o sr. Veludo é tudo para mim. Não posso feri-lo — Anna choramingou.

— Mas você se fere com tanta facilidade, Anna. Você é menos importante que seu coelho de pelúcia? Você não é tão digna de amor quanto ele?

Anna chorava despudoradamente agora.

— Não é? — ele pressionou.

— Anna acha que não é importante — Leslie gritou. — Ela não se considera importante.

Todos os olhos, menos os do terapeuta, se voltaram para Leslie. O olhar de Owen continuava sobre Anna.

— Como você se sente com o que Leslie acabou de dizer, Anna?

Sem dizer uma palavra, Anna pegou a lâmina de barbear e abriu a garganta do sr. Veludo.

CAPÍTULO

72

As garotas que saíam do prédio pareciam chocadas e exaustas. Se a terapia era algo bom, então elas não deveriam transparecer um pouco de energia positiva? Se elas tinham ido ali para descarregar seus problemas, por que pareciam estar carregando o mundo nas costas?

Larry abaixou-se no banco para que Leslie não o visse. Ele tinha tomado o cuidado de estacionar perto de outro carro modelo sedã no canto do estacionamento, esperando que ela não reparasse em seu automóvel. Ele a observou quando ela se aproximou do carro, com o rosto abatido, com a ursinha de pelúcia de ponta-cabeça, sendo carregada por Leslie por uma de suas patas.

Viu que Leslie partira, mas esperou para analisar melhor as outras garotas. A menor, Anna, que trabalhava como garçonete no Nagle's, parecia mais transtornada ao entrar no carro que esperava por ela. Larry presumiu que o senhor de meia-idade ao volante devia ser o pai dela. Coitado. Ele se inclinou para beijar o rosto da filha, e Larry conseguiu imaginar o que ele estava dizendo a ela, perguntando como tinha sido a consulta e se se sentia melhor. Todas as perguntas que Larry fazia à sua amada Jenna.

Larry sentiu a raiva transbordando dentro dele ao apertar o volante com força. Tinha vontade de estrangular o maldito terapeuta.

Por fim, todas as jovens tinham ido embora, dirigindo os próprios carros ou entrando em outros que as esperavam. Larry virou-se para girar a chave no contato quando viu uma mulher e dois homens carregando equipamentos de filmagem, em direção à entrada do prédio onde ficava o consultório de Messinger. Ele se inclinou para a frente para ver melhor. Acreditava conhecer a mulher. Sim, era Diane Mayfield. Ela estava entre os jornalistas que chegaram à cidade.

Num ímpeto, abriu a porta do carro e saiu.

— Ei, você — ele gritou.

As três pessoas se viraram.

— Srta. Mayfield?

— Sim?

— Olá. Meu nome é Larry Belcaro. Sou proprietário de uma agência imobiliária em Ocean Grove.

Diane apertou a mão dele. Estava acostumada com pessoas que a abordavam e se apresentavam. Quando se trabalhava na TV, as pessoas agiam como se conhecessem você. Ela sempre procurava ser simpática.

— Prazer em conhecê-lo — ela disse. — Mas receio que não poderei parar. Tenho um horário marcado para uma entrevista com um doutor às cinco horas, e tanto ele quanto eu estamos com as agendas cheias de compromissos.

— A entrevista seria com o dr. Messinger? — Larry perguntou.

Diane olhou para ele com curiosidade.

— É com ele, sim.

— Suponho que seja para conversar sobre o que está acontecendo em Ocean Grove?

— Isso mesmo.

— Bem, a história real, a que deveria ser exposta, é a de como esse homem é um charlatão. Ele tinha de estar na cadeia por todos os danos que já causou, todas as vidas que arruinou, incluindo a de minha filha, Jenna.

— Sr. Belcaro, eu gostaria muito de poder conversar com o senhor agora, mas não posso. Pode me dar seu número de telefone para que possamos falar mais a respeito disso?

Sentindo que estava sendo dispensado, Larry entregou a Diane seu cartão de visita, decepcionado.

— Anotei meu telefone pessoal no verso — ele disse, com pouca esperança de que ela telefonaria para ele.

CAPÍTULO

73

Enquanto a irmã estava deitada sobre a toalha de praia, com os olhos fechados, e a tia caminhava pela praia, Anthony viu ali uma oportunidade de seguir na direção oposta. Pegou sua câmera e foi para o norte, em direção a Asbury Park e ao antigo Casino.

Desde que vira o homem entrar naquele prédio no dia anterior, Anthony não conseguia pensar em mais nada. O cara tinha desaparecido — do nada. Para onde tinha ido? O que havia lá dentro?

Parou para fotografar a grande estrutura de alvenaria, tomando o cuidado para centralizá-la no visor. Ao se aproximar do Casino, Anthony começou a pensar melhor em seu plano de explorar o lado interno do lugar. E se houvesse uma gangue de malfeitores ou alguma coisa assim lá dentro? E se fossem violentos? E se ficassem revoltados por Anthony ter invadido o território deles? E se sua mãe descobrisse que ele tinha corrido tamanho risco?

Espere um pouco! Ele era o quê? Um maricas?

Ele chegou à base da construção e parou para olhar ao redor. Ninguém parecia estar prestando atenção a ele. Anthony contou até cinco, respirou fundo e entrou pelo vão entre a base e a lajota.

A princípio, os raios de sol atravessaram o vão, iluminando o caminho dele, mas conforme Anthony foi adentrando o local, a luz sumiu. Quando seus olhos se ajustaram à escuridão, ele caminhou mais alguns metros. Em seguida, subiu por uma abertura.

Mais uma vez, o sol ficou ao seu lado, tentando iluminar o espaço por meio de um buraco no teto acima de onde Anthony estava. Ele olhou ao redor, tentando entender exatamente o que via. Arquibancadas cobertas por bolor e um palco vazio, candelabros enferrujados e uma barraca de refresco abandonada. Conseguiu imaginar como o lugar já tinha sido, cheio de fãs alegres aplaudindo as apresentações. Era assombroso pensar que agora o palco estava repleto de fantasmas.

Ele começou a usar a câmera, fotografando o mundo secreto que ele tinha descoberto. Depois, parou para ver na minúscula tela na parte de trás da câmera se as fotos estavam ficando boas. O flash tinha feito um bom trabalho. As imagens estavam claras.

Passando por escombros e vidros estilhaçados, Anthony subiu a arquibancada para ver o auditório por cima. Lá do alto, viu algo que não conseguiu identificar no canto da barraca de refrescos. Cuidadosamente, ele voltou para investigar.

Anthony olhou atrás da barraca. O que ele vira lá de cima era a ponta de uma caixa de isopor. Ao lado dela, um lençol amarelo estava esticado no chão. *Alguém deve estar ficando aqui,* ele pensou. Talvez o cara com roupas de exército que ele tinha visto no dia anterior.

Em cima do lençol, perto de uma revista amassada, estava uma jaqueta de esqui marrom. *Será que esfria muito aqui à noite?,* Anthony se perguntou, porque não havia outra explicação para aquela jaqueta estar ali em pleno verão. Ele pegou a jaqueta e colocou a mão dentro do bolso, encontrando apenas um cartão branco. Os olhos de Anthony, já acostumados com a ausência de luz, conseguiram ler "Imobiliária Surfside" em letras escuras, antes de colocar o cartão dentro do bolso novamente.

Anthony tirou fotos do lugar de diferentes ângulos. E então criou coragem para abrir a caixa de isopor. Dentro dela, havia duas latas de refrigerante diet, uma laranja e uma caixa de biscoitos de água e sal dentro de um plástico com fecho hermético. Também havia um pacote diferente. Ele o tirou dali e o abriu, surpreso com as algemas de plástico que caíram no chão.

CAPÍTULO

74

Enquanto os microfones eram ligados e as luzes acesas, Diane trocou amenidades com Owen Messinger.

— Obrigada por conseguir nos atender, doutor — ela disse.

— Fico feliz por termos conseguido conversar — Owen sorriu, um sorriso um tanto forçado, na opinião de Diane. — Meu dia começou com um roubo aqui e tem sido agitado desde então.

— Oh, sinto muito — ela disse. — Espero que não tenham levado nada muito valioso.

— Na verdade, as coisas que foram levadas não tinham preço. — Ele fez um gesto de cabeça na direção da estante. — Todas as informações sobre os pacientes, anotações que eu vinha guardando para elaborar um estudo clínico.

Diane disse:

— Isso é horrível. O senhor conseguirá reconstituí-las?

Owen franziu o cenho.

— Acho que não.

Falando sobre a entrevista, Diane explicou sobre o que conversariam:

— Conforme adiantei na mensagem que deixei em sua secretária eletrônica, dr. Messinger, o *Hourglass* está fazendo uma matéria sobre "garotas que forjam situações", ou seja, mulheres que desaparecem por alguns dias e depois ressurgem afirmando ter sido seqüestradas. Eu fui mandada para cá a fim de cobrir a história de Leslie Patterson e, apesar de o seqüestro e a morte de Carly Neath mudarem a dinâmica, ainda queremos esclarecer algumas dúvidas de nossos telespectadores.

— Tudo bem — o médico disse, arrumando o cabelo. — Farei meu melhor.

Diane olhou para a equipe de filmagem.

— Prontos, rapazes?

— Gravando — Sammy confirmou.

Diane pigarreou.

— Em primeiro lugar, dr. Messinger, pesquisas mostram que, apesar de os índices de seqüestros terem caído, seqüestros forjados estão se tornando mais comuns do que imaginamos. Em quase todos os casos, essas mentiras são criadas pelas mulheres. O que está havendo?

— Você tem razão, Diane. Apesar do que é dito e da preocupação das pessoas, os seqüestros estão diminuindo há anos. Estatisticamente, uma criança corre um risco maior de morrer de um ataque cardíaco que ser seqüestrada e morta por um estranho.

— E quanto às mulheres que estão forjando essas situações? Por que uma mulher faria uma coisa dessas?

— Muitas vezes, é um grito por socorro. Elas precisam de atenção. A mulher pode não se sentir amada e cuidada. Ela pode se sentir invisível para as outras pessoas. — Owen pegou seu copo e bebeu um pouco de água antes de continuar: — Infelizmente, quando uma pessoa forja seu sumiço, tira a credibilidade de vítimas reais, sem falar no gasto que a polícia acaba tendo para procurá-la. Além disso, assusta a população.

Diane percebeu que já tinha uma boa declaração. Cruzou as pernas e prosseguiu:

— Aqui em Ocean Grove, Leslie Patterson, a primeira jovem a desaparecer, foi vista como *suspeita* de ter forjado seu desaparecimento, até Carly Neath também sumir. O que pode acontecer com uma pessoa que diz a verdade, mas que, mesmo assim, as pessoas não acreditam nela?

— Bem, eu não posso comentar o caso de Leslie especificamente, mas você pode imaginar como se sentiria, não é, Diane? Surgiriam sentimentos de frustração e até mesmo de raiva. E também existe a sensação de isolamento, que é terrível. Você sabe que está dizendo a verdade, mas ninguém acredita. Você se sente completamente solitária e quer uma explicação.

Messinger olhou intensamente para Diane quando terminou de falar, e ela sentiu um certo incômodo. Owen Messinger ficava à vontade diante das câmeras. Suas respostas eram sucintas e interessantes. Mas havia algo que a incomodava, mesmo sem saber o quê. Lembrou-se do homem de meia-idade que chamara sua atenção quando ela e a equipe chegavam para a entrevista. Larry Belcaro não gostava muito do dr. Messinger. De repente, Diane ficou curiosa para entender o porquê.

— Dr. Messinger, quando chegamos ao estacionamento, não pudemos deixar de observar o grupo de jovens mulheres que acabavam de deixar o prédio, com Leslie Patterson entre elas. Todas elas são suas pacientes?

— Não posso responder.

— Claro que não — Diane disse. — Bem, deixe-me reformular a pergunta. Suas pacientes geralmente saem daqui chorando?

— A terapia pode ser dolorosa, sra. Mayfield.

CAPÍTULO

75

— Alguma novidade da polícia? — Diane perguntou quando voltou ao caminhão-satélite.

Matthew suspirou profundamente, aliviado por ela estar de volta. Ele não gostava de admitir, mas se preocupava com ela, com tudo. Era o trabalho do produtor. Ele tinha se arriscado dizendo que ela poderia sair e fazer a entrevista com o terapeuta. Mas não quis parecer preocupado demais. Ficara com um nó no estômago, torcendo para que não houvesse nada de novo no caso de Carly Neath antes de ela retornar. Ele já tinha passado por um número suficiente de situações do tipo "repentinas", onde os detalhes chegavam aos montes na última hora, sem que houvesse tempo para organizar tudo. Não gostava mais da adrenalina de estar no limite do tempo. Por isso que o trabalho no *Hourglass* era bom para ele. Tinha tempo para planejar e arrumar as matérias, bem diferente das matérias feitas no dia em que seriam transmitidas, que eram realizadas com uma pressao enorme para o cumprimento do prazo.

Ele balançou a cabeça.

— Não, Diane. Agora os policiais estão dizendo que não informarão mais nada até amanhã.

— Bem, assim as coisas ficam mais fáceis para a gente, não é? — ela disse. — Sem novas informações, não vamos precisar atualizar a matéria. Quando entraremos no ar?

— Após o primeiro comercial.

Diane olhou para o seu relógio.

— Ótimo. Ainda temos cerca de vinte minutos. — Ela pegou seu estojo de maquiagem e começou o trabalho. — Onde ficaremos para a transmissão?

Quinze minutos depois, Diane estava no gramado em frente ao poço Berseba. O belvedere de proteção estava envolto pela fita de isolamento amarela. Ela não estava sozinha. Os jornalistas de outras emissoras tiveram a mesma idéia, concluindo que aquele seria o lugar ideal para a transmissão de suas reportagens. Grupos de curiosos estavam reunidos por toda parte.

Do outro lado, as senhoras solidárias da Associação de Camping de Ocean Grove estavam servindo peixe e batatas fritas no pavilhão do auditório. Helen Richey sorria e conversava com as pessoas enquanto servia os alimentos. Mas sua atenção sempre voltava para Jonathan e as meninas.

Desde que Larry Belcaro afirmara a ela que não tinha se encontrado com Jonathan na tarde de quinta-feira, Helen estava se sentindo um pouco melhor. Talvez Jonathan não era mesmo a pessoa que tinha levado Leslie Patterson ao poço Berseba.

Mas uma dúvida ainda a atormentava. O que era aquela anotação no cartão de visita?

Jonathan engoliu o último pedaço de peixe e limpou a boca com um guardanapo de papel. Detestava jantar tão cedo quando estava de férias. Preferiria ter tomado algumas cervejas e saído para jantar às oito ou nove da noite. Mas sabia que não deveria criar caso com a mulher a respeito de sair para jantar peixe e batatas às cinco e meia.

Após nove anos de casamento, e três anos de namoro antes, Jonathan já conhecia Helen o bastante para saber quando alguma coisa a preocupava. Ele sabia que ela estava chateada por ele ter mentido para a polícia. Mas o que mais ele poderia ter feito? Se contasse aos policiais que tinha seguido Carly Neath aquela noite, eles certamente o ligariam ao desaparecimento. E, agora, já estariam tentando associá-lo à morte dela também.

Ele juntou os pratos de papel e os guardanapos e os jogou no cesto de lixo.

— Vamos, meninas — ele disse. — A mamãe ainda tem trabalho para fazer. Vamos caminhar um pouco.

— Podemos tomar um sorvete, papai? — Sarah perguntou.

— Claro — Jonathan respondeu. — É uma boa idéia, querida.

Sarah e Hannah saíram correndo na frente do pai, certas do caminho a seguir. A sorveteria favorita delas era a Day's Ice Cream Parlor, fora da propriedade da associação, do outro lado do poço Berseba.

— Meninas — Jonathan chamou. — Voltem para cá. — Havia pessoas demais reunidas ao redor do poço e Helen sempre dizia que seria muito fácil uma das filhas se perder na multidão ou ser levada por um estranho. Lembrava-se muito bem de quando perdera Hannah no shopping Paramus Park. Os dez minutos passados à procura da filha nos corredores da Sears tinham sido os mais aterrorizantes de sua vida.

Ele segurou Sarah e Hannah pelas mãos enquanto se aproximavam do poço.

— O que eles estão fazendo, papai — Hannah perguntou, apontando para as pessoas com as câmeras e microfones.

— Estão fazendo a transmissão de notícias, querida. Para a televisão — Jonathan explicou. — Vamos parar e observar um pouco. Vocês querem?

As filhas ficaram contentes assistindo por alguns minutos, mas os sorvetes de chocolate e morango pareciam mais interessantes que as explicações dadas pelos adultos com os microfones. Elas puxaram o pai pelos braços, dispostas a chegar à sorveteria. Jonathan também já tinha escutado o bastante.

CAPÍTULO

76

Quando foram dispensados pelo estúdio em Nova York, Diane convidou todos para jantar. Mas Sammy disse que estava cansado, e Gary pegaria a alameda Garden State para ver sua esposa e filhos, e ficaria lá por algumas horas, voltando no dia seguinte de manhã.

— Esteja de volta às cinco — Matthew avisou. — Se alguma coisa acontecer e o *KTA* quiser uma matéria de manhã, precisaremos de você.

— Não se preocupe, Matthew. Estarei aqui.

Diane e Matthew deixaram a equipe para guardar suas coisas.

— Aonde você quer ir? — ela perguntou ao entrarem na Main Avenue. — Já jantamos duas noites seguidas em um restaurante italiano, então pode ser qualquer outro lugar.

— Que tal o óbvio? — Matthew disse. — Frutos do mar?

— Ótimo — ela concordou. — Volto para a pousada, tomo um banho e pego as crianças e a Emily. Você pode escolher um lugar, me avise no celular e nós o encontraremos lá.

Lula frita, vieiras assadas, camarão cozido e filé de linguado foram servidos muito quentes e devorados instantaneamente. Diane percebeu que Michelle comeu quase tudo que estava em seu prato.

— Eu estava morrendo de fome — Anthony disse ao colocar o último pedaço de pão de milho amanteigado na boca.

— A brisa do mar aumenta o apetite — Diane observou. — Ou pelo menos é o que sempre dizem.

Os adultos tomaram café. Michelle não quis sobremesa. Anthony tirou uma foto do grupo e sugeriu que eles fossem jogar minigolfe e que tomassem sorvete depois.

— Eu vi um campo de minigolfe perto do meu hotel — Matthew disse.

Os cinco foram para o estacionamento.

— Quero ir no carro com Matthew — Anthony disse. — Estou cansado de ficar com mulheres o tempo todo.

Quando chegaram ao campo de golfe, Anthony sugeriu que se separassem.

— Homens de um lado e mulheres de outro — ele disse. — E os homens têm de começar. É sexista essa história de as mulheres sempre começarem tudo.

Diane fez o que pôde para ignorar o aperto que sentiu no coração. Estava claro que Anthony queria ficar perto de Matthew. Aqueles anos eram importantes para um garoto, e Diane sabia que ele precisava de uma presença masculina. Tinha certeza de que Anthony sentia muita falta do pai. Ao vê-lo juntar-se a Matthew, Diane desejou muito que Philip estivesse ali com eles.

Depois do nono buraco, Matthew e Anthony se sentaram em um banco, esperando que o grupo antes deles terminasse o jogo.

— E então? Está se divertindo aqui? — Matthew perguntou.

Anthony deu de ombros.

— É legal, eu acho.

— Mas não é o Grand Canyon, certo?

— Nem de longe.

Matthew jogou sua bola de golfe para cima e voltou a pegá-la. — Eu sei que sua mãe ficou muito chateada por ter tido de cancelar a viagem. Ela não teve escolha... Nosso chefe mandou que ela viesse para cá.

— Eu sei — Anthony disse, fazendo uma careta. — É que...

— O que é?

— Nada. — Anthony levantou-se do banco e colocou sua bola de golfe no tapete de borracha.

Mais tarde, enquanto esperavam no final do campo as mulheres terminarem de jogar, Anthony quis mostrar outra coisa a Matthew, além de seus sentimentos. Tirou algumas algemas de plástico do bolso.

— Olha o que eu tenho.

— Uau! — Matthew pegou uma das algemas de plástico da mão de Anthony. — Onde as conseguiu?

— São algemas flexíveis. De plástico. Eu vi os policiais as usando na TV.

— Eu sei o que são, Anthony. Quero saber onde você as pegou.

Anthony parou, sem saber o que responder. Matthew era amigo de sua mãe e poderia contar a ela. Anthony tinha certeza de que a mãe não gostaria de saber que ele tinha ido ao Casino abandonado. Mas o Casino tinha sido a melhor parte daquela viagem até então. Não queria deixar de ir lá, e era isso que aconteceria se a mãe descobrisse e o proibisse de entrar ali novamente.

— O pai de um amigo meu é policial — Anthony mentiu. — Foi ele que nos deu estas algemas.

TERÇA-FEIRA
23 de AGOSTO

CAPÍTULO

77

OCEAN GROVE, AGORA OCEAN TERROR

Todos os jornalistas acampados diante da delegacia de polícia liam a manchete e a matéria do *Asbury Park Press* enquanto esperavam a coletiva de imprensa ter início. Foi logo depois do meio-dia, a tempo para ser transmitida no noticiário local, que o comandante Jared Albert apareceu para fazer sua declaração:

— A polícia de Neptune prendeu Arthur Roy Tomkins, de quarenta anos, suspeito de ligação com a morte de Carly Neath. O sr. Tomkins reside em uma pensão aqui em Ocean Grove e é veterano da Guerra do Golfo. Está, no momento, sob custódia da polícia na prisão do condado de Monmouth, em Freehold. Amanhã ele será chamado para depor sob as acusações de seqüestro, cárcere privado e homicídio culposo. Responderei a algumas perguntas agora.

Quando ele escutou a referência à pensão, o repórter do *Asbury Park Press* ficou atento.

— Ele reside na pensão para os doentes mentais? — ele perguntou.

— Sim, reside — Albert respondeu.

— Então o suspeito tem problemas mentais?

— Sim, o sr. Tomkins recebe tratamento para distúrbios mentais.

— Quais evidências relacionam Tomkins à morte de Carly Neath? — Diane perguntou.

— Impressões digitais.

— O senhor pode dar mais detalhes, comandante? Onde as impressões digitais foram encontradas?

— Não. Isso é tudo que tenho a dizer sobre a prova no presente momento. — O comandante Albert olhou em outra direção.

O próximo repórter se manifestou:

— Tomkins conhecia Carly Neath? Qual era a relação entre eles?

— Não sabemos. Estamos investigando.

Diane fez a pergunta seguinte:

— O senhor acha que Tomkins esteve envolvido também no seqüestro de Leslie Patterson?

— Parece haver uma ligação entre os dois casos, mas não podemos provar nada no momento. É só o que tenho para dizer — Albert declarou. — Os cidadãos de Ocean Grove e os turistas podem se sentir muito mais seguros hoje.

CAPÍTULO

78

Como tudo dera tão errado?

Após tantas precauções para que nenhum vestígio fosse deixado, a polícia afirmava ter encontrado impressões digitais. Arthur deve ter sido quem tirou a mordaça e a venda de Carly. Que tolice dele deixar as impressões digitais.

As coisas não deveriam ter acontecido assim.

Arthur Tomkins era inocente, mas era sempre conveniente colocar a culpa em um doente mental.

CAPÍTULO

79

— Acho que precisamos de mais uma entrevista com Leslie — Diane disse a Matthew quando a coletiva de imprensa chegou ao fim. — Vamos ver a reação dela.

— Tenho a impressão de que ela concordará em conversar com você — Matthew disse. — Deve ser uma ótima maneira de ela dar o troco.

— Sabe o que mais deveríamos fazer? — Diane perguntou.

— O quê?

— Vamos fazer uma busca do nome de Arthur Tomkins na Internet e ver se há alguma coisa na rede sobre ele.

Quando eles digitaram "Arthur Tomkins" e "Ocean Grove" no laptop de Matthew, conseguiram mais de trinta ocorrências, mas apenas uma delas parecia ser o que procuravam. Dois anos antes, o *Asbury Park Press* tinha feito uma série de histórias sobre ex-pacientes com problemas mentais que viviam em Ocean Grove e Asbury Park. Arthur Tomkins tinha sido entrevistado.

Diane leu o que apareceu na tela do laptop:

— Sem emprego e sem nada para fazer durante o dia, Arthur Tomkins, de trinta e oito anos, aparece bem cedo no calçadão. Tomkins, que nasceu em Spring Lake, sofreu um colapso nervoso quando voltou para casa após a Guerra do Golfo, tendo o estresse da guerra piorado pela rejeição da noiva. Passou três meses na enfermaria psiquiátrica do Hospital de Veteranos, em Lyons, Nova Jersey, foi viver com sua família em Spring Lake e conseguiu um emprego. Mas, seis meses depois, voltou para o hospital após ter um acesso durante uma missa na igreja católica romana de St. Catherine, dando um soco no rosto de um dos presentes.

Diane olhou para Matthew e disse:

— Que coisa triste!

Havia uma frase dita por Arthur ao final da matéria e Diane leu em voz alta o que ele dissera: — Depois que saí do hospital, meus pais não me quiseram de volta a Spring Lake. Eu acho que não posso culpá-los por isso.

Matthew pegou seu celular.

— Deixe-me checar com o pessoal de Nova York e ver o que eles querem.

O produtor executivo decidira que não queria outro pacote completo sobre a história de Ocean Grove no *Evening Headlines* daquela noite. Como não havia nenhum vídeo novo, exceto a coletiva de imprensa da polícia, o desenvolvimento do caso, com a prisão de Arthur Tomkins, seria simplesmente anunciado pela âncora Eliza Blake.

— Assim, temos tempo livre para fazer o que quisermos — Matthew disse ao fechar o telefone.

Diane telefonou para a residência dos Patterson e deixou o número de seu celular, pedindo a Leslie que retornasse a ligação.

— Como eu vou saber se ou quando Leslie retornará a ligação? — ela disse. — O que acha de ir até Spring Lake? Podemos tirar umas fotos da cidade do suposto assassino.

CAPÍTULO

80

Com Sammy apontando a câmera para fora da janela, Gary dirigiu três quilômetros subindo a Ocean Avenue, em Spring Lake, e voltou. Na ida, Sammy registrou imagens do calçadão sem comércio e da praia imaculada. Na volta, fotografou o outro lado da avenida, repleta de mansões vitorianas com varandas cobertas e amplos gramados.

— Esta cidade é muito bonita — Diane disse do banco de trás.

O carro virou à esquerda e subiu e desceu as ruas bem conservadas. Uma casa era mais elegante e charmosa que a outra. No centro da cidade, gansos nadavam em um grande lago, circundado por graciosos salgueiros-chorões. No topo do monte ao lado do lago havia uma igreja parecida com a basílica de São Pedro, em Roma.

— Esta é a igreja de St. Catherine — Matthew disse com entusiasmo. — Foi aqui que Arthur atacou uma pessoa. Certifique-se de captar uma bela imagem daqui, Sammy. Depois disso, vamos beber alguma coisa.

Gary encontrou um lugar no meio do centro da cidade e estacionou o carro na frente da delicatéssen Who's on Third. Os três homens entraram para comprar refrigerantes, enquanto Diane permaneceu no carro e ligou do celular para o serviço de informação. A operadora disse que havia um registro do sobrenome Tomkins em Spring Lake e deu o número a Diane, mas não podia informar o endereço.

Diane desligou e telefonou para o escritório do *Hourglass*, pedindo para falar com Susannah.

— Como as coisas estão indo? — Susannah quis saber.

— Muito bem, muito bem — Diane disse. — Mas preciso de um favor.

— Pode pedir. Manda — a pesquisadora disse.

— Anote o número que vou lhe dar e o procure na lista de assinantes — Diane disse. — Depois, me telefone e passe o endereço.

CAPÍTULO

81

No centro médico da Jersey Shore University, todos os boatos falavam do paciente que havia sido preso porque a polícia acreditava que ele era o culpado por um seqüestro e por um assassinato. A dra. Caroline Varga, que geralmente era tão correta e decidida, estava em um impasse. Devia procurar a polícia para contar o que ouvira Arthur Tomkins dizer ao jovem rapaz que tinha ido visitá-lo no dia anterior? Ou será que as palavras de Arthur não queriam dizer nada?

"Tudo bem, Shawn. Eu sempre faço o que você me pede."

Caroline ouvira Arthur dizer isso quando ela voltou para o quarto da enfermaria, acreditando ter deixado ali sua caneta. Assim que percebeu que a caneta que procurava estava no bolso de sua calça, e não no do avental, e virou-se para voltar, ouviu as palavras do outro lado da cortina fechada:

"Tudo bem, Shawn. Eu sempre faço o que você me pede."

Na hora, Caroline ficara contente por, finalmente, Arthur ter dito alguma coisa. Mas, agora, ela se perguntava se as palavras dele tinham algum significado importante. Poderia o homem com problemas mentais ter acatado ordens de seu jovem amigo? Shawn poderia ser o mentor por trás dos seqüestros das duas jovens e da morte de uma delas? Será que Arthur era apenas um homem atormentado que seguira as instruções que lhe foram passadas?

Coisas estranhas tinham acontecido.

Ou talvez ela estivesse fazendo tempestade em um copo d'água.

CAPÍTULO

82

— O que você acha? — Diane perguntou. — Devemos telefonar antes ou simplesmente aparecer de repente?

Matthew bebeu sua Dr. Pepper de cereja.

— Nesse caso, voto para aparecermos sem avisar. Com o filho deles sendo acusado de ter matado uma pessoa, duvido que os Tomkins nos convidem para uma visita, se telefonarmos antes. Se chegarmos e batermos à porta, não terão tempo para pensar. Isso poderia ser uma vantagem para a gente.

— É, acho que você tem razão — Diane disse. — Mas isso é o que menos gosto em meu trabalho. Eu fico me sentindo um urubu.

As casas de alvenaria e madeira da Washington Avenue eram adoráveis e bem cuidadas. Lindos gramados com arbustos bem podados davam a impressão de que as casas estavam localizadas em outro lugar, e não a poucos quarteirões da praia. A residência dos Tomkins era em uma esquina, uma grande casa vitoriana cinza com janelas brancas e porta preta. Toldos com listras cinza e brancas ficavam sobre as janelas. Petúnias vermelhas e brancas floresciam nas floreiras nas janelas e na varanda coberta.

— Quero este lugar — Diane disse quando o carro parou ao lado da calçada. — É perfeito. Quero me sentar em uma dessas cadeiras de balanço e passar meus dias.

— As aparências podem enganar, não é? — Matthew observou. — Olhando para este lugar, a última coisa do mundo que esperaríamos era que o rapaz que se criou aqui cresceu, perdeu o juízo e matou uma pessoa.

A equipe saiu do carro. Sammy ficou na rua enquanto filmava a casa. Diane percebeu alguém mexendo na cortina em uma das janelas da parte de baixo.

— Bem, eles sabem que estamos aqui — ela disse. — Não seria legal se eles saíssem para conversar com a gente?

— Não espere muito — Matthew disse.

— Tudo bem. Já filmei bastante a casa — Sammy disse ao tirar a câmera do ombro. — E agora?

Matthew pensou na pergunta por um minuto.

— Por que não filmamos a Diane dizendo alguma coisa que possamos usar mais tarde? Diane, você pode caminhar pela calçada, parar diante da casa e dizer algo bem abrangente para que possamos colocar na matéria depois.

— Entendi — ela disse. — Coloque o microfone em mim, Gary, e me dê alguns minutos para pensar no que vou dizer.

Ela desceu o quarteirão, compondo o texto mentalmente. Virou-se para olhar Matthew e a equipe, que estavam esperando na calçada logo depois da residência dos Tomkins. — Prontos?

— Vá em frente — Sammy gritou.

Diane começou a caminhar vagarosamente na direção da câmera e começou a falar: — Muitas pessoas consideram Spring Lake como a cidade mais bonita do litoral de Jersey. Também é uma das mais ricas. Existe uma sensação de bem-estar nessas graciosas ruas com casas cuidadosamente conservadas. Muitos sonhariam em criar seus filhos aqui, porque parece ser um lugar onde nada de ruim acontece.

Ela andou mais devagar ao se aproximar da residência dos Tomkins.

— Mas, para Arthur Tomkins, que foi criado nesta casa, deste bairro afluente, a bela Spring Lake é uma lembrança antiga.

Diane parou.

— O que você acha? — perguntou a Matthew.

Ele fez um sinal de aprovação.

— Vamos conferir, mas acho que você acertou logo de primeira.

— Quer que eu tente? — Matthew perguntou.

— Não — Diane disse. — É melhor eu fazer.

Ela subiu as escadas de alvenaria e tocou a campainha. Após um minuto, tocou novamente e escutou alguém vindo atender. Um senhor de cabelos brancos e vestido com uma calça cáqui e uma camisa pólo rosa de mangas curtas abriu a porta. A expressão dele deixava claro que Diane não era bem-vinda.

— Sr. Tomkins?

— Sim.

— Sou Diane Mayfield, da KEY News.

Os olhos azuis do homem a encararam, mas ele não disse nada.

— Desculpe o incômodo, sr. Tomkins. Mas gostaria de saber se o senhor estaria disposto a conversar conosco a respeito de seu filho, Arthur.

— Bem, minha jovem, você *está* me incomodando e não tenho nada a lhe dizer. Agora, por favor, vá embora.

Diane ficou surpresa quando o homem fechou a porta abruptamente.

Os quatro colocaram os equipamentos no porta-malas e entraram no carro.

— Bem — Matthew disse —, não é o fim do mundo se não tivermos uma declaração dos pais de Arthur. Valeu a pena virmos para cá para filmar os lugares bonitos de Spring Lake.

Quando o carro virou a esquina, eles viram uma mulher na calçada, acenando para eles. Sammy parou e Diane desceu o vidro de trás do carro.

— Podemos ajudá-la? — ela perguntou.

A mulher olhou para a casa dos Tomkins antes de aproximar-se da janela do carro.

— Sou Barbara Tomkins — ela disse. — Irmã de Arthur.

Diane já ia abrir a porta quando a moça a interrompeu:

— Não saia do carro — ela disse, ansiosa. — Não tenho muito tempo. Não quero que meus pais saibam que estou conversando com vocês.

— Tudo bem — Diane disse, tirando a mão da porta.

— Meus pais tentam fingir que Arthur não existe. Eles dizem que, se eu fizer contato com ele, posso esquecê-los e deixar de viver com eles para sempre.

— Sinto muito — Diane disse.

— Eu também — Barbara disse. — E eu fico em uma situação horrível. Meus pais são idosos e não viverão muito. Tirando Arthur, eu sou a única pessoa que eles têm. Mas não posso abandonar meu irmão.

Barbara olhou novamente para a casa antes de continuar:

— De vez em quando vou a Ocean Grove para visitar Arthur. Não tanto quanto deveria, mas tanto quanto me atrevo. Eu levo dinheiro e roupas para ele, mas ele só quer saber de vestir aquelas roupas do exército. A vida dele começou a se deteriorar quando ele foi convocado para lutar na Guerra do Golfo. Só Deus sabe por que ele quer se lembrar dela o tempo todo.

— Sra. Tomkins, o que a senhora pensou quando ficou sabendo que seu irmão foi preso sob a acusação de ter matado uma pessoa? — Diane perguntou, sabendo que restava um pouco de tempo para a conversa.

— Acho que eles cometeram um engano. Não acredito que Arthur seria capaz de matar alguém. *Nunca*. Em parte, foi por isso que ele sofreu com problemas mentais.

— Arthur matou alguém na guerra? — Diane perguntou.

— Bem, ele nunca admitiu para mim, mas eu suspeito que sim. E mesmo que não tenha matado, viu outras pessoas matando e sendo mortas. Isso é o bastante para levar qualquer pessoa à loucura.

Diane concordou.

— Preciso ir — Barbara disse, afastando-se da janela e tirando um pequeno envelope do bolso. — Preciso lhe pedir um favor. Arthur tem uma pessoa que cuida dele em Ocean Grove. Não sei o endereço dela e não tenho conseguido telefonar para ela, mas tenho um cheque aqui, para que possa ajudar Arthur como puder. Não ouso ir a Ocean Grove e me envolver na história. Vocês são da imprensa. Existe a possibilidade de procurarem essa pessoa e entregar este envelope a ela?

Diane estava prestes a dizer não, temendo que aceitar aquela responsabilidade implicasse um grande problema, quando viu o nome escrito no envelope. *Não deve ser difícil encontrar Shawn Ostrander*, ela pensou. E entregando o envelope, ela teria outra oportunidade de conversar com o jovem.

CAPÍTULO 83

Dois erros não formavam um acerto.

Apesar de a morte de Carly não estar nos planos, ela tinha acontecido. Isso era horrível. Mas, se um inocente pagasse pela morte de Carly, as coisas ficariam ainda piores.

O que fazer? O que fazer?

Como fazer a polícia saber que Arthur Tomkins era inocente?

CAPÍTULO

84

Anna conseguira cumprir seu turno no horário do almoço, apesar de ter derramado café gelado em um cliente e ter errado ao anotar os pedidos de outros três. Quando a outra garçonete chegou, Anna foi diretamente ao banheiro feminino trocar de roupa.

Ela abriu a bolsa de ginástica de náilon e tirou dela uma calça jeans e uma camiseta de mangas compridas. Apesar de saber que estava quente demais para vestir calça com blusa de manga comprida, tinha separado as roupas intencionalmente. Depois da sessão de terapia no consultório do dr. Messinger na tarde do dia anterior, tinha voltado para casa e usado a tesoura na parte interna das coxas. Fizera a mesma coisa antes de sair para trabalhar aquela manhã e sabia que provavelmente teria de repetir o ato à tarde. Mas não podia fazer cortes nas pernas de novo, por isso tinha levado a camiseta de mangas compridas.

No fundo da bolsa, encontrou os band-aids e os clipes de papel que jogara ali antes de sair de casa. Anna pegou um dos clipes e o torceu, para puxar uma ponta. Com ela, começou a arranhar a parte de dentro do antebraço.

O corte ajudava a extravasar as emoções dolorosas, os sentimentos difíceis de expressar que se acumulavam dentro dela. Mas precisava doer para valer a pena. Anna apertou com mais força contra a pele clara e macia.

Como tinha sido capaz de fazer aquilo com o sr. Veludo? Por mais malvada que Leslie fosse, Anna não poderia ter descontado em seu querido coelho. Anna tinha ódio de si mesma por ter feito aquilo.

A ponta do clipe entrou com mais força em seu braço, tirando sangue. Anna continuou até sentir-se mais calma e mais controlada.

A batida na porta a deixou assustada.

— Já estou saindo — ela disse.

O mais rápido que conseguiu, Anna colocou band-aids sobre os cortes, vestiu a calça e a camiseta e jogou o clipe no lixo. Teria muito a confessar ao dr. Messinger em sua sessão individual de terapia daquela noite.

CAPÍTULO

85

Enquanto voltavam para Ocean Grove, Diane pegou o envelope que a irmã de Arthur lhe dera e analisou o nome escrito nele.

— Shawn Ostrander — ela disse. — Ele saía com Leslie Patterson, namorou Carly Neath e agora descobrimos que tem uma relação com Arthur Tomkins. Duas vítimas e o suspeito.

— Um triplo denominador comum — Matthew disse.

Diane concordou.

— Agindo como mensageiros da irmã de Arthur, teremos uma boa desculpa para conversar com ele de novo.

A central telefônica só tinha um Shawn Ostrander em seus registros. Quando tentou contatá-lo ninguém atendeu, mas Diane deixou um recado:

— Aqui é Diane Mayfield, Shawn. Estou com algo que me pediram para entregar a você. Por favor, retorne minha ligação e poderemos combinar um horário conveniente para nos encontrarmos.

Enquanto Diane deixava a mensagem, Matthew telefonou para Nova York. Os planos não tinham mudado. Continuavam não tendo de realizar uma matéria para a transmissão da noite, mas, é claro, havia mais coisas que eles podiam gravar para a matéria do *Hourglass*.

— São três horas — Matthew disse. — Que tal fazermos um intervalo e voltarmos a nos encontrar mais tarde? Haverá um concerto de verão no Grande

Auditório às oito. Podemos filmar o local e talvez pegar algumas declarações dos presentes a respeito da prisão de Arthur Tomkins.

Diane ficou em silêncio.

— É claro que eu poderia ir sozinho e fazer o que fosse preciso com a equipe. Você não precisa ir, Diane.

— Não, está tudo bem, Matthew. Posso ir. Só estava pensando se as crianças e Emily gostariam de ir conosco. Não estou passando muito tempo com elas.

Antes que Matthew pudesse responder, o telefone de Diane tocou. Era Leslie Patterson dizendo que estava disposta a conversar com eles novamente, assim que possível.

Leslie estava esperando em um banco perto do centro de informação da praia quando o pessoal da KEY News chegou. Diane sugeriu que elas se encontrassem no calçadão, sabendo que os cameramen iam querer gravar longas tomadas da correspondente e da entrevistada conversando enquanto caminhavam juntas, um material que poderia ser usado com a narração no segmento editado. Leslie e Diane usariam os microfones presos às roupas, para o caso de alguma pergunta ou resposta ser interessante para a matéria.

— Que tal caminharmos pelo calçadão, em direção a Asbury Park, enquanto conversamos? — Diane sugeriu depois que os microfones estavam ligados. Andando para trás, a equipe de filmagem gravou as duas mulheres caminhando e Diane começou a conversa:

— Sabe, Leslie, uma coisa sobre a qual não conversamos durante a outra entrevista, no sábado, no local onde você foi encontrada, é sobre o que você se lembra da noite em que foi libertada. Como chegou ao belvedere?

Leslie continuou caminhando, olhando para o Casino a distância.

— Bem, eu me lembro que estava com dor de cabeça, assim como imagino que Carly deve ter sentido, se o assassino acertou um golpe em sua cabeça, como aconteceu comigo. Lembro que minhas mãos e meus pés ainda estavam amarrados e ele me pegou pelos braços e me arrastou de onde estávamos.

— Você reagiu? — Diane perguntou.

Leslie abaixou a cabeça.

— Não, gostaria de dizer sim, mas não relutei. Eu estava com tanto medo de que ele me matasse, que não reagi.

— Então ele empurrou um peso morto?

— Sim — Leslie concordou.

— E depois, o que aconteceu? — Diane olhou para as tábuas do chão enquanto escutava a resposta de Leslie:

— Quando saímos de onde estávamos, o barulho do mar ficou mais forte. Eu me lembro que senti o ar mais fresco. Mas foi durante um ou dois minutos, porque, logo depois, ele me puxou e me colocou no porta-malas.

— Do carro dele?

— Acredito que sim. Eu estava de olhos vendados, mas tive de me encolher para caber no espaço e ouvi a porta do bagageiro sendo fechada. Meu Deus, foi assustador! — Leslie esfregou os braços nus, apesar do calor da tarde.

— Posso imaginar — Diane disse. — O que aconteceu depois?

Leslie respirou fundo e continuou:

— Pude sentir que estava sendo levada. Percebi que estávamos em movimento. Não consegui saber em que direção seguíamos.

— Quanto tempo vocês permaneceram em movimento?

— Não sei ao certo. Parece ter sido muito tempo, mas todos os minutos que passei presa pareciam muito tempo. Talvez pouco tempo tenha passado quando o carro parou e o bagageiro foi aberto.

— E depois?

As mulheres tinham chegado ao final do calçadão, com o antigo Casino diante delas. Elas pararam e se seguraram no parapeito para olhar a água, enquanto a equipe de filmagem descia para filmá-las da praia.

— Depois ele me puxou e me levou pelo gramado, me deixando ao lado do belvedere. Acho que foi o mesmo que aconteceu com Carly — ela disse. — A diferença é que ela não teve a mesma sorte que eu tive. Ela já estava morta quando ele a deixou ali.

— Vamos nos sentar naquele banco para finalizar a entrevista? — Diane sugeriu. As duas pararam de conversar ao se sentarem e os cameramen voltaram da praia e se posicionaram de novo.

— Leslie, da última vez que conversamos, você me contou sobre a dança que seu seqüestrador lhe forçou a fazer.

— Sim? — Leslie torceu as mãos sobre o colo.

— Pode me dar mais detalhes?

Leslie suspirou profundamente.

— Foi horrível não saber quem estava me segurando daquele jeito. Eu gostava de dançar antes disso. Eu me lembro de meu pai dançando comigo quando eu era criança, permitindo que eu subisse em seus pés enquanto dançávamos pela sala. Também me lembro de como era maravilhoso dançar com Shawn. — A câmera registrou Leslie arrepiando-se. — Acho que nunca mais vou conseguir dançar com um homem.

Diane pensou nas últimas perguntas que faria.

— É terrível que Carly esteja morta, Leslie. Mas isso fez a polícia acreditar em você; fez todo mundo perceber que você não estava inventando uma história. Você se sente melhor, não é?

— Sim — Leslie respondeu baixando o tom de voz. — Eu me sinto melhor agora.

— Como foi perceber que todos achavam que você estava mentindo?

— Péssimo, péssimo. — Lágrimas encheram os olhos de Leslie. — Mas gostaria que ninguém precisasse ter morrido para as pessoas acreditarem em mim.

CAPÍTULO

86

Sua tia não o estava incomodando tanto naquela tarde. Desde que soubera que uma pessoa havia sido presa por seqüestrar aquelas mulheres, a tia Emily ficara mais tranqüila. Deixara Anthony caminhar pela praia sem querer saber aonde iria. Conseguiria ir ao Casino novamente, sem problemas.

Dentro do espaço úmido e cavernoso, o miniacampamento estava da mesma maneira que ele deixara no dia anterior. Mas, dessa vez, Anthony relaxou sobre o lençol amarelo e tomou um dos refrigerantes da caixa de isopor. Enquanto bebia, passou a imaginar de quem aquele lençol poderia ser e quem vestiria uma jaqueta de esqui como aquela. Talvez aquele fosse o lugar onde o cara que vestia roupas do exército ficava quando queria ficar sozinho. Talvez até vivesse ali.

Anthony queria saber, mas percebeu que não descobriria nada durante o dia. Precisaria voltar quando já estivesse escuro. Então poderia ver se alguém dormia ali à noite.

Anthony escorregou debaixo da lajota de concreto e seus olhos se ajustaram novamente à claridade. Voltou para a praia, parando algumas vezes para cavoucar a areia com o dedão do pé, tentando encontrar um pequeno caranguejo ou outra coisa enterrada. Ao se aproximar do guarda-sol familiar, viu que a mãe estava sentada ali, com Michelle e a tia Emily. Anthony correu até elas.

— Oi, mãe. O que você está fazendo aqui? — ele perguntou.

— Tive um intervalo no trabalho e decidi vir para cá ficar um pouco com vocês.

Anthony não quis dizer, mas estava feliz. Olhou para o calçadão e perguntou:

— Onde está o Matthew?

— Ele voltou para o hotel dele, mas pode encontrá-lo esta noite de novo, se quiser.

— Legal. Ele vai jantar de novo com a gente?

— Não. Vamos encontrá-lo depois do jantar. Está tendo um concerto de verão. Pensei que seria divertido se todos nós fôssemos.

Michelle rolou sobre a toalha de praia e colocou as mãos sobre os olhos, semicerrando-os sob o sol que ainda estava forte.

— Oba! O show da Dave Matthew's Band no Centro de Artes? — ela perguntou com um entusiasmo que Diane não via há muito tempo. — Vi alguns *flyers* sendo entregues por aí e queria muito ir.

— Não, querida — Diane disse. — Estava pensando em assistir à banda de verão de Ocean Grove no Grande Auditório.

Anthony não prestou atenção aos protestos da irmã. Estava pensando em seu plano de voltar ao Casino e se ainda seria possível concretizá-lo.

CAPÍTULO

87

Diane se lembrou de *Pollyanna*, o velho filme da Disney, ao observar as pessoas caminhando no terreno da Associação de Camping. Apesar de todos estarem vestindo as roupas de verão da moda do novo milênio, a atmosfera era de uma época antiga ao andarem pelas vias repletas de casas vitorianas. Na luz da noite de verão, tudo parecia calmo e seguro. Apenas a fita amarela de proteção da polícia, que envolvia o belvedere, denunciava o trauma sofrido pela cidade.

— Fiquei feliz por eles terem prendido o sujeito — disse o primeiro homem entrevistado por Diane. — Mas sinto muito por ele ter problemas mentais. De alguma forma, torna a situação mais triste.

— Não consigo tirar os olhos de meus filhos. Pelo menos podemos relaxar agora e aproveitar o restante de nossas férias — uma mulher disse. — Mas sinto-me mal por dizer isso, porque os pais daquela pobre garota devem estar sofrendo muito. Nunca mais terão férias felizes outra vez.

Após registrar mais algumas opiniões, Matthew orientou a equipe a andar pela área registrando imagens gerais.

— Quando terminarem, podem ir descansar. Telefonarei de manhã se tivermos que fazer alguma coisa para o *KEY to America*.

— Então não precisamos filmar o concerto? — Sammy perguntou.

— Não. Não precisamos de mais vídeos — Matthew respondeu. — Mas podem assistir, se quiserem.

— Não, obrigado — Sammy e Gary responderam quase em uníssono.

— Por que *nós* temos de assistir, se eles não têm? — Michelle perguntou ao vê-los partir.

— Porque é algo diferente que podemos fazer juntos, como uma família — Diane respondeu. — Não custa nada ficarmos para ver.

A banda começou a tocar seu repertório de música litorânea. Quando cantavam "à beira do mar, à beira do mar, à beira do belo mar", Michelle cochichou para Diane:

— Tire-me daqui!

— Esqueça a música se não gostou — Diane sussurrou. — Relaxe e observe este lugar. É maravilhoso.

Gigantesco era a melhor palavra para descrevê-lo. A maior construção de Ocean Grove era quase do tamanho de um campo de futebol americano. Quase sete mil pessoas poderiam ser acomodadas nos assentos sob o teto abobadado, com peças de madeira encaixando-se umas nas outras. O enorme órgão de teatro Hope-Jones, com seus dez mil tubos, alguns tão pequenos quanto um dedo humano, ficava no fundo do palco. A acústica era perfeita.

Enquanto Diane analisava o lindo ambiente, reparou em um dos porteiros perto de onde eles estavam sentados. A mulher que estava ao lado dele, segurando em seu braço, parecia familiar. Diane demorou um pouco para reconhecê-la. Era Helen Richey. Não parecia muito feliz.

Diane virou-se para o palco. Quando olhou para a porta de novo, o casal não estava mais lá.

CAPÍTULO 88

— Você nunca está feliz, não é, Helen? — Jonathan sussurrou, controlando o tom de voz. Queria gritar a plenos pulmões. Queria que todos soubessem que estava cansado da Associação de Camping de Ocean Grove, que não suportava mais viver em uma barraca e que não tinha a menor vontade de se manter completamente sóbrio como uma pedra o dia todo, todos os dias. — Estou aqui, cumprindo meu compromisso com a associação, servindo como voluntário para trabalhar como porteiro em um dos concertos da cidade, quando há centenas de outras coisas que eu gostaria de estar fazendo, e mesmo assim você não está satisfeita. Já estou desistindo de fazê-la feliz, Helen.

Helen estava feliz por estar escuro o suficiente, para que ele não visse as lágrimas enchendo seus olhos. Ela o seguiu enquanto ele subia a Pilgrim Pathway, mas o chamou, pedindo que parasse antes de eles entrarem na Bath Avenue. Quando chegassem à rua, os vizinhos conseguiriam ouvir tudo que eles dissessem.

Jonathan virou-se e esperou que a esposa se aproximasse. Ela tentou segurar no braço dele, mas ele se esquivou.

— Tudo bem. Vou dizer por que estou tão chateada.

Ela não conseguiu ver a expressão dele, mas sabia que ele estava olhando para ela, ansioso.

— É porque tenho sofrido muito estresse.

— Que estresse? — Jonathan perguntou. — Você está passando seu verão exatamente como quis, não é? Se tem alguém estressado aqui, Helen, esse alguém sou eu.

— Sei que você não gosta daqui, Jonathan — ela disse carinhosamente. — E talvez eu tenha errado insistindo para virmos para cá todo verão. Nunca vou me perdoar se te fiz tão infeliz a ponto de você cometer uma loucura.

— Do que você está falando?

Helen não conseguiu mais se conter.

— Você esteve aqui em Ocean Grove na última quinta-feira? Eu olhei em sua carteira e encontrei o cartão de uma imobiliária com uma anotação no verso: "Quinta-feira, 16h00."

— Por que você mexeu na minha carteira, Helen? — ele perguntou, com raiva.

— Jonathan, acredite em mim. Eu nunca tinha mexido em sua carteira antes. É que eu vi você mentindo para a polícia, dizendo que estava presente quando Carly partiu aquela noite. E depois confirmei sua versão mentindo para o pessoal do telejornal. Isso está me corroendo, Jonathan.

— Por isso você mexeu na minha carteira?

— Eu não sabia o que estava procurando — ela gaguejou. — Acho que esperava encontrar alguma coisa que me mostrasse que tudo estava bem. — Ela olhou para o chão. — Estou envergonhada do que fiz, mas é a verdade — admitiu.

Quando olhou para ele de novo, Jonathan estava olhando para o céu. Se ela esperava que seu pedido de desculpas o induzisse a uma explicação a respeito do cartão em sua carteira, ficaria esperando.

— Helen, você não precisa saber tudo que eu faço. Vou dar uma volta — ele disse. — Tenho que pensar em algumas coisas.

Quando o marido desceu a rua, Helen não sabia o que fazer. Mas, por enquanto, sabia que precisava voltar para a barraca e liberar sua vizinha, a sra. Wilcox, que estava cuidando de suas filhas. Jonathan podia ir embora. Ela não.

CAPÍTULO

89

— Toda autoflagelação, seja corte, queimadura, pancadas, qualquer coisa, é uma tentativa de aliviar a dor — o dr. Messinger explicou ao sentar-se ao lado da estante em seu consultório.

— Isso não faz o menor sentido — Anna disse. — Machucar-se para aliviar a dor. — Ela tinha ido para casa para trocar de roupa, vestindo uma saia de algodão solta, e sentiu-se confiante por ela cobrir seus ferimentos.

— Não faz, não é? E os cortes são uma solução rápida, Anna. Não resolve nada definitivamente. — O dr. Messinger olhou para o relógio na parede. — Vamos parar por aqui, Anna. Até semana que vem.

Anna levantou-se, obediente, mas sem saber se deveria se sentir triste ou feliz. Não gostava da maneira abrupta com que o dr. Messinger terminava as sessões. Mais uma vez, quando sentiu que finalmente podia estar entendendo o porquê de fazer o que fazia, Messinger dizia que o tempo deles estava esgotado. Mas Anna sempre se sentia aliviada quando as sessões terminavam.

Mas ela sabia que parte de sua saúde mental dependia de sua capacidade de persistir. Terça-feira às nove da noite era muito tarde. Queria pedir ao dr. Messinger que marcasse sua consulta para um horário diferente, mas, até agora, ficara com vergonha de dizer não.

— Dr. Messinger?

— Sim, Anna?

— Gostaria de saber se o senhor pode me agendar para outro horário. Gostaria que a consulta fosse mais cedo.

Messinger estava concentrado em suas anotações e sequer levantou a cabeça. — Podemos falar sobre isso na próxima semana.

Ela disfarçou a frustração, mas, antes de partir, apontou para a estante.

— Onde estão todas as pastas coloridas? Percebi que o senhor estava escrevendo em uma nova hoje. É um tom diferente de verde.

— Não quero que se assuste, mas alguém invadiu meu consultório no final de semana, Anna. As pastas foram levadas.

Ele observou a expressão dela.

— O senhor quer dizer que alguém está com todas as anotações que o senhor fez sobre mim? — ela perguntou, horrorizada. — Um estranho pode ficar sabendo de todas as coisas particulares que contei ao senhor?

— Anna, por favor. Tente não se incomodar. Minhas anotações são feitas com abreviaturas e códigos próprios. Duvido que alguém consiga decifrá-las, além de mim.

Ao sair do estacionamento, Anna se perguntou se algum dia ficaria curada. Fazia terapia há mais de dois anos, e apesar de o dr. Messinger afirmar que ela estava tendo progresso, não percebera nenhuma diminuição na freqüência com que se cortava nem em sua obsessão com a quantidade de comida que ingeria. Além disso, sentia-se completamente incomodada com a terapia com as lâminas de barbear que ele insistia em usar no grupo. Observara o dr. Messinger fazendo diversas anotações durante as sessões de terapia em grupo. Isso sempre fazia com que ela sentisse que estava sendo estudada e não tratada. Agora, as anotações sobre ela tinham sumido. Seria um sinal? Será que ela deveria começar do zero com um novo terapeuta?

Anna estava absorta em seus pensamentos quando jogou a bolsa no banco traseiro do velho Crown Victoria azul-escuro de seu pai, colocou o cinto de segurança e tirou cuidadosamente o enorme carro da vaga de estacionamento.

Era fundamental deixar que o consumidor de gasolina que Anna dirigia avançasse o suficiente para que a garota não suspeitasse que estava sendo seguida. Os detalhes do plano daquela noite estavam indefinidos como na noite de sexta-feira, com Carly. Não havia como saber onde e quando a oportunidade de pegar Anna apareceria. Mas seu destino final para aquela noite estava decidido.

Lembrando que o McDonald's mais próximo ficava na Main Street, em Asbury Park, Anna virou naquela direção. No drive-through, ela analisou todas as opções no quadro colorido que apresentava o cardápio. Fez uma careta de nojo ao ver tantos alimentos ricos em calorias.

O cliente parado atrás dela buzinou. Estava demorando demais. Ansiosa e tensa, Anna saiu com o carro da fila sem fazer seu pedido e encontrou uma vaga no estacionamento.

Tentou recompor-se. Se quisesse ficar curada, tinha de seguir as instruções do terapeuta. Como podia culpar o dr. Messinger por sua falta de progresso, a menos que realmente tentasse fazer o que ele recomendava? Tinha de entrar, comprar um Big Mac e tentar comer um pouco.

Decidida, Anna saiu do carro e atravessou o estacionamento.

Do lado de fora, era possível ver Anna pela ampla janela de vidro. Coitadinha. Sob a luz forte do restaurante, ela parecia muito preocupada, com a expressão triste enquanto esperava em pé na fila, analisando o quadro do cardápio.

O estacionamento estava quase cheio, mas a maioria dos veículos estava vazia. Os poucos clientes que quiseram comer dentro do carro estavam concentrados em abrir e consumir seus lanches. Foi muito fácil caminhar até o velho carro azul, abrir a porta que não estava trancada e entrar no banco de trás.

CAPÍTULO

90

— Do mar ao mar brilhante. — O público cantou a última canção do concerto e começou a sair pelo corredor.

— Foi bom, não é? — Diane perguntou ao grupo quando eles saíram.

— Foi bacana — Matthew disse.

— Como uma coisa de outra era — Emily disse, enquanto Michelle e Anthony faziam caretas de enfado.

Diane tirou o celular da bolsa e checou as mensagens.

— Ainda não recebi retorno de Shawn Ostrander. Acho que deveríamos entregar o envelope da irmã de Arthur a ele. Como saberemos quais decisões estão sendo tomadas para que Arthur seja legalmente representado? Shawn precisa saber que dispõe de recursos para defender Arthur.

— Sabe o que eu posso fazer? — Matthew disse. — Posso ir ao Stone Pony antes de voltar para o hotel e ver se Shawn está trabalhando esta noite. Deixo o dinheiro e vejo se ele tem alguma coisa a dizer sobre tudo que está acontecendo.

— Isso mesmo. Se não se importar em fazer isso, seria ótimo — Diane disse. — Veja se consegue convencê-lo a nos conceder uma entrevista amanhã.

Anthony interrompeu:

— Mãe, posso ir com Matthew?

— Acho que não é uma boa idéia, Anthony.

— Por que não? Não tenho mais nada para fazer. É melhor que voltar para aquele lugar velho onde estamos hospedados.

— O Stone Pony é um bar, Anthony. Não é lugar de criança.

— Eu fico esperando no carro. Com as portas trancadas. Eu prometo, mãe. O Matthew não vai demorar muito, não é, Matthew?

Diane olhou para o produtor.

— O que você acha? — ela perguntou.

— Por mim, tudo bem, se você deixar.

— Tudo bem, Anthony. Mas obedeça Matthew. E quando voltar para a pousada, vá ao meu quarto.

CAPÍTULO

91

Anna sentou-se no banco do motorista. Prendeu a respiração ao desembrulhar o Big Mac. *Você consegue,* ela pensou.

Olhou para os dois lados, para ver se alguém a observava de um dos carros estacionados. Ninguém parecia estar prestando atenção a ela.

Ela tentou não permitir que o aroma a impedisse de levar o lanche à boca. Resolveu não pensar em seu corpo e no que alimentos como aquele poderiam fazer a ele. Tinha acabado de reunir a coragem necessária para dar a assustadora primeira mordida, quando alguém do banco de trás acertou-lhe algo duro e pesado na lateral de sua cabeça.

CAPÍTULO

92

— Ele não veio esta noite — o garçom gritou acima do som que tocava. — Telefonou e me pediu para vir trabalhar no lugar dele. Disse que precisava ajudar aquele rapaz com problemas mentais com quem ele sempre é visto.

Matthew ficou tentado a deixar o envelope com o garçom substituto, mas mudou de idéia. Deveria entregá-lo diretamente a Shawn. Além disso, isso daria a eles mais um motivo para voltar a falar com Shawn no dia seguinte, e talvez ele concordasse em conceder uma entrevista depois que o pessoal da KEY News tivesse feito um favor a ele e a Arthur Tomkins.

Ao ouvir a banda tocando, Matthew pensou que gostaria de ficar um pouco mais e tomar uma cerveja. Mas com Anthony esperando dentro do carro, isso estava fora de questão. Ele saiu do bar e foi direto para o veículo. Anthony, conforme prometera, estava lá dentro, com as portas trancadas.

O carro parou em frente à pousada Dancing Dunes. Segurando um sorvete de nozes de casquinha parcialmente devorado com uma mão, Anthony abriu a porta do passageiro com a outra.

— Obrigado, Matthew. Foi melhor que ficar com minha mãe, minha tia e minha irmã.

— Não há de quê, Anthony. Até amanhã. Talvez possamos jogar outra partida de minigolfe à noite.

— Ótimo.

Anthony caminhou em direção às escadas de madeira que levavam à varanda da pousada, virou-se e observou o carro de Matthew se afastar. Quando as lanternas desapareceram na esquina, Anthony jogou seu sorvete no chão, desceu os degraus, atravessou a rua e desceu o calçadão apressadamente.

CAPÍTULO 93

O latejar em sua cabeça era horrível. Anna tentou abrir os olhos, mas havia algo que os apertava. Tentou endireitar o corpo e levantar a cabeça, mas voltou a cair no banco do carro.

Onde estava? O que tinha acontecido? Tentou se concentrar. O Big Mac. O carro no estacionamento. A primeira mordida. Depois, a dor forte.

Agora, percebia que estava dentro de um carro, sendo levada para algum lugar. Acima do som baixo do ar-condicionado, conseguia escutar outros carros passando. Estava no carro de seu pai — percebeu, pois reconheceu o barulho do motor e ainda sentia o cheiro do Big Mac.

Anna queria gritar por socorro, mas havia alguma coisa cortando os cantos de sua boca, impossibilitando-a de gritar.

Percebeu que o veículo tinha parado. Ouviu a chave sendo tirada da ignição. A porta do lado do motorista foi aberta e fechada novamente.

Gemeu ao ouvir a porta sendo aberta ao seu lado. Sentiu mãos a puxarem por baixo do braço, tirando-a do carro.

CAPÍTULO

94

Acreditando que ele poderia ter voltado e se esquecido de avisá-la, Diane atravessou o corredor e bateu à porta do quarto de Anthony. Sem obter resposta, bateu com mais força. Nada. Então girou a maçaneta e descobriu que a porta estava trancada.

Voltou para seu quarto.

— Ele ainda não voltou — ela disse a Emily.

— Eles provavelmente foram comer uma pizza — Emily disse, ofegante enquanto fazia abdominais. — Pare de se preocupar.

CAPÍTULO

95

Anthony estava ficando cansado. Também sabia que não deveria esperar muito. Sua mãe o mataria se soubesse que ele tinha ido até ali. Se o dono do lençol e da caixa de isopor não aparecesse logo, Anthony teria de ir embora. Esperava poder entrar no quarto, se despir e ir para a cama antes de sua mãe procurá-lo. Teria de tentar escapar de novo na noite seguinte.

Mais cinco minutos, ele pensou, sentado no chão, com os joelhos encostados ao peito, escutando o mar do outro lado da parede do Casino. Um barulho mais forte interrompeu o leve quebrar das ondas, mas ele não soube dizer o que o causara ou de onde viera. Estava feliz que a luz da lua passava pela abertura no teto, oferecendo a única iluminação para o local.

Levantou-se, pronto para desistir, quando viu uma luz em movimento vindo em sua direção. Anthony remexeu-se em seu esconderijo para ver quem estava segurando a lanterna.

QUARTA-FEIRA

24 de AGOSTO

CAPÍTULO

96

— Não deveria estar demorando tanto.

— Relaxe, Diane. Não há motivo para se preocupar — Emily disse enquanto afastava a colcha da cama de solteiro.

— Já passa de meia-noite. Eles já deveriam estar de volta. Todo mundo vai ter de me aturar — Diane disse com determinação. — Vou telefonar para o celular de Matthew.

— Anthony não vai gostar de você estar ligando para saber dele — Emily disse enquanto ajeitava o travesseiro. — Vai achar que você o está tratando como um bebê. Ficará envergonhado.

— Paciência. — Diane encontrou seu celular na bolsa e teclou os números. Tocou cinco vezes, e então ouviu a voz de Matthew:

— Olá. Aqui é Matthew Voigt. Por favor, deixe sua mensagem e retornarei a ligação assim que possível.

— Matthew. É Diane. Só estou ligando para saber como estão as coisas com Anthony. Vocês devem ter saído para comer alguma coisa. Provavelmente já devem estar voltando. Mas me ligue.

De volta ao Stone Pony, Matthew bebia um Rolling Rock e batia os pés ao ritmo da música. O som alto abafou o toque do celular.

CAPÍTULO

97

Escondido atrás da arquibancada, Anthony observava, fascinado, sem saber ao certo o que estava vendo. A lanterna havia sido deixada sobre o lençol pela pessoa maior das duas que estavam ali. Quando a luz amarela iluminou o chão, Anthony pôde ver a parte inferior dos corpos com mais clareza que a superior. Um par de tornozelos podia ser visto. Eram os tornozelos mais finos que ele já vira. Será que a pessoa em questão era uma criança?

Perto das pernas finas como as de um passarinho ele viu um par de pernas com calça larga. Anthony prendeu a respiração ao ver as pernas cobertas mais próximas das pernas nuas. Então viu os dois pares de pernas moverem-se para os lados, juntas. De um lado para outro, indo e voltando, os corpos se mexiam ritmicamente. Assustado, Anthony começou a balançar-se vagarosamente e percebeu que os três corpos dentro do Casino escuro se moviam ao ritmo das ondas do mar.

O mar. Estava a poucos metros dali, do lado de fora, mas poderia estar no outro lado do mundo. A animação de Anthony começou a se transformar em ansiedade. A dança, se é que poderia ser chamada assim, o estava aterrorizando. Queria sair do Casino e correr o mais rápido que conseguisse para o calçadão. A pousada que há algumas horas tinha sido alvo de suas reclamações repentinamente se tornara o lugar mais convidativo do mundo. Sua cama, os lençóis limpos, um banho quente, sua mãe.

CAPÍTULO

98

A banda terminou sua apresentação. Matthew pegou a carteira do bolso, tirou algumas notas e as deixou sobre o balcão. Tomou os últimos goles de sua terceira cerveja e saiu do Stone Pony.

A brisa da noite estava agradável, bem diferente do calor implacável do dia. Matthew sentia-se bem e sorria. Estava satisfeito com seu dia e com o trabalho que estava realizando. Mas era uma pena saber que o que era uma história sensacional para ele estava causando sofrimento a tantas outras pessoas.

Atravessou a rua e partiu em direção ao sul, paralelamente ao oceano Atlântico, vendo seu carro em uma vaga de estacionamento próximo àquela velha construção do Casino. Tropeçou em uma garrafa vazia na rua, controlou-se para não cair e continuou caminhando. Ao aproximar-se da porta do carro, deixou cair as chaves, voltou a pegá-las e atrapalhou-se para destravar a porta. Por fim, Matthew abriu a porta e entrou, sem notar o Crown Vic azul-escuro estacionado atrás de seu veículo.

CAPÍTULO

99

Com a iluminação da lanterna, os dois dançarinos diminuíram o ritmo e pararam de se mover. Um deles ajoelhou diante do outro, e Anthony observou enquanto a pessoa usando a jaqueta de esqui prendeu os dois tornozelos nus e frágeis, envolvendo-os com alguma coisa. As algemas de plástico, ele percebeu, com o coração acelerado.

Agora, com as mãos e os pés presos, a pessoa menor parecia uma boneca de pano ao ser deitada sobre o lençol. Sob a escassa iluminação no chão do Casino, Anthony conseguiu ver a cabeça da garota pela primeira vez. Um pequeno nariz podia ser visto entre a mordaça e a venda nos olhos.

Anthony sentiu o gosto do sorvete de nozes quando seu estômago agitado tentou colocá-lo para fora. Aquilo não era uma brincadeira.

Precisava sair dali. Precisava buscar ajuda.

CAPÍTULO

100

Matthew estava entrando no estacionamento do hotel quando ouviu o celular tocar.

— Graças a Deus — Diane disse. — Estou tentando falar com você há bastante tempo. Onde vocês estão?

Vocês? Matthew pensou ter ouvido errado.

— Acabei de voltar para o hotel.

— E Anthony?

Se Matthew estava um pouco alterado pela bebida, rapidamente ficou sóbrio diante da pergunta de Diane.

— Ele deveria estar aí na pousada com você.

— Mas não está.

— Diane, eu juro. Eu o deixei aí um pouco depois das onze. Você já olhou no quarto dele?

— É claro que sim — ela respondeu. — Ele não está lá.

— Já estou indo para aí — Matthew disse, saindo do estacionamento.

CAPÍTULO

101

— Michelle — Diane chamou, tocando o ombro da filha. — Michelle, acorde.

— O que foi? — Os olhos de Michelle se entreabriram.

— Você sabe para onde Anthony foi?

— Acho que ele está no quarto dele. — E voltou a fechar os olhos.

— Michelle, por favor. Acorde e me escute.

Michelle apoiou-se em um cotovelo.

— Tudo bem, estou acordada — ela disse, esfregando os olhos.

— Matthew disse que ele deixou o Anthony aqui na pousada há mais de uma hora, mas ele não está no quarto dele. Tem idéia de onde ele possa estar?

— Não sei. Mas eu não me preocuparia com isso, mãe. Você sabe como ele é danado.

— Sim, mas é o *meu* danado e *estou* preocupada, Michelle — Diane respondeu. — Acho que você não percebe a gravidade da situação.

Diane e Emily estavam na recepção conversando com Carlos quando Matthew entrou com uma expressão séria.

— Carlos está dizendo que não viu Anthony entrar — Diane disse a ele.

— Sim, e estou aqui desde o começo da noite, arrumando a papelada — o dono da pousada explicou.

Matthew aproximou-se de Diane.

— Não quero assustá-la sem motivo — ele disse —, mas diante do que está acontecendo na cidade, acho que devemos telefonar para a polícia.

— Já telefonei — ela disse.

CAPÍTULO

102

A polícia tinha dois carros de patrulha e eles já estavam ocupados. Um estava na casa de Anna Caprie, com os policiais colhendo informações dos transtornados pais da garota, e o outro indo ao consultório do terapeuta dela. Se o prédio ou o estacionamento era o local de um crime, era importante isolá-los imediatamente.

Os telefonemas para a residência e para o consultório de Owen Messinger não eram atendidos. De acordo com Bill e Angela Caprie, a filha deles tinha ido à consulta semanal com o terapeuta. A última vez que tinham visto Anna fora às oito da noite, quando ela saiu.

Temerosos de que aquela pudesse ser a continuação do pesadelo que estava abalando Ocean Grove, o comandante Albert foi chamado em sua residência. Tinha acabado de chegar à delegacia quando Diane Mayfield telefonou. Sabendo da ligação dela com a imprensa, o chefe de polícia decidiu que ele mesmo falaria com ela.

Manteve a voz calma e disse que mandaria um carro de polícia à Dancing Dunes assim que possível, mas não contou a ela que outra mulher de Ocean Grove estava desaparecida... uma mulher que não poderia ter sido seqüestrada por Arthur Tomkins, pois ele estava preso.

CAPÍTULO

103

E se ninguém acreditasse nele? E se, quando saísse do Casino e corresse de volta à pousada, antes de conseguir ajuda para voltar, a pessoa com a jaqueta de esqui, capuz e luvas já tivesse ido embora, levando consigo a garota amarrada e amordaçada?

Por precaução, Anthony decidiu que precisava de provas. Calculou a distância de seu esconderijo para o caminho que levava à saída. Não era longe e ele era rápido. Poderia tirar a foto e correr, escapando antes de ser pego.

Tirando a câmera do bolso e segurando-a diante dos olhos, Anthony centralizou as pessoas na tela de cristal líquido o melhor que pôde, apesar da má iluminação. A imagem estava escura, mas sabia que assim que o flash fosse acionado, as duas pessoas seriam bem registradas na foto.

Anthony queria focalizar o rosto. Percebendo que só tinha uma chance para acertar, esperou que a pessoa de jaqueta se virasse para onde ele estava.

CAPÍTULO

104

Os guardas municipais encontraram o escritório do dr. Messinger vazio. O prédio estava trancado, e as venezianas, fechadas.

Na delegacia, o comandante Albert ouviu o relato de seu subordinado pelo rádio. Estava claro que Arthur Tomkins não havia seqüestrado a terceira vítima, e Albert já não sabia se estivera certo a respeito de suas suspeitas em relação a Shawn Ostrander também. Talvez tivesse se deixado convencer pelas estatísticas que apontavam que ex-maridos e namorados eram os que mais cometiam esses tipos de crime, e, por isso, automaticamente se voltou para Shawn. Mas o comandante não podia se sensibilizar. Seu raciocínio fazia sentido, ainda mais porque não uma, mas duas vítimas tinham sido namoradas do rapaz.

Leslie Patterson e Anna Caprie eram pacientes do dr. Owen Messinger. O terapeuta poderia ter seqüestrado as duas jovens? Mas como Carly Neath entrava na história?

O comandante Albert não tinha as respostas para as perguntas que lhe ocorriam. Mas precisava de respostas, rapidamente — antes que outra garota morresse. Psicológica e economicamente, Ocean Grove não conseguiria enfrentar mais uma morte.

Eles precisavam procurar na residência de Messinger. Se o doutor não permitisse a entrada deles, um juiz teria de ser acordado para expedir um mandado de busca.

CAPÍTULO 105

Enquanto Helen observava as filhas dormindo, sentiu que seu mundo estava desmoronando. Jonathan ainda não havia retornado para a barraca. A cada minuto que passava, Helen sentia mais medo de que o marido tivesse alguma coisa a ver com os desaparecimentos de Leslie Patterson e Carly, e com a morte subseqüente de Carly. Isso tornaria o homem que ela acreditava conhecer tão bem, o homem com quem tivera duas filhas, o homem a quem ela prometera ser fiel até que a morte os separasse — um assassino.

Não sabia se queria ou não que Jonathan voltasse. Se o confrontasse, não sabia do que ele seria capaz. Será que seria capaz de machucá-la — ou, pior ainda, de machucar as filhas? Helen também não tinha coragem de telefonar para a polícia. Ainda amava Jonathan e não queria ser a responsável por denunciá-lo.

Hannah colocou o dedo na boca, e Helen automaticamente o tirou de lá. Colocou a perna gordinha de Sarah novamente debaixo do lençol. Aqueles anjinhos valiosos eram muito pequenos, muito inocentes. Como explicaria às filhas o que o pai delas fizera?

CAPÍTULO

106

A pessoa abriu a caixa de isopor, pegou uma lata de dentro dela, tirou a mordaça da garota e despejou o refrigerante diet em sua boca. Anthony a ouviu tossindo, engasgada com o líquido. Segurando a câmera firmemente, esperou sua chance. Mas a pessoa não olhava para a frente. Mantinha a cabeça baixa e parecia analisar o conteúdo da caixa de isopor.

Anthony prendeu a respiração, xingando a si mesmo, sabendo que havia mudado a posição das coisas dentro da caixa. Será que a pessoa de jaqueta de esqui tinha percebido?

A tampa da caixa fechou com barulho e a pessoa olhou para a frente, bem na direção de Anthony.

CAPÍTULO

107

— Carlos, você pode, por favor, usar sua chave para abrir o quarto de Anthony para nós? — Matthew perguntou. — Talvez encontremos alguma coisa que nos ajude a descobrir para onde ele foi.

— Por que não pensei nisso? — Diane perguntou.

— Porque, agora, você é mãe, e não uma repórter investigativa, Di. Dê um tempo a si mesma — Emily disse.

Diane, Matthew, Emily e Carlos entraram no quarto decorado com motivos náuticos e Diane respirou fundo ao ver a cama feita. O quarto estava bem arrumado, graças à limpeza que a camareira havia feito durante o dia. Apenas a sunga de Anthony estava jogada no chão, onde ele a deixara ao voltar da praia de tarde. Diane a pegou. Ainda estava úmida.

Matthew aproximou-se da cômoda. Um nécessaire de couro, com as iniciais de Anthony, contendo uma escova de dentes, uma pasta de dentes e um frasco pequeno de desodorante, estava sobre ela. Diane se lembrou de como o filho se sentira orgulhoso ao ganhar aquele kit Dopp de presente de aniversário, dois anos antes. Sentira-se muito feliz por ter um estojo como o do pai.

Philip. Ó Deus, por que Philip não pode estar aqui agora? Diane precisava dele. Mas, com determinação, afastou o pensamento de sua mente. Não havia nada que Philip pudesse fazer de onde estava. Dependia dela manter o controle e encontrar o filho deles.

— Posso? — Matthew perguntou ao segurar os puxadores da primeira gaveta.

— Vá em frente — Diane disse.

Dentro da gaveta, havia cuecas e alguns pares de meia. A segunda gaveta guardava as camisetas e shorts. Na última gaveta havia um Game Boy e alguns cartuchos.

— Parece que não há nada mais aqui que possa nos ajudar — Matthew disse ao analisar os objetos.

Diane sentiu um aperto no peito.

— Esperem um pouco. — Matthew pegou outro cartucho, diferente dos outros. — Este aqui não é de Game Boy. É um cartão de memória.

Diane olhou para ele sem entender.

— É de uma câmera digital. Arquiva fotos. Agora só precisamos da câmera de Anthony para ver o que há nela. — Matthew continuou procurando na gaveta.

— A câmera de Anthony não está aqui — Diane disse, com tristeza. — Ele a levou para o show de hoje à noite.

— Tudo bem — Matthew disse. — Não se preocupe. Este cartão entra em uma das aberturas do meu computador. — Ele já ia saindo. — Está no hotel. Vou buscá-lo.

— Espere um pouco — Carlos interrompeu. — Não precisa buscar seu computador. O meu laptop está lá embaixo. Vamos até lá colocar esta belezinha nele. Com alguns cliques do mouse, veremos todas as fotos que Anthony salvou.

CAPÍTULO

108

Anthony sabia que quando o flash fosse acionado teria de correr como nunca. Tentando manter-se calmo, apertou o acionador da câmera pela metade para acertar o foco e a exposição. Inspirou enquanto apertava o botão até o fim, para tirar a foto. E então veio o flash.

Em um rápido movimento, Anthony virou-se e correu, segurando a câmera com força, sabendo que estava sendo perseguido. Mas sabia que tinha a vantagem da surpresa e a velocidade da juventude ao seu lado.

Estava quase alcançando a abertura que o levaria à praia quando tropeçou em uma lata enferrujada.

CAPÍTULO

109

Na Dancing Dunes, o grupo estava reunido ao redor do balcão da recepção. Carlos estava inserindo o cartão de memória em uma abertura do laptop quando Kip entrou pela porta da frente.

— Nossa! O Club Paradise estava muito animado hoje — ele disse, ofegante. — Carlos, eu deveria ter insistido para você ir comigo a Asbury Park, em vez de ficar organizando a papelada. — Kip parou ao notar a expressão preocupada de todos. — O que aconteceu? O que está havendo?

Carlos explicou que Anthony estava desaparecido.

— Meu Deus, não. — Kip ficou sério no mesmo instante. — O que está acontecendo nesta cidade? Eu passei no 7-Eleven para comprar leite para o café da manhã e fiquei sabendo que mais uma garota sumiu esta noite.

CAPÍTULO

110

Quando ele caiu, a câmera lhe escapou das mãos. Rapidamente, tentou levantar-se enquanto procurava no chão escuro. Ali estava ela. A máquina fotográfica que guardava a prova do que ele acabara de testemunhar.

Ele levou um segundo para pegar a câmera, mas foi só o que a pessoa de jaqueta de esqui precisou para aproximar-se e agarrar o tornozelo dele.

CAPÍTULO

111

Quando a polícia chegou à casa do dr. Owen Messinger, não havia nenhuma luz acesa. Após tocarem a campainha e baterem à porta insistentemente, a luz da varanda foi acesa e o terapeuta abriu a porta.

— Sim? — ele perguntou, fechando seu robe e com os olhos semicerrados, tentando acostumá-los à luz. — O que houve?

— Dr. Messinger? Dr. Owen Messinger?

— Sim.

— Sabemos que uma jovem chamada Anna Caprie é uma de suas pacientes.

— Isso mesmo.

— E que ela teve uma consulta com o senhor esta noite?

— Sim — Owen respondeu. — O que houve? Alguma coisa aconteceu?

— A srta. Caprie não voltou para casa e os pais dela estão preocupados. O senhor se incomodaria se nós entrássemos em sua casa e déssemos uma olhada, dr. Messinger?

— Isso é ridículo, mas, claro, por que não? Não tenho nada para esconder.

Owen afastou-se e deixou os homens entrarem. Eles entraram nos quartos, subiram e desceram as escadas, abriram as portas dos guarda-roupas, procuraram atrás da cortina do boxe, debaixo das camas, e voltaram para a sala.

— Satisfeitos? — o médico perguntou com ironia, sem esperar que pediriam que ele os acompanhasse até a garagem e abrisse o porta-malas de seu carro.

CAPÍTULO

112

— Quem sabe que você está aqui?

Anthony encolheu-se de medo ao sentir o nervosismo na voz do seu captor. Não sabia se dizer que ninguém conhecia seu paradeiro o ajudaria ou o deixaria em maiores apuros. Então não disse nada.

— Como você ficou sabendo deste lugar?

Mais uma vez, Anthony não respondeu.

— Tudo bem, garoto. Como quiser.

Quando Anthony viu o metal brilhante e afiado vindo em sua direção, resolveu falar.

CAPÍTULO

113

Com alguns cliques, Carlos abriu as primeiras fotos do cartão de memória na tela do computador. Havia fotos tiradas da família antes da viagem a Ocean Grove. Fotos dos amigos de Anthony, locais familiares no Central Park, algumas imagens de um sem-teto que às vezes se alojava na Rua 74 até a polícia expulsá-lo. Diane reconheceu-se na foto que ele tirara dela na noite antes da viagem. Sentiu um aperto no peito ao lembrar-se da bronca que lhe dera por ele ter levado a câmera para a mesa do jantar.

— Por que não passamos adiante um pouco? — Matthew sugeriu. — Vamos ver as fotos que ele tirou aqui em Ocean Grove.

Anthony estivera ocupado, tirando fotos na praia de crianças com pranchas de surfe, *flying kites* e fazendo castelos de areia. Havia closes de caranguejos de areia e de um peixe morto. Diane sorriu ao ver a foto que Anthony tirara de uma adolescente cuja parte de cima do biquíni havia sido desamarrada por uma onda forte.

— Esperem um pouco — ela disse quando Carlos mostrou a próxima foto. — O que é isso?

Na tela do computador estava a imagem de um homem se abaixando e deitando na areia.

— Você pode dar um zoom para que possamos analisá-la melhor? — Matthew pediu.

Com mais alguns cliques, o perfil do homem ficou claro. Com a roupa militar gasta, ficou ainda mais fácil reconhecê-lo.

— É Arthur Tomkins — Diane disse. — Eu o reconheço da foto no artigo do *Asbury Park Press*. O que Anthony estava fazendo? Onde ele estava para ter tirado essa foto?

Emily intrometeu-se:

— Ele tem andado bastante pela praia. Sei que ele queria ficar longe da gente, das meninas, por isso eu o deixava andar um pouco. Ele deve ter tirado essa foto em uma das caminhadas.

A seguir, havia mais fotos tiradas na praia e, depois, outra de uma construção em ruínas.

— É o Casino — Carlos disse antes de continuar.

Fotografias de um mundo estranho apareceram na tela. Um palco vazio, arquibancadas cobertas por limo e candelabros enferrujados. Depois, uma foto do balcão e da barraca de refresco.

— Anthony deve ter entrado no Casino — Kip disse. — Você se lembra daquela vez que nós entramos lá para ver como era por dentro, Carlos?

— Sim, isso mesmo. — Carlos passou para a foto seguinte. A tela mostrou um lençol amarelo. Uma revista jogada e uma jaqueta vermelho-escura estavam em cima do lençol, ao lado de uma caixa de isopor branca.

— Próxima foto — Matthew disse.

A caixa estava aberta. Algumas latas de refrigerante, uma laranja e uma caixa de bolachas água e sal. Também havia um pacote.

— Pode aproximar aquele pacote, Carlos?

Matthew assoviou. — Então foi daí que ele as pegou.

— Pegou o quê? — Diane perguntou no mesmo instante.

— Na noite em que fomos jogar minigolfe, Anthony me mostrou algumas algemas de plástico. Ele me disse que as conseguira com o pai de um de seus amigos, que era policial.

Diane balançou a cabeça.

— Ele não tem nenhum amigo cujo pai seja policial.

— Certo. Agora sabemos que Anthony esteve no Casino. Mas quem deixou essas algemas lá? — Matthew perguntou.

Alguma coisa não estava se encaixando para Diane.

— Não me lembro bem — ela disse. — Mas a polícia não disse que Leslie e Carly tinham sido presas com algemas de plástico?

Matthew franziu o cenho ao relembrar a coletiva de imprensa.

— Não. Não me lembro de ter escutado isso. Mas isso não quer dizer que as algemas de plástico não tenham sido usadas. Os policiais podem ter escondido esse detalhe do público.

— Ainda assim — Diane disse. — Não estou gostando disso. — Ela analisou a tela do computador um pouco mais antes de fazer um pedido. — Você pode voltar para aquela foto, a que mostra a jaqueta de esqui e a revista?

Carlos concordou.

— Agora pode dar um zoom na revista? Veja se consegue aproximar o bastante para lermos o endereço da etiqueta.

CAPÍTULO

114

— Não sei onde estão as chaves.

Owen fingiu procurá-las, demorando o máximo possível, tentando pensar em uma maneira de não ter de abrir o porta-malas para a polícia.

— Bem, se o senhor não conseguir encontrar a chave, temos outros meios de abri-la — o policial disse.

Owen suspirou profundamente. Não havia como evitar. Tinha de abrir o porta-malas e ser positivo. Com sorte, os policiais não reconheceriam o que veriam.

— Encontrei — ele disse e caminhou até a garagem. Owen apontou o controle remoto para o carro, ouviu o familiar som e observou o porta-malas do Volvo abrir-se automaticamente. Afastou-se enquanto a polícia olhava as pastas coloridas com as anotações dos pacientes que ele afirmara terem sido roubadas.

Por que não me livrei delas quando pude?, ele pensou, reprovando-se. *Pelo menos deveria ter destruído a de Leslie.*

CAPÍTULO

115

Quando Diane se inclinou para a tela do computador, as letras na etiqueta da revista estavam bem legíveis.

L. Belcaro
Imobiliária Surfside
Main Avenue
Ocean Grove, NJ 07756

Era o corretor de imóveis que a chamara no estacionamento do dr. Messinger, aquele que acreditava que o terapeuta tinha de estar preso pelas vidas que arruinara. Apesar de ainda não ter tido uma chance, Diane pensara em entrar em contato com Belcaro para conversar. E sabia que ainda tinha o cartão dele em sua bolsa.

Por que a revista dele estava lá? Será que ele ficava ali?

Matthew também analisou o endereço.

— Belcaro. Foi o cara que eu conheci no Nagle's outro dia. Ele falou sobre Carly Neath usando frases no passado, antes de o corpo dela ser encontrado.

Diane decidiu-se:

— Vou ao Casino procurar por Anthony.

— Vou com você — Matthew disse.

Enquanto os dois saíam da pousada, Diane pediu:

— Telefonem para a polícia e digam a eles para nos encontrarem lá.

A pousada não era distante do Casino, mas eles decidiram ir de carro pela Ocean Avenue, com Matthew na direção. Diane acendeu a luz do teto do carro e procurou em sua bolsa, tentando encontrar o cartão de visita branco.

— Ótimo, aqui está. — Ela pegou o celular e teclou o número que Larry Belcaro havia anotado no verso do cartão. Ninguém atendia.

O carro chegou ao fim do calçadão e Diane estava prestes a desligar quando escutou a voz sonolenta do homem.

CAPÍTULO

116

Ninguém sabia onde esse pestinha estava, pois ele não tinha dito a ninguém sobre aquele lugar.

Mas o fato de ele ter revelado ser filho de Diane Mayfield foi realmente assustador. Quando fosse anunciado o sumiço do filho da jornalista, todos procurariam por ele.

O pior era que Anthony Mayfield não estava de olhos vendados. Ele diria o que — e quem — tinha visto.

Ele não poderia fazer isso. Por enquanto, estava amordaçado.

CAPÍTULO

117

— Nada na residência de Messinger, comandante — o policial disse pelo rádio quando ele e seu companheiro retornaram para o carro.

— Entendido — o comandante Albert respondeu da delegacia. — E na garagem? — ele perguntou, acreditando que eles diriam que também não havia nada que o incriminasse ali.

— Não, comandante. Nada na garagem nem no porta-malas do carro, exceto uma pilha de pastas coloridas.

— Você disse pastas? — Albert perguntou, relembrando, em meio à confusão daquela semana, o relatório do dia com a anotação sobre roubo no consultório do dr. Messinger, na segunda-feira.

— Sim. Pastas multicoloridas.

— Voltem para lá e peguem essas pastas daquele filho-da-puta. Ele forjou o roubo.

CAPÍTULO

118

— Sr. Belcaro, aqui é Diane Mayfield. Sinto muito por estar telefonando tão tarde.

— Oh, olá, sra. Mayfield — ele disse entusiasmado. — Tudo bem. Eu não estava dormindo, mas não consegui encontrar meu celular rapidamente. Estou muito feliz em receber seu telefonema. Estava esperando sua ligação desde que conversamos no estacionamento.

— Eu ainda quero conversar sobre o dr. Messinger, sr. Belcaro. Mas outra coisa aconteceu e espero que o senhor possa me ajudar.

— Oh. — Ela percebeu a decepção na resposta dele. — O que houve?

Ela não quis revelar muitas coisas.

— Meu filho é um fotógrafo amador e ele tem fotografado tudo que tem visto em Ocean Grove. Ele parece ter encontrado um local que serve de acampamento para alguém, e um dos itens na foto é uma revista com o nome do senhor na etiqueta de endereçamento. Eu gostaria de saber, sr. Belcaro, como sua revista pode ter ido parar lá.

— Onde é *lá*, sra. Mayfield?

— Acreditamos que seja o antigo Casino no fim do calçadão.

— Sinto muito, de verdade, mas, como a senhora pode imaginar, não tenho idéia de como ela pode ter ido parar lá.

— Certo, sr. Belcaro. Muito obrigada pela atenção e, mais uma vez, aceite meu pedido de desculpas por perturbá-lo em sua residência.

Mas, quando Diane desligou o telefone, percebeu que ela não tinha garantias de que Belcaro estava em casa. Ele dissera estar falando do celular. Poderia estar em qualquer lugar.

Diante deles, o Casino parecia grande e ameaçador com o céu escuro atrás.

— Está pronta para entrar? — Matthew perguntou, tirando uma lanterna do porta-luvas.

— Sim — Diane disse. — Deus, por favor, permita que ele esteja lá dentro. — Ela abriu a porta do carro e saiu. Juntos, contornaram a construção, procurando uma maneira de entrar. Não prestaram atenção aos avisos de PERIGO e MANTENHA DISTÂNCIA na frágil cerca da entrada. Quando estavam dentro do cavernoso auditório, a luz amarela da lanterna foi direcionada ao chão de cimento, marcado pelas poças de água da chuva que se formavam e secavam. Matthew mirou a lanterna para o cartaz que anunciava que eles estavam onde antes era o Palácio de Patinação do Casino.

— Anthony — Diane chamou. — Anthony, você está aqui?

Do outro lado da parede, Anthony ouviu o chamado de sua mãe. Mas a mordaça em sua boca o impediu de responder.

CAPÍTULO

119

— Anthony — Diane chamou mais uma vez.

— Vamos nos conformar, Diane. Não há ninguém aqui — Matthew disse, enquanto analisava o lugar com sua lanterna. — E talvez estejamos enganados. Talvez este não tenha sido o lugar em que Anthony tirou aquelas fotos.

— Acho que você tem razão — Diane disse enquanto eles caminhavam pelo chão cheio de pedregulhos, em direção à saída. — Mas onde Anthony está? Sinto muito, Matthew, não me importa se outra jovem desapareceu esta noite. A polícia deveria estar procurando pelo meu filho. Por que eles ainda não chegaram?

— Não sei, Diane. Quando sairmos, vou telefonar para eles de novo.

Enquanto Matthew pegava seu celular, Diane caminhou em direção ao mar, observou as ondas quebrando e começou a pensar em coisas nada agradáveis. *Anthony não teria ido nadar no mar sozinho, teria? Ele não podia estar nestas águas, não é?*

Pare com isso, ela disse a si mesma. *Isso não ajuda em nada. Pare de pensar como uma mãe desesperada e raciocine tentando descobrir para onde Anthony pode ter ido.* Mas, por mais que tentasse, não conseguia se controlar. Diane pensou nos pais da garota que desaparecera naquela noite e como deviam estar desesperados. Pensou nos pais de Carly e no sofrimento que estavam enfrentando. E pensou em Audrey Patterson e em como ela deve ter desejado o retorno seguro da filha.

Diane controlou-se para não entrar em pânico. As coisas tinham dado certo para os Patterson. Leslie voltara sã e salva para casa. Amanhã, ela disse a si mesma, estaria ao lado de Anthony, assim como estivera ao lado de Leslie Patterson, conversando com ela, um dia depois de ela ser solta de um terror que durara três dias.

Aquela tarde parecia ter acontecido há muito tempo. Diane relembrou que pensara que era notável como os seres humanos conseguiam ser resilientes. Um dia, uma pessoa poderia estar correndo perigo mortal; no outro, pensava em como progredir na profissão.

Leslie Patterson dissera que queria estudar para tirar sua licença como corretora. Queria mais de seu trabalho que atender telefonemas e fazer pedidos de material.

De repente, Diane percebeu. A revista na fotografia tirada por Anthony tinha o endereço do escritório de Larry Belcaro na etiqueta de endereçamento, não o de sua residência. Leslie Patterson poderia ter feito o pedido das revistas que chegavam ao escritório da imobiliária Surfside.

Ela virou-se e segurou o braço de Matthew, interrompendo seu telefonema.

— Matthew — ela disse —, consiga o telefone dos Patterson e veja se Leslie está em casa.

Diane pegou a lanterna dele e correu para dentro do Casino, sabendo que precisava encontrar o local registrado por Anthony nas fotografias. Precisava procurar mais.

Eles já tinham vasculhado o enorme salão de pé-direito alto e Diane estava convencida de que não havia ninguém ali. Mas, do lado de fora, o Casino parecia ser muito maior que aquele espaço. Ela aproximou-se da parede mais próxima do mar, acreditando que deveria haver outra parte da construção atrás dela. Virou a luz da lanterna para a superfície da parede, procurando uma maneira de entrar. Acompanhando a extensão do prédio, encontrou uma tábua de madeira solta encostada na parede. Assim que a puxou, descobriu que ela cobria um buraco. Quando deu um passo adiante, pisou em algo macio.

Sua pulsação aumentou quando, ao virar a lanterna para o chão, viu uma ursinha marrom de pelúcia, usando um vestido de tafetá e um colar de pérolas — uma versão mais velha e surrada das ursinhas que Diane lembrou ter visto na Lavender & Lace. Audrey Patterson dissera que Leslie tinha uma daquelas ursas há anos.

Diane abaixou-se e disse, pela abertura:

— Anthony, se você estiver aí, responda. — E então disse ainda mais alto: — Leslie, você está aí?

Ela não ouviu nada além do barulho das ondas.

— Leslie? Leslie, sou Diane Mayfield. Por favor, não machuque meu menino.

— Não se aproxime — foi a resposta que ela escutou do outro lado.

Diane assustou-se ao sentir que alguém a tocava no ombro, mas suspirou aliviada ao perceber que era Matthew.

— Leslie? Leslie Patterson está aí dentro? — ele sussurrou.

Diane afirmou com um gesto de cabeça, levando o dedo indicador aos lábios. Depois, chamou:

— Leslie, por favor — ela disse, tentando pensar em uma maneira de manter uma conversa com a garota, esperando que, se a mantivesse distraída e falando, ela não machucaria Anthony. — Por favor, Leslie. O Anthony está aí dentro com você?

— Não se aproxime. — A voz que se ouviu do outro lado era de alguém desesperado.

Matthew sussurrou:

— Talvez devêssemos esperar a polícia chegar.

Diane respondeu, em voz baixa:

— Como vamos saber quanto tempo eles vão demorar? Se houver a possibilidade de meu filho estar lá dentro, não vou esperar.

CAPÍTULO

120

Jonathan descera o calçadão e chegara à Bradley Beach, onde encontrou um lugar para comprar uma cerveja, depois outra e mais uma.

Não conseguia acreditar que Helen pensara que ele tinha alguma coisa a ver com o desaparecimento e a morte de Carly Neath. Como a própria esposa podia pensar que ele fosse capaz de tamanha monstruosidade?

Sim, tinha seguido Carly aquela noite. Mas fora completamente inocente. Ele a seguira até depois da casa dela. Mas, quando viu aquele senhor sentado na varanda ao lado da casa de Carly, se assustou. Quando ela chegou ao calçadão e virou em direção a Asbury Park, Jonathan resolveu voltar. Voltara para casa por outro caminho, para evitar o velhote na sombra da varanda.

Era verdade que, quando a polícia foi até a barraca no dia seguinte, ele os fizera acreditar que estava com Helen quando a babá foi embora. Mas se dissesse a verdade, que tinha seguido Carly, com certeza a polícia o veria como um suspeito.

Agora, voltando para casa, soluçou e entrou na Bath Avenue. *Droga*. Teria de contar tudo a Helen.

CAPÍTULO

121

— Vou apagar a lanterna — Diane sussurrou. — Não quero que ela saiba que estamos entrando.

Eles se agacharam para passar pela abertura na parede. Saber onde estavam naquela escuridão era quase impossível. Matthew, que estava na frente, tropeçou em um pedaço de concreto do chão e caiu.

— Posso ouvi-la — Leslie disse. — Não se aproxime ou... ou eu... vou machucar alguém.

— Leslie, você está com Anthony aí? Está com meu filho?

— Pare onde você está. — Leslie parecia descontrolada. — Por favor, pare.

Matthew endireitou-se e ele e Diane continuaram tentando caminhar adiante, e logo passaram a seguir a luz da lanterna de Leslie. Ao avistarem um enorme balaústre de concreto, a cena que viram os fez parar.

Leslie estava no chão, sentada sobre os calcanhares. Outra pessoa estava deitada diante dela, com as mãos e os pés amarrados, com os olhos vendados e amordaçada. Leslie apoiava a cabeça e o ombro da pessoa em seu braço esquerdo, e a cena lembrava uma versão grotesca do quadro *Pietà*, de Michelangelo. Apesar do calor, Leslie vestia uma jaqueta de esqui e luvas de couro, e com a mão direita segurava alguma coisa contra o pescoço de seu prisioneiro.

Diane estava convencida de que seu filho também estava ali. Acendeu a lanterna.

— A discrição que se dane — ela disse para si mesma. Quando a luz espalhou-se, ela sentiu muito medo de saber a verdade, mas precisava: — Onde está meu filho, Leslie? Você machucou meu menino?

Antes que Leslie pudesse responder, Diane gritou:

— Ó meu Deus! — A luz de sua lanterna mostrou que outra pessoa estava deitada no chão a poucos metros dali, amarrada e amordaçada do mesmo jeito que a primeira. Diane reconheceu os tênis que Anthony implorara para que ela comprasse.

— Anthony! — ela gritou.

— Não dê mais nenhum passo — Leslie vociferou. — Ou machucarei Anna. Juro que é o que vou fazer. Vou cortar a garganta dela assim como ela cortou a garganta do querido sr. Veludo dela.

Diane sentiu um aperto no peito. Queria correr para salvar seu filho, mas não que Leslie fizesse uma coisa tão terrível.

— Como você soube que era eu? — Leslie perguntou, mudando de assunto. — Como soube que eu estava aqui?

Diane tentou acalmar-se. — Procure por uma revista que está aqui, Leslie — ela disse, apontando para a caixa de isopor e para o lençol. — Está vendo?

— Sim. O que tem ela?

— Está com o nome de seu chefe. Mas Larry não fez o pedido daquela revista. Foi você que fez, não é?

— Você descobriu assim?

— Não, mas fiquei desconfiada — Diane disse enquanto tentava aproximar-se imperceptivelmente. — Havia mais uma coisa me incomodando. Quando conversamos no calçadão, você disse que Carly já estava morta quando foi levada para o belvedere. Apenas o assassino saberia de uma coisa dessas com certeza. Se a polícia descobriu isso por meio da autópsia de Leslie, eles certamente não liberaram tal informação.

Diane esperou por uma resposta. Como Leslie não disse nada, ela continuou:

— Foi um erro, não foi, Leslie? Você queria que parecesse que Carly tinha sido tratada da mesma maneira que você foi, e a única diferença é que você sobreviveu e ela não.

— Apesar de eu detestar o fato de Carly ter roubado Shawn de mim, ela não tinha que ter morrido — Leslie choramingou. — Ninguém tinha de morrer. Eu queria manter Carly presa por três dias, assim como eu sumi por três dias, para convencer a polícia a acreditar em mim. Vesti esta jaqueta de esqui para ficar maior, para que Carly não percebesse minha magreza. E usei estas luvas para ela não sentir meus dedos magros. Inventei a história de que tinha sido obrigada a dançar com meu captor, por isso tive de me certificar de que Carly diria a mesma coisa quando fosse solta. Mas, quando voltei ao Casino para dançar com ela de novo, Carly não se mexia.

— Você não se preparou para a possibilidade de alguém encontrar seu esconderijo, não é? — Diane perguntou, tentando manter Leslie falando.

— Não. Já era muito ruim o fato de ninguém acreditar em mim. Mas as coisas pioraram quando Arthur Tomkins foi preso. — A voz de Leslie começou a ficar trêmula. — Aquele coitado deve ter encontrado Carly antes de eu voltar, e deixou suas impressões digitais. Eu sabia que ele seria condenado por causa disso. Eu tinha sido muito cuidadosa não deixando as minhas impressões em lugar algum. Até treinei tentando colocar as algemas de plástico em mim mesma com os dentes para que não detectassem digitais quando me descobrissem. A polícia não encontraria nenhum outro vestígio e parecia que Arthur pagaria por algo que não fez.

— E então você seqüestrou outra garota para mostrar que Arthur não podia ser o seqüestrador? — Diane estava se aproximando do lençol.

— Sim, precisei pegar Anna. Pensei que se mais alguém sumisse, provaria à polícia que eles tinham prendido o homem errado.

— Então você *realmente* mentiu, Leslie. Por que fez isso?

A voz de Leslie parecia mais forte quando ela respondeu:

— Porque eu queria que Shawn percebesse que deveria ter cuidado melhor de mim. Que eu não sou um lixo que pode ser descartado depois de usado. Eu já li essas histórias e já vi na televisão. Sobre mulheres que forjam seu desaparecimento. Mas elas cometeram erros, fizeram coisas idiotas que convenceram a todos que não estavam dizendo a verdade.

E você também, Diane pensou, não disse em voz alta. Não havia por que deixar Leslie irritada. Era mais importante convencê-la a libertar os dois reféns.

— Leslie, este é Matthew Voigt. Podemos ajudar todo mundo a entender que você não premeditou tudo que aconteceu.

— Não, tudo está arruinado. Não há como sair dessa confusão. — Ela estava desesperada.

Diane manteve a lanterna na direção de Anthony. Ele tentava em vão se soltar.

— Leslie — ela disse com calma —, ninguém vai achar que você quis que tudo isso acontecesse, mas apenas se você libertar meu filho e Anna. Uma mulher inocente morreu. Não machuque mais ninguém.

— Mas como poderei seguir em frente? — Leslie disse, com a voz grave. — Todos saberão o que eu fiz. Meus pais. Shawn. Eles me rejeitarão. Eu sempre me senti rejeitada. Nunca fui boa o bastante, inteligente o bastante ou bonita o bastante.

— Leslie — Diane disse, da maneira mais calma que conseguiu —, todos entenderão. Acredite em mim. Solte-os. — Ela deu um passo, e mais um.

Leslie gritou:

— Pare! Eu disse para você não se aproximar. — Ela tirou o braço que segurava Anna e deixou que a garota caísse no chão. Olhando diretamente para o rosto de Diane, Leslie levou a lâmina de barbear em direção à garganta e cortou o próprio pescoço.

EPÍLOGO

Enquanto o sol nascia acima da linha do oceano Atlântico, Diane estava em pé na praia, com o Casino atrás dela. Anthony retornara para a pousada e ela esperava que ele estivesse dormindo profundamente agora. Emily e Michelle prometeram que não tirariam os olhos dele, se ele saísse do quarto.

Ela estava com o microfone ligado e pronta para ser filmada em close. Sorriu para Sammy e Gary enquanto eles faziam as preparações para a transmissão ao vivo. Sammy estava estranhamente quieto naquela manhã, como que em respeito ao que Diane passara.

Ocean Grove era a principal matéria daquela edição do *KEY to America*. Com cinco minutos antes de entrar no ar, Matthew aproximou-se de Diane, pronto para contar a ela o que acabara de saber da polícia.

— Estamos muito amigos dos policiais. — Ele sorriu. — De repente, eles resolveram falar tudo que queremos saber. Antes de mais nada, Leslie está bem. Ela não cortou a jugular e sua condição é estável no centro médico da Jersey Shore University.

— Graças a Deus a polícia finalmente chegou logo após ela se cortar — Diane disse. — Se não tivessem chegado, não saberíamos o que poderia ter acontecido.

— Bem, sobreviver fisicamente seria o menor problema de Leslie. Ela terá de viver um pesadelo com a justiça e se submeter ao melhor tratamento psicológico possível.

Diane concordou.

— Acredito que ela será avaliada e os resultados psiquiátricos serão usados para defendê-la. Mas, se quer saber, acho que o dr. Owen Messinger deveria sair de cena. Leslie precisa de mais ajuda que ele é capaz de dar.

— Você disse isso e ela se livrará dele — Matthew concordou —, porque há um pequeno detalhe interessante. A polícia me disse que Messinger parece ter simulado um assalto a seu escritório. Fingiu que as anotações sobre seus pacientes haviam sido levadas. Parece que ele não estava gostando dos resultados obtidos com uma nova terapia que vinha testando. Ele sumiria com os arquivos com os resultados negativos para que não pudessem ser incluídos no trabalho que esperava publicar. Assim, apenas os fatos positivos sobrariam.

Diane lembrou que o terapeuta havia dito a ela sobre um roubo em seu escritório, no dia da entrevista. Ao se lembrar daquele dia, pensou em Larry Belcaro. O pobre homem tentara contar a ela seus temores em relação a Messinger, mas, com pressa, ela não tinha lhe dado a merecida atenção, não só naquele dia, mas, também, no telefonema, há poucas horas. Ele merecia um tratamento melhor.

— E, Diane? — Matthew continuou. — Anna Caprie está bem e já está em casa, e Arthur Tomkins foi solto. Não se esqueça de dizer isso na transmissão ao vivo.

Desprendendo o microfone da roupa, Diane se preparava para voltar à pousada, tomar um banho e tirar um cochilo quando sentiu seu celular vibrar.

— Esta ligação é de uma prisão federal.

Philip fez perguntas sem parar:

— Diane, querida, você está bem? Como está o Anthony? Eu acabei de ver na TV. Como eles permitiram que você contasse toda a história depois de tudo que teve de enfrentar?

— Querido, não havia outra pessoa que eles pudessem mandar para cá para fazer a reportagem, mas, como eu fiz parte dela, foi ainda melhor. — Ela respondeu às outras perguntas dele, assegurando que a família dele estava sã e salva.

— Esta ligação é de uma prisão federal.

— Eu tinha de estar aí, Diane. Detesto saber que não estive aí para protegê-la.

Diane não disse *Eu também*. Achou melhor dizer:

— Estamos bem, Philip. De verdade.

— Se alguma coisa acontecesse a você ou a uma das crianças, não sei o que faria. Eu já a machuquei demais. Mas, se você me der uma chance, Diane, vou mudar essa história. Prometo que é o que farei.

— Logo você estará livre, Philip. E quando vier para casa, vamos dar um passo de cada vez. É tudo que podemos fazer. Mas eu te amo, Philip, e sei que você me ama. Já é um começo melhor que o de muita gente.

— Está pronta para eu levá-la ao hotel para que possa dormir um pouco? — Matthew perguntou. — Pode descansar por algumas horas antes de ter de fazer a matéria do *Evening Headlines*.

— Sim. Ótimo. — Diane sorriu.

Matthew passou instruções à equipe sobre o local onde eles se encontrariam mais tarde e, então, a correspondente e o produtor cruzaram a praia, subiram as escadas e atravessaram o calçadão em direção ao carro de Matthew.

— Podemos fazer uma parada antes de você me deixar no hotel?

— Claro — Matthew disse. — Onde?

Quando chegaram à imobiliária Surfside, o prédio ainda estava trancado.

— Por que não tomamos uma xícara de café para passarmos o tempo até a imobiliária abrir? — Matthew perguntou.

— Tudo bem, desde que seja descafeinado. Quero conseguir dormir mais tarde.

Eles caminharam pela Main Avenue em direção ao Nagle's. Ao se aproximarem das mesas espalhadas diante do prédio, Matthew perguntou:

— Aquele ali não é Shawn Ostrander? E aquele cara com ele não é Arthur Tomkins?

Eles foram até a mesa onde os dois estavam. Diane falou primeiro:

— Estou muito feliz com o esclarecimento dos fatos, sr. Tomkins. Fico contente em saber que o senhor foi solto.

Arthur sorriu ao bater a colher três vezes do lado de sua xícara de café.

— Pelo que fiquei sabendo — Shawn disse —, temos de agradecer-lhe.

— Estamos contentes por tudo ter terminado bem. — Diane virou-se para Matthew. — Isso me faz lembrar de uma coisa: você ainda está com aquele envelope que a irmã de Arthur pediu que entregássemos a Shawn?

— Sim, claro! — Matthew disse, procurando no bolso da calça. — Estou com ele desde que saí do Stone Pony, ontem à noite. Tentei encontrá-lo lá, mas o garçom disse que você não tinha ido trabalhar.

Shawn concordou.

— Eu fui a Spring Lake para conversar com a família de Arthur. — Ele abraçou Arthur pelo ombro e disse: — Conversamos e chegamos à conclusão de que está na hora de a família se unir e esquecer as brigas. Vamos até lá hoje ou amanhã, não é, Arthur?

Arthur balançou a cabeça três vezes.

— Se você está dizendo, Shawn, então nós vamos. Eu sempre faço o que você me pede.

Larry Belcaro estava abrindo a porta de entrada da imobiliária Surfside quando Diane e Matthew voltaram para lá. O corretor de imóveis mostrou-se surpreso ao vê-los.

— Vi sua reportagem na TV esta manhã, sra. Mayfield. Após a noite que a senhora teve, o que está fazendo aqui?

— Eu precisava pedir desculpas, sr. Belcaro — ela disse.

— Pelo quê?

— Por não ter conversado como deveria com o senhor quando nos encontramos no estacionamento, e por ter telefonado para sua casa tão tarde na noite passada.

— Bem, eu entendi o motivo do telefonema quando vi o noticiário de hoje. Pobre Leslie. — Larry balançou a cabeça. — Owen Messinger a deixou muito perturbada, assim como fez com a minha Jenna. Mas aquele charlatão vai se safar. Isso acaba comigo.

— Se isto o fizer sentir-se melhor — Matthew disse —, o dr. Messinger mostrou-se um mentiroso e falsário. — Ele explicou o que havia acontecido, citando o falso roubo e os arquivos desaparecidos. — Quando isso for parar nos jornais, é bem provável que a reputação dele como terapeuta ficará muito abalada. Mesmo que ele não cumpra pena na prisão ou tenha de pagar uma multa, seu castigo será a perda de credibilidade na comunidade profissional.

— Bem, são boas notícias — Larry disse, sorrindo. — Tenho rezado para que Messinger seja desmascarado. Acho que o bom Deus finalmente escutou minhas preces. — O corretor olhou para o relógio. — Um cliente chegará em poucos minutos e preciso separar alguns imóveis para ele. Estou ajudando-o há semanas, até tive de mentir quando a esposa dele encontrou um de meus cartões nas coisas dele. Ele vive em uma das barracas quando vem para cá, mas quer comprar uma casa em Ocean Grove e surpreendê-la.

Diane subiu as escadas que levavam à varanda da pousada Dancing Dunes, cansada, mas satisfeita. Estava prestes a ir para seu quarto quando Carlos lhe disse que Michelle estava na sala de jantar.

Ela entrou e encontrou Michelle sentada a uma das mesas, com um prato de ovos mexidos, salsichas e torradas integrais diante de si. Diane sentou-se e pediu o mesmo.

— Você está bem, mãe?

— Sim, querida, estou. E você?

Michelle bebeu seu suco de laranja.

– Sim, estou bem. Pensei em tudo que aconteceu, mãe. Emily e eu acordamos para assistir à sua reportagem na TV hoje de manhã. Aquela Leslie Patterson tem problemas sérios.

— Sim. Tem mesmo.

— Gostaria de saber como ela ficou daquele jeito — Michelle disse antes de dar mais uma mordida em sua torrada.

— É difícil dizer, querida. Acho que não foi apenas um fator.

Michelle olhou para a mãe e parecia assustada.

— Não quero terminar como ela, mãe — ela disse.

— E não precisa, Michelle. Você e todos nós só temos de nos voltar para as coisas certas da vida. Não há nada de errado em se preocupar com a aparência, mas não é saudável tornar-se obcecada com ela. A vida é muito mais que o número de seu manequim, querida.

Quando mãe e filha terminaram de conversar e se levantaram, os pratos das duas estavam vazios.

AGRADECIMENTOS

Assim que vi as barracas com os toldos listrados refletindo o sol do verão, fiquei completamente encantada por Ocean Grove. Depois, quando conheci a singular história da cidade da costa de Jersey, fiquei surpresa. Aquele era um lugar especial e eu quis escrever uma história que acontecesse ali. Consegui imaginar meus personagens vivendo... e morrendo... nesse pequeno, bonito e fascinante lugar cheio de charme vitoriano.

Mas conhecer o local não é a mesma coisa que conhecer a história. Só depois que minha editora, Jen Enderlin, sugeriu o tema de "meninas que inventam histórias" é que as coisas começaram a tomar forma. Jen é a editora mais comprometida, alto astral e positiva, e é um prazer trabalhar com ela. Meus agradecimentos a Jen e a todos da St. Martin's Press que trabalharam com tanto afinco: Sally Richardson, Matthew Shear, Ed Gabrielli, John Karle, John Murphy, Kim Cardascia, Jerry Todd e Tom Hallman. E, mais uma vez, tive a sorte de ser beneficiada com a ótima preparação de texto de Susan M. S. Brown.

A boa sorte também cruzou meu caminho trazida por minha estimada amiga Elisabeth Demarest. Quando comentei com Elisabeth que estava escrevendo uma história que se passava em Ocean Grove, ela me disse que alguns de seus parentes passavam os verões em uma das barracas e imediatamente se ofereceu para levar-me até lá, a fim de conhecê-los. Em uma manhã de céu limpo em agosto, Helen e Mil Thatcher abriram sua casa de lona para mim e passaram o dia me mostrando os lugares, dividindo comigo o conhecimento adquirido ao longo de décadas de verões passados na pequena cidade na costa do oceano Atlântico. Elisabeth, Helen e Mil me possibilitaram escrever este livro e merecem minha sincera gratidão.

Quando precisei descrever as adolescentes e jovens mulheres desta história, recorri à minha Elizabeth, minha filha, pedindo orientações... e ela me orientou com disposição e criatividade.

Katharine Hayden pensou e criou um cenário legal que poderia abrigar um personagem em uma prisão federal. Apesar de saber que ela é extremamente ocupada, Katharine conseguiu tempo para me ajudar, como sempre.

Mais uma vez, obrigada ao meu amigo da CBS News, Rob Shafer, que compartilhou sua experiência técnica comigo. Você é muito generoso, Rob.

Não existiria o site maryjaneclark.com sem Colleen Kenny. Colleen continua me oferecendo sua criatividade e devoção, não apenas ao site, mas também para mim, e sou grata a ela.

Laura Dail, minha incansável agente literária, cuida de minha carreira de escritora com muito amor. Ela me anima, me dá conselhos, alimenta meus sonhos e esperança e cria comigo. Obrigada, L. D., por tudo.

E por falar em criação, a contribuição do editor independente padre Paul Holmes não tem preço. Sempre reconheço que ele é uma bênção em minha vida. Ele me deu idéias, apoio moral e entusiasmo em todos os momentos, como sempre fez. Fico feliz em saber que *Dançando no Escuro* é o livro favorito dele até agora.

Então, agora terminou. À minha paciente família e aos amigos queridos, obrigada por me apoiarem. Agora eu posso sair do escuro, ir para a luz e dançar.

Impresso no Brasil pelo
Sistema Cameron da Divisão Gráfica da
DISTRIBUIDORA RECORD DE SERVIÇOS DE IMPRENSA S.A.
Rua Argentina 171 – Rio de Janeiro, RJ – 20921-380 – Tel.: 2585-2000